U0097435

古典詩歌研究彙刊

第十五輯

龔鵬程 主編

第12冊

蔡松年《明秀集》研究

翁精國 著

國家圖書館出版品預行編目資料

蔡松年《明秀集》研究／翁精國 著 — 初版 — 新北市：花木
蘭文化出版社，2014〔民 103〕
目 2+214 面；17×24 公分
（古典詩歌研究彙刊 第十五輯；第 12 冊）
ISBN 978-986-322-600-0（精裝）
1.（金）蔡松年 2.金代文學 3.詞論
820.91 103001201

ISBN-978-986-322-600-0

9 789863 226000

古典詩歌研究彙刊
第十五輯　第十二冊
ISBN：978-986-322-600-0

蔡松年《明秀集》研究

作　　者 翁精國
主　　編 龔鵬程
總 編 輯 杜潔祥
副總編輯 楊嘉樂
編　　輯 許郁翎
出　　版 花木蘭文化出版社
社　　長 高小娟
聯絡地址 235 新北市中和區中安街七二號十三樓
　　　　 電話：02-2923-1455／傳眞：02-2923-1452
網　　址 http://www.huamulan.tw 信箱 hml810518@gmail.com
印　　刷 普羅文化出版廣告事業
初　　版 2014 年 3 月
定　　價 第十五輯 20 冊（精裝）新台幣 30,000 元

蔡松年《明秀集》研究

翁精國　著

作者簡介

翁精國，新北市樹林人，淡江大學中文系碩士，東吳大學中文系學士，目前任職於補習班，攻讀金朝詞學，著有〈蔡松年《明秀集》研究〉一論文，熱愛詞學，尤欣賞蘇軾之豪放詞風，更愛其人以順處逆，以理化情之處世之道。雖已畢業五年，仍難忘其學術研究之生活；未來則希望教育下一代孩子們能夠增進中文寫作能力及基礎閱讀能力，以減少孩子們錯別字為原則，並且不放棄國文，熱愛國文，將國文視為生活中不可或缺之一部分。

提　　要

　　蔡松年（1107～1159）本為北宋末人，後與父蔡靖降金，雖任金朝官職，且官途顯達，然觀其詞作卻少有欣喜、雀躍之情，反多家國之思、歸隱山林、倦遊縱酒之情懷，本文深究其根本原因，乃蔡松年雖身居金朝右丞相，卻無法恣意以言語發其不安之聲。

　　金詞乃詞學史中較為人所忽略之一環，其介於北宋、南宋間，尤以承繼蘇軾詞風為其最大特色，蔡松年亦為金朝初期詞學之代表人物，其影響當朝詞人如元好問、段成己兄弟等人，延續及南宋辛棄疾之詞風，乃蘇軾詞風過渡至南宋之一重要橋樑。

　　本文論蔡松年心境之矛盾與掙扎，窺見其身居高位，生活應高枕無憂，何以內心如此痛苦與無奈，並加以肯定其詞作之藝術性及成就乃可稱金朝文學之翹楚。

致 謝 詞

　　「光陰似箭，流水無情。」這是我在大學時期常聽到指導教授蘇淑芬老師對我們說的話，不過總是在下課鐘響的時候；而如今，這兩句話卻是我碩士生活的句點。花了大學四年，研究所四年，共八年的時間，在中國文學裡摸索，雖不敢說有多大成就，至少也小有成長，最終選擇研究詞學，也選擇了亦師亦友亦母的蘇淑芬老師當我的指導教授。

　　對於蘇老師，除了愧疚、感恩還有更多的不捨；愧疚的是沒能有所成就，來回報她平時對我們的教導，就連書寫致謝詞的當下，因為論文的遲付，還讓她怒火中燒，深感不安與歉疚；感恩的是，無論是大學時期的課程，抑或是研究所旁聽的課程，蘇老師皆不遺餘力、不厭其煩地指導我們寫作論文，尤其她要我們勇敢的踏出「投稿」這一步，有投有機會，不怕跌倒，多一次失敗就多一次經驗，總會有欣賞自己論文的審稿老師，蘇老師要我們這樣深信著，並且教導我們生活做人的道理，勝過於學校所獲取之知識；對於蘇老師，還有更多的不捨，畢業了，我還能遇到像蘇老師呵護自己學生如同小孩般的人嗎？

　　再者感謝淡江大學的張雙英老師，平時的系務都很繁忙，還要掛念著我的論文，學位考試當日更特地向口考委員們噓寒問暖，對我的愛護，我實在是不知道該怎麼回報，未來的日子一定要時常回母校關

心和藹可親的張雙英老師。

　　我試著回想著曾經與同儕們在求學路途上努力過的時光，凱鈞、嘉軒、心潔是我一同考上淡江大學的夥伴，也是不斷鞭策我、砥礪我的過去東吳大學的好朋友，我知道自己總是缺乏認真與用心，它們三位總會拉我一把，隨時提醒我；碩士班後期跟隨了蘇老師，因此在東吳也遇見了仲南、沛婷兩位同門師兄師姐，他們兩位深深讓我覺得自己程度的不足，必須得更加倍用心努力於學業才是完成學業的上上之策。

　　「天下無不散的筵席」，口考完成後代表著一個階段的結束，或許未來我還會回頭走學術研究這條路，或許答案是否定，但總是要抬頭持續向前走，我會持續加油，並且與蘇淑芬老師密切聯繫，畢竟「一日為師、終身為母」。

　　除此之外，更要感謝我的父母在經濟上讓我無後顧之憂，從大學至碩士，我都屬於外宿一族，充其量說外宿，不如說是浪費父母的金錢與心力，現在回想當時的所作所為，卻是天理難容，週遭太多同學背負著就學貸款，依舊努力向學，我卻直到父親生病才體會出時間不能再拖延，希望發現得不會太晚，否則我真會抱憾終身。

　　總之，碩士論文總算是完成了，希望我這八年所學，能夠應用於論文之中，以及在碩士時期所學習到的思考、邏輯能力，能夠運用於未來職場上，還請願意閱讀本論文的讀者們，歡迎多給予我指教與鼓勵。

翁精國　民國 100 年 6 月 11 日

目

次

第一章　緒　論

第一節　研究目的及動機

　　詞由燕樂〔註1〕而來，是一種富含音樂性的文學，流傳於民間，至中唐文人則嘗試倚聲填詞，而詞的面貌於晚唐及五代始逐漸成熟定型，歐陽炯作《花間集》序〔註2〕則可證之，發展於宋，可謂極

〔註1〕　所謂燕樂即「胡夷里巷之曲。」（據劉昫：《舊唐書‧音樂志》記載：「自開元以來，歌者雜用胡夷里巷之曲。」，見《文淵閣四庫全書‧正史》（臺北：臺灣商務印書館，1983年），卷30，頁1。
〔註2〕　歐陽炯《花間集‧序》：「鏤玉雕瓊，擬化工而迥巧；裁花剪葉，奪春豔以爭鮮。是以唱雲謠則金母詞清，挹霞醴則穆王心醉。名高白雪，聲聲而自合鸞歌；響遏青雲，字字而偏諧鳳律。楊柳大堤之句，樂府相傳；芙蓉曲渚之篇，豪家自製。莫不爭高門下，三千玳瑁之簪；競富罇前，數十珊瑚之樹。則有綺筵公子，繡幌佳人，遞葉葉之花牋，文抽麗錦；舉纖纖之玉指，拍按香檀。不無清絕之辭，用助嬌嬈之態。自南朝之宮體，扇北里之倡風，何止言之不文，所謂秀而不實。有唐以降，率土之濱，家家之香逕春風，寧尋越豔；處處之紅樓夜月，自鎖常娥。在明皇朝則有李太白應制《清平樂》詞四首，近代溫飛卿復有《金荃集》。邇來作者，無媿前人。今衛尉少卿字弘基，以拾翠洲邊，自得羽毛之異；織綃泉底，獨殊機杼之功。廣會眾賓，時延佳論。因集近來詩客曲子詞五百首，分為十卷。以炯粗預知音，辱請命題，仍為序引。昔郢人有歌《陽春》者，號為絕唱。乃命之為《花間集》，庶以陽春之甲。將使西園英哲，用資羽蓋之歡，南國嬋娟，休唱蓮舟之引。時大蜀廣政三年夏四月日序。」見後蜀‧趙崇祚：《花間集》十卷

盛，〔清〕凌廷堪《梅邊吹笛譜・跋》：「詞者，詩之餘也，昉於唐，沿於五代，具於北宋，盛於南宋，衰於元，亡於明。」〔註3〕〔清〕吳衡照《蓮子居詞話・序》：「詞學萌發於〔唐〕根柢於宋。」〔註4〕〔清〕陳廷焯《白雨齋詞話》：「詞興於唐，盛於宋，衰於元，亡於明。」〔註5〕吳衡照、凌廷堪、陳廷焯皆論詞之起源由唐始，極盛於宋，此觀點已為詞學史家之共識，近人黃兆漢《金元詞史》〔註6〕之詞學史著作及謝桃坊《中國詞學史》〔註7〕亦言詞初由詩發展而成，結合音樂，形成曲子詞；至晚唐五代漸形成文人創作風氣，起初功用為娛賓遣興之豔詞，以五代溫庭筠、韋莊為代表作家，〔清〕周濟《介存齋論詞雜著》論二人：「詞有高下之別，有輕重之別。飛卿下語鎮紙，端己揭響入雲，可謂極兩者之能事。」〔註8〕後世論五代詞以溫、韋並稱；詞演變至宋蔚為大觀，北宋蘇軾可謂跳脫詞之窠臼、另闢蹊徑，胡寅《酒邊詞・序》：「及眉山蘇氏，一洗綺羅香澤之態，擺脫綢繆宛轉之度，使人登高望遠，舉首高歌，而亦懷浩氣，超然乎塵垢之外，於是《花間》為皂隸，而柳氏為輿臺矣。」〔註9〕胡氏論蘇軾之與晚唐五代等等傳統豔詞、婉約風格有所差異，明代張綖將詞壇二分「豪放」、「婉約」，〔註10〕該說法即後世何以歸蘇軾詞風於豪放之因；南宋辛棄疾、陸游、劉過等人詞情激昂、積

（臺北：新文豐出版公司，1997 年），頁 4。

〔註3〕〔清〕凌廷堪：《梅邊吹笛譜》，見《百部叢書集成》（臺北：藝文印書館，1965 年），頁 10。

〔註4〕〔清〕吳衡照：《蓮子居詞話》，見唐圭璋：《詞話叢編》（臺北：新文豐出版公司，1988 年），冊 3，頁 2389。

〔註5〕〔清〕陳廷焯：《白雨齋詞話》，見唐圭璋：《詞話叢編》，冊 4，頁 3775。

〔註6〕黃兆漢：《金元詞史》（臺北：學生書局，1992 年）。

〔註7〕謝桃坊：《中國詞學史》（成都：巴蜀書社，2002 年）。

〔註8〕〔清〕周濟：《介存齋論詞雜著》，見唐圭璋：《詞話叢編》，冊 2，頁 1629。

〔註9〕〔宋〕向子諲，王沛霖、楊鍾賢箋注：《酒邊詞》（南昌：江西人民出版社，1994 年），頁 130。

〔註10〕〔明〕張綖：《詩餘圖譜》，見《續修四庫全書・集部・凡例》（上海：上海古籍出版社，2002 年），頁 473。

極進取，亦爲豪放詞風之延續者；婉約體系由周邦彥創作以典雅工整爲基準始，至南宋姜白石繼之而形成「格律派」，中後期王沂孫、張炎、周密、吳文英皆以形式爲骨幹，雕琢詞藻，爲婉約詞風之遺緒。婉約詞風雖盛於南宋，然末流之詞多了無生氣、僵化呆板，導致元明朝之詞作略顯疲軟，其乃原因之一；原因之二爲元朝劇曲之興盛，吳梅《詞學通論》〔註11〕論明詞之弊有四：一論明人著詞已不能如虞集、張翥般合乎風雅之體，逐漸走向閨闥、豔情之作，難登大雅之堂；二言明人視科舉爲平步青雲之途徑，然對於聲律之學無深入認識；贈答之文如臺閣體般追求典雅，毫無生氣；從政官員，阿諛諂媚；俳優者喜用藻飾之語；一切內容不離交際、應酬，無文學價值可言；三論明人學識不豐，見聞不廣，卻動輒毀謗攻訐，如邯鄲學步般；楊愼、王世貞詞句受《花間集》、《草堂詩餘》之影響，篇章字句，東拼西湊，不合乎自我眞實精神之意義；四弊言當代南詞、崑曲竟走向側豔、委靡之風，樂工所作樂府風雅之篇，纏綿悱惻、雕琢藻飾、賣弄文學，並不合乎雅正之體。吳梅所言之四弊，即詞由元入明後走向末流，已無前代之內容與生氣，加上章回小說流行於民間，使文人著重於曲及小說創作上，發展比重大過於詞；而於生活需求及環境雙重影響下，詞體逐漸走向衰微；爾後詞能於晚明至清轉而興盛，乃有借於雲間詞派、浙西詞派、常州詞派等流派詞人、詞作與詞論之發揚，將詞大爲提倡與開展，使詞重發活躍於清朝。〔註12〕陳廷焯《白雨齋詞話》：「元代尚曲，曲愈工，而詞愈晦，周、秦、姜、史之風不可復見矣。」〔註13〕況周頤《蕙風詞話》：「詞衰於元，唯曲盛行。」〔註14〕二者論元朝代表文體爲曲學，其熱衷程度反影響至詞之發展。而詞至明朝亦產生眾多弊病，詞體

〔註11〕吳梅：《詞學通論》（臺北：臺灣商務印書館，1968 年），頁 142。
〔註12〕有關清朝之詞學發展，可見嚴迪昌：《清詞史》（南京：鳳凰出版社，2001 年）及張宏生：《清代詞學的建構》（南京：江蘇古籍出版社，1998 年）等等書籍。
〔註13〕〔清〕陳廷焯：《白雨齋詞話》，見唐圭璋：《詞話叢編》，冊 4，頁 3822。
〔註14〕〔清〕況周頤：《蕙風詞話》，見唐圭璋：《詞話叢編》，冊 5，頁 4499。

之發展流變，後世學者多以此爲共識。

　　近代學者多以五代、南北宋經典詞家進行研究，如：五代之溫庭筠開啓婉約詞之發展；北宋李清照奉婉約詞風爲圭臬，批判蘇軾自是一家之詞；周邦彥姜白石格律詞派之風行；南宋陸游、辛棄疾接踵蘇軾之豪放詞風；南宋中期吳文英詞藻華麗之詞作；南宋末以詠物爲主之王沂孫、張炎、周密等人之《樂府補題》；論述主題大量而繁複，以金朝詞學爲主題進行探究屈指可數，且歷代詞學史家論詞之發展亦以南北宋爲重，接而元明，於清再以大篇幅析論，金詞深受忽視及比重之不均可見一斑。

　　詞於南北宋之臻盛發展，得力於當朝君王或詞學家之推波助瀾，除文人創作外，詞話、詞人集團亦爲其特色。介於北宋、南宋間，金朝曾統治中原，該異族深具北方生活之環境特色，進而影響詞體，尤以君王統治者對於中原文化之愛好與鑽研，對於南北生活習性及文學風格開始產生融合現象，並呈現多元複雜之特性。其中金主對於詞之創作尤帶動文壇風氣，《金史・本紀第五》：「金海陵王完顏亮，字元功，本諱迪古乃，遼王宗幹第二子也。」〔註15〕少時喜讀書、吟詩，具女眞人武勇之氣息，於藩王時，已有非凡之志向，曾寫下〈望江左賦詩〉：「提兵百萬西湖上，立馬吳山第一峰。」〔註16〕表現欲一統天下的壯志情懷；爲文筆力雄健，恢弘博大，《大金國志》曾讚云：「一吟一詠，冠絕當時。」〔註17〕亦善詞，如〈鵲橋仙・待月〉：

　　　停杯不舉，停歌不發，等候銀蟾出海。不知何處片雲來，
　　　做許大、通天障礙。　　　蚺髯撚斷，星眸睜裂，唯恨劍鋒
　　　不快。一揮截斷紫雲腰，仔細看、嫦娥體態。〔註18〕

〔註15〕〔元〕脫脫：《金史・本紀第五》（北京：中華書局，1975 年），卷 5，頁 95。

〔註16〕〔金〕劉祁撰，崔文印點校：《歸潛志》（北京：中華書局，1983 年），卷 1，頁 3。

〔註17〕〔宋〕宇文懋昭：《大金國志》（臺北：藝文印書館，1970 年），卷 15，頁 6。

〔註18〕唐圭璋：《全金元詞》（北京：中華書局，1979 年），頁 26；本文所

爲看嫦娥於月上之體態，恨劍風不快、欲一揮截斷阻礙銀蟾之片雲，可知其豪氣非凡、桀驁不馴，嚴有翼《藝苑雌黃》：「金主亮，亦能詞，其〈鵲橋仙・待月〉云云，俚而實豪。」〔註19〕論其詞雖俚俗，然霸氣十足；徐釚《詞苑叢談》：「出語倔強，眞是咄咄逼人。」〔註20〕認爲完顏亮此詞給讀者強烈之震懾感；完顏亮除著詞外，其豪放風格更引領金詞家效蘇詞之風潮。

陶然《金元詞通論》曾云：

> 金元詞在唐宋詞的映照之下，本已頗顯暗淡，而對金元詞的研究自明代以來，更是甚爲欠缺，在歷來的詞話詞論以至現代的詞學論著中，言詞必以唐宋爲主，似乎金元詞不值一提。〔註21〕

爲解決陶然所言歷年學者研究詞所產生之問題，本文聚焦於金朝詞學，以從北宋遺臣身分轉而成金右丞相之蔡松年爲論述核心，探討其內心之不安與矛盾，觀察蔡松年如何投射、寄託於詞作中，設想由北宋過渡於金朝之文人，是否皆具共同思想，且於作品中闡述、表達其掙扎之情感，並論金朝文人豪放、曠達之特色實與婉約詞風大相逕庭，重新給予金詞定位，彌補讀者論詞之發展，於金朝即遺漏之缺憾。

宋金詞之區分，況周頤《蕙風詞話》：

> 至金元佳詞近剛方：宋詞深致能入骨，如清眞、夢窗是：金詞清勁能樹骨，如蕭閒、遁庵是。南人得江山之秀，北人以冰雪爲清。南或失之綺靡：近於雕文刻鏤之技：北或失之荒率，無解深衷大馬之識。〔註22〕

況周頤云詞至金元朝時風格剛正，宋詞代表作家周邦彥、吳文英，文

引用蔡松年及金元詞人之詞作皆以此版本爲主，再引用時，僅於正文夾注，不另加註。

〔註19〕〔清〕張宗橚，楊寶霖補正：《詞林紀事・詞林紀事補正合編》（北京：中華書局，1959年），卷20，頁528。

〔註20〕〔清〕徐釚，王百里校箋：《詞苑叢談・品藻一》（臺北：文史哲出版社，1989年），頁186。

〔註21〕陶然：《金元詞通論》（上海：上海古籍出版社，2001年），頁55。

〔註22〕〔清〕況周頤：《蕙風詞話》，見唐圭璋：《詞話叢編》，頁4456。

句深刻入骨；金詞代表作家蔡松年、段克己，氣質遒勁具骨氣。由況周頤之言可知詞有金宋之分、南北之辨；金詞清勁荒率，宋詞深致綺靡；南方江山之秀與北方冰雪大漠呈現南轅北轍之不同，多人知南宋詞雕繢，少人知金詞深衷大馬之風。詹杭倫《金代文學思想史》：

> 金代文學發展是，以借才異代始，以流落異代終，以追求
> 中州文派始，以總結中州文派終；以保持華實相扶，骨力
> 遒上為其特色，也不免生硬粗率，苦少蘊藉的弊病。〔註23〕

詹杭倫言金代文學借宋朝舊臣發展其文學為起頭，後衰於異朝；文壇之起末皆以元好問之風格思想為宗，特色乃為華麗平實、風骨遒勁，然其作品亦粗俗生硬、平鋪直敘。顧易生、蔣凡、劉明今《宋金元文學批評史》：「金代文學雖上承北宋，然不受北宋的局限，與南宋相比，更有其獨特的發展道路。」〔註24〕此書言金代文學具自身特色，已有別於南宋，乃將金代文學獨立於北宋、南宋而論；丁放《金元詞學研究》：

> 金代學術文化源於北宋，受蘇軾影響尤大，金詞亦多慷慨
> 豪放之音，蘇軾詞成為金人效法的偶像。後來，南宋人吳
> 激與蔡松年入金，在一定程度上改變了金元詞風。金代詞
> 壇即有涉及吳、蔡諸人者。不過，生於金朝的文人，通常
> 認為吳、蔡為宋儒，不當列於金元文派。〔註25〕

丁放言吳激、蔡松年乃改變金元詞風之關鍵者，二人亦祖蘇軾之詞風，唯丁放認定吳激、蔡松年二人乃北宋人，此點看法仍需持保留態度。

詞由晚唐五代發展至南宋，雖可謂成熟完整，然本文以金代蔡松年之作品為線索，乃於詞學領域中探究蔡松年詞作之影響力，以知其

〔註23〕詹杭倫：《金代文學思想史》（成都：成都科技大學出版社，1990年），頁5。

〔註24〕顧易生、蔣凡、劉明今：《宋金元文學批評史》（上海：上海古籍出版社，1996年），頁840。

〔註25〕丁放：《金元詞學研究》（北京：中國社會科學出版社，2002年），頁140。

「接續蘇軾，啓發辛棄疾，拓展金中後期文人」之功並搭起北宋與南宋間，詞學一脈相承之橋樑。

第二節　研究方法及範圍

本文研究範疇以唐圭璋（1901～1990）《全金元詞》爲本，對照〔清〕吳重憙（1838～1918）《九金人集》〔註26〕、〔清〕王鵬運（1848～1904）《四印齋所刻詞》〔註27〕、趙萬里（1905～1980）《校輯宋金元人詞》〔註28〕三書得蔡松年詞作原六卷，177 首，今僅存三卷，共84 首，殘闋 2 首。元好問《中州集》〔註29〕卷一收蔡松年詩 59 首。詞作註解多參閱魏道明《蕭閑老人明秀集注》〔註30〕。

魏道明《蕭閑老人明秀集注》以爲蔡松年用典、用詞、其體、其風皆由蘇軾、黃庭堅出，因此王若虛、元好問曾批評魏注乃深受蘇軾詞風影響，註評時穿鑿附會，然趙維江《金元詞論稿》對魏注進行兩點肯定：

> 一是對蔡詞所及之時人，「詳其仕履始末，又遺聞軼事，零篇斷句，往往有之。」由此而保存了許多極寶貴的金詞研究資料。二是有意識地將蔡詞納入蘇詞體派系統，處處以東坡、山谷的詩詞創作爲參照系來考索蔡詞句意，雖難免牽強，卻也抓住了蔡詞的詞體本質特徵。〔註31〕

一言魏道明對蔡松年所論之當朝詞人，詳細敘述其爲官經過，且附

〔註26〕〔清〕吳重憙：《九金人集》（臺北：成文出版社，1967 年），本文所引用魏道明箋注蔡松年詞作，皆以此版本爲主，再引用時，僅於正文夾注頁碼，不另加註。

〔註27〕〔清〕王鵬運：《四印齋所刻詞》（上海：上海古籍出版社，1989 年）。

〔註28〕趙萬里：《校輯宋金元人詞》（臺北：臺聯國風出版社，1972 年）。

〔註29〕〔金〕元好問：《中州集》（臺北：臺灣商務印書館，1973 年）。

〔註30〕〔金〕蔡松年撰，〔金〕魏道明注：《蕭閑老人明秀集注》，石蓮盦彙刻，收入王德毅編：《叢書集成三編》（臺北：新文豐出版公司，1996 年），冊四十七。

〔註31〕趙維江：《金元詞論稿》（北京：中國社會科學出版社，2000 年），頁18。

錄其遺聞軼事，補上殘篇斷句等等，極其詳盡；二乃魏道明將蔡松年詞作所引之典及所作之句皆與蘇軾、黃庭堅作一連結，雖牽強然亦可看出蔡松年之詞體本色。筆者見魏注確有其參照蘇黃之詞而論，如：蔡松年〈水調歌頭〉：「老境玩清世，甘作醉鄉侯。」（頁8）化用蘇軾〈甘蔗〉：「老境於吾漸不佳，一生拗性舊秋崖。」二人雖年歲已老，然皆以輕鬆之態度面對俗世；蔡松年〈水調歌頭〉：「老生涯、向何處，覓菟裘。」（頁8）則化用黃庭堅〈木蘭花令〉：「共君商略老生涯，歸重玉田秧白石。」二人皆言於年老之時，尋覓歸田隱居之處；魏道明以蘇軾、黃庭堅之典註解蔡松年之詞作，確如趙維江所言可見蔡松年詞作之本體特徵，然此亦為蔡松年詞作之一大特色。

　　本文共分七章，首章言本文研究動機、目的、範圍及目前學界對蔡松年研究之概況。

　　第二章論蔡松年與當代文壇概述，第一節論金朝文壇趨勢，第一部分以「借才異代」、「國朝文派」為金二大指標，簡述其代表人物及時代意義；第二部份論述學術發展之詩、詞為主，再以綜論作一概括性小結；第三部分說明金詞壇概況，近代學者提出「三期說」、「四期說」、「五期說」三種看法，筆者乃採用三期說並加以陳述；第二節論蔡松年之生平與詞集，首論金朝之政治背景；再者論蔡松年之生平遭遇，對其一生分三期論述，「降金前之活動」、「降金後任官至奉命出使高麗」及「使還高麗後升遷至右丞相」三階段，蔡松年仕宦之路雖可謂節節高升，然其內心則越見其苦悶與沉痛；末乃論《明秀集》之詞集析探，首介紹《蕭閑老人明秀集》之成書背景，接而論述其傳本之影響，尤以魏道明、吳重熹、唐圭璋成就最高，近代學者最為推崇之殊目乃唐圭璋之作，後再以現存之版本討論之。

　　第三章探討蔡松年親友交游之詞作，以母舅許採、女婿陳忻及吳激、高士談等好友之往來為代表，並錄表簡介其他蔡松年曾以詞作吟詠之好友。

　　第四章探討蔡松年之內心活動，以「思鄉之夢」、「歸隱田園之夢」實現現實遙不可及之理想、期許效仿陶淵明之生活態度及以「冰炭」等等詞句之運用，代表蔡松年之內心矛盾與掙扎及其無奈及落寞感受。

　　第五章藝術特色，介紹蔡松年之長篇詞序與蔡松年詞作中所使用之「冰冷」、「倦遊」、「酒醉」、「蕭閑」等等人物事態及風神之四大題材。

　　第六章言蔡松年身居相位，亦為金代著名詞人，其所帶動之風氣影響金詞在詞學史上地位之改變，除前承繼蘇軾外，後更啓發辛棄疾之詞風，更影響金末文人，多為當今學者所忽視，此章分六節論述：第一節論金詞原為傳統北方之豪爽風格，如何融入中原始成風氣；第二節說明蘇軾詞作不僅為蔡松年所效法，蘇軾乃針對整個金代詞學，居舉足輕重之地位，其創作詞所持之想法與變革，對於金詞具莫大之影響力，並簡錄三則蔡松年化用蘇軾詞句之例，於附錄詳實統計整理之，《明秀集》中多達六十六闋詞含蘇軾創作之影，可見蔡松年鑽研蘇軾詞作用力之深；第三節討論南宋辛棄疾雖以蘇軾為宗，亦深受金朝蔡松年詞風之影響，其因除蔡松年與辛棄疾為師生關係，辛棄疾時或為其師無法道出之無奈感而發聲、或為蔡松年效法蘇軾詞風之進行發揚等等，蘇軾至於蔡松年乃至於辛棄疾一脈相承之詞學系統，乃研究學者值得關注之處；第四節簡介金代中後期詞人運用蔡松年詞作之典故或章句進行對照，以觀蔡松年對當代詞人之影響性。

　　第七章結論部分作全文總結，檢視蔡松年詞作是否顯示出其「心境之矛盾與掙扎」，重新給予蔡松年及整個金代詞學位居詞學史中關鍵樞紐之重要性。附錄據王鵬運《四印齋所刻詞》所列蔡松年所佚之卷四至卷六之篇目、簡述蔡松年可編年之四十八闋詞作及《明秀集》之詞牌分類等等，以供查閱、對照。

第三節　研究概況及簡述

　　學界目前研究蔡松年之概況可分學位論文、單篇論文及專書著作三方面，學位論文包含三篇；單篇論文包含「專論蔡松年」及「專論金詞」二部份；專書著作則以大陸學者之著作為主。

一、學位論文

（一）梁文櫻《蔡松年詞研究》〔註32〕

　　以蔡松年生平著作、中心思想等等而論，主以分類蔡松年之詞作，舉凡祝壽、餞別、愛情、閒情等等題材，亦論述蔡松年刻意仿擬蘇軾之特色，其文詳細、完備，可大致了解蔡松年成作之特色及原因。

（二）柯正容《金詞「吳蔡體」研究》〔註33〕

　　以金初「吳蔡體」為主線而論，內文多以吳激、蔡松年詩詞之作並論，亦言蔡松年對於蘇軾之繼承，唯較梁文櫻《蔡松年詞研究》多論南宋之辛棄疾對蔡松年之啟發，且於附錄對吳激、蔡松年詞作進行箋注，此對於後人研究二人詞作乃具莫大助益。

（三）曾定華《蔡松年研究》〔註34〕

　　全文分三部分進行論述，上編可略探蔡松年之性格與生平所遭遇之事；中編進入詩詞探析，分三部分闡釋：追憶、迷惘、解脫，即為蔡松年一生最好之註解；下編論蔡松年對後世詞壇之影響，以「藝術性」為主要論述核心。

二、單篇論文

（一）專論「蔡松年」

　　與蔡松年相關之論文有：王慶生〈蔡松年生平仕歷考述〉〔註35〕、

〔註32〕梁文櫻：《蔡松年詞研究》（高雄：高雄師範大學國文教學碩士論文，2003年）。

〔註33〕柯正容：《金詞「吳蔡體」研究》（臺南：成功大學中文研究所碩士論文，2006年）。

〔註34〕曾定華：《蔡松年研究》（南寧：廣西大學碩士論文，2007年）。

胡傳志〈論金初作家蔡松年〉〔註36〕、包根弟〈蔡松年《明秀集》初探〉〔註37〕、劉鋒燾〈蕭閑詞風初探〉〔註38〕、劉鋒燾〈從守節徬徨走向消釋超脱——論蔡松年文化人格的轉變〉〔註39〕、劉鋒燾〈蔡松年「庚戌九日，還自上都，飲酒於西嵓，以『野水竹閒清，秋巖酒中綠』爲韻」組詩作年考辨〉〔註40〕、黃志煌〈試論蔡松年詞及其在金詞史之地位〉〔註41〕、李靜〈吳激、蔡松年的交往與詞之異同探析〉〔註42〕等等。

　　王慶生〈蔡松年生平仕歷考述〉乃介紹蔡松年之生平仕宦，可詳盡知悉蔡松年創作詞作之環境、背景、原因等等；胡傳志則泛論蔡松年，多以介紹其生平經歷爲主；包根弟與黃志煌論述蔡松年以探討其作品爲主；包根弟以形式、內容、風格劃分蔡松年詞作，尤以形式中擇調、用韻之用力最深，黃志煌則以題材、風格、用韻介紹蔡松年詞作，並論其與蘇軾之承繼關係；劉鋒燾〈蕭閑詞風初探〉則簡略介紹蔡松年之詞作風格及特色；〈從守節徬徨走向消釋超脱——論蔡松年文化人格的轉變〉論蔡松年之心境；〈蔡松年「庚戌九日，還自上都，飲酒於西嵓，以『野水竹閒清，秋巖酒中綠』爲韻」組

〔註35〕王慶生：〈蔡松年生平仕歷考述〉，《徐州師範大學學報・哲學社會科學版》第 1 期，1993 年，頁 1～5。

〔註36〕胡傳志：〈論金初作家蔡松年〉，《社會科學戰線》第 6 期，1996 年，頁 255～262。

〔註37〕包根弟：〈蔡松年《明秀集》初探〉，見《林炯陽先生六秩壽慶論文集》，1999 年，頁 581～600。

〔註38〕劉鋒燾：〈蕭閑詞風初探〉，《陝西師範大學學報・哲學社會科學版》第 3 期，1999 年，頁 116～121。

〔註39〕劉鋒燾：〈從守節徬徨走向消釋超脱——論蔡松年文化人格的轉變〉，《蘭州大學學報・社會科學版》第 1 期，2000 年，頁 113～119。

〔註40〕劉鋒燾：〈蔡松年「庚戌九日，還自上都，飲酒於西嵓，以『野水竹閒清，秋巖酒中綠』爲韻」組詩作年考辨〉，《運城高等專科學校學報》第 1 期，2000 年，卷 18，頁 54～55。

〔註41〕黃志煌：〈試論蔡松年詞及其在金詞史之地位〉，《嘉南學報・人文類》第 32 期，2006 年 12 月，頁 651～667。

〔註42〕李靜：〈吳激、蔡松年的交往與詞之異同探析〉，《黑龍江民族叢刊》第 1 期，2007 年 2 月，頁 179～182。

詩作年考辨〉以其詩爲主題述說；李靜則論蔡松年與吳激之交往。

（二）專論「金詞」

專論金詞之論文作品甚繁，其中亦可細分二類：

1、金詞人群體

李藝〈談金代詞人的群體劃分〉〔註43〕以整個金朝之詞人爲主題敘寫；劉揚忠〈金代河朔詞人群體論述〉〔註44〕則縮小論述範圍，乃探討河朔詞人群體。

2、金詞之地位

鍾振振〈論金元明清詞〉〔註45〕則視金元明清詞爲一詞學系統進行論述、張晶〈乾坤清氣得來難──試論金詞的發展與詞史價值〉〔註46〕、王昊〈論金詞北派風格之成因〉〔註47〕二者論金詞於詞史中之地位與其風格。

三、專書論著

大陸學者之專書著作，多以論金詞兼論蔡松年爲主，如：張子良《金元詞述評》〔註48〕、吳梅《詞學通論》〔註49〕、黃兆漢《全金元詞》〔註50〕、周惠泉《金代文學論》〔註51〕、胡傳志《金代文學研究》

〔註43〕李藝：〈談金代詞人的群體劃分〉，《語文學刊》第 11 期，2004 年，頁 12～16。
〔註44〕劉揚忠：〈金代河朔詞人群體論述〉，《學術研究》第 4 期，2005 年，頁 135～140。
〔註45〕鍾振振：〈論金元明清詞〉，《第一屆詞學國際研討會論文集》（臺北：中研院文哲所，1994 年），頁 265～290。
〔註46〕張晶：〈乾坤清氣得來難──試論金詞的發展與詞史價值〉，《學術月刊》第 5 期，1996 年，頁 12～17。
〔註47〕王昊：〈論金詞北派風格之成因〉，《洛陽師範學院學報》第 6 期，2001 年，頁 61～64。
〔註48〕張子良：《金元詞述評》（臺北：華正書局，1979 年）。
〔註49〕吳梅：《詞學通論》（臺北：臺灣商務印書館，1988 年）。
〔註50〕黃兆漢：《金元詞史》（臺北：學生書局，1992 年）。
〔註51〕周惠泉：《金代文學論》（吉林：東北師範大學出版社，1997 年）。

〔註 52〕、劉鋒燾《金代前期詞研究》〔註 53〕、趙維江《金元詞論稿》〔註 54〕、陶然《金元詞通論》、劉鋒燾《宋金詞論稿》〔註 55〕、丁放《金元詞學研究》〔註 56〕、劉明今《遼金元文學史案》〔註 57〕等等。

　　對於蔡松年之研究概況，最爲專門及詳盡之作品乃柯正容之《金詞「吳蔡體」研究》，惜其與吳激並論，無法專一深入探究蔡松年之生平梗概或詞作思想，多論述吳蔡體形成之緣由及對後世之影響；單篇論文及專書論文雖提及金詞，內容亦談論詞人與詞作，然對於蔡松年之爲人與其詞心多浮光掠影、草草帶過，些許篇幅甚至短小，僅可窺見蔡松年之外貌，無法洞見其內心活動。

　　本文針對蔡松年生平、心境、詞作內容及詞史地位皆進行討論，以補前人研究之不足，並深入地勘查蔡松年詞作與其內心之活動，爲蔡松年鬱悶之情進行紓發及化解，使後人能知其歸降大金之眞意爲何。

〔註 52〕胡傳志：《金代文學研究》（合肥：安徽大學出版社，2000 年）。
〔註 53〕劉鋒燾：《金代前期詞研究》（西安：陝西師範大學出版社，1998 年）。
〔註 54〕趙維江：《金元詞論稿》（北京：中國社會科學出版社，2000 年）。
〔註 55〕劉鋒燾：《宋金詞論稿》（北京：中國社會科學出版社，2002 年）。
〔註 56〕丁放：《金元詞學研究》（北京：中國社會科學出版社，2002 年）。
〔註 57〕劉明今：《遼金元文學史案》（上海：上海古籍出版社，2004 年）。

第二章　蔡松年與當代文壇概述

第一節　當代文壇

一、文壇趨勢

　　金初文壇多以北宋蘇軾爲宗，尤以其「豪放」之風格爲範，其金詩及金詞最爲顯著，除本身受當地環境影響外，蘇軾「曠遠」與「達觀」之生活態度亦爲金文人所效仿。

　　靖康之禍爆發時，女眞人入主中原，文學核心隨宋朝南遷，而北方民族生活習慣及文化一部分與中原產生融合，一部分隨著入侵者北歸而流入北方，亦帶走不少漢族文人，《四庫全書總目提要》言：「中原文獻實併入於金」〔註1〕，乃可證當時南北文化融合與變動。金滅宋入主中原後，初期利用宋朝舊臣推行漢化，乃所謂「借才異代」；中、後期有謂「國朝文派」，即是針對生活於當朝金之文人而言。

（一）借才異代

　　「借才異代」即金朝皇帝借宋朝舊臣用以制訂金代典章制度，其目的乃促進金人之漢化，《金史·文藝傳》序云：

〔註1〕　〔清〕永瑢、紀昀等人：《四庫全書總目提要》（臺北：臺灣商務印書館，1983 年），卷 190，頁 9。

> 金初未有文字。世祖以來漸立條教。太祖既興，得遼舊人
> 用之，始介往復，其言已文。太宗繼統，乃行選舉之法，
> 及伐宋，取汴經籍圖，宋士多歸之。熙宗款謁先聖，北面
> 如弟子禮。世宗、章宗之世，儒風丕變，庠序日盛，士繇
> 科第位至宰輔者接踵。當時儒者雖無專門名家之學，然而
> 朝廷典策、鄰國書命，粲然有可觀者矣。金用武得國，無
> 以異於遼，而一代制作能自樹立唐、宋之間，有非遼世所
> 及，以文而不以武也。傳曰：「言之不文，行之不遠。」文
> 治有補於人之家國，豈一日之效哉。〔註2〕

脫脫言金朝初入中原，本無文字，文化亦相異。金太祖用遼人訂典
章；金太宗行選舉，招降宋人學宋朝禮制；世宗、章宗儒風、學校
盛行，且多以科第取士，金與遼皆以武立國，惟多遼以文治國。清
顧奎光《金詩選·例言》云：

> 宇文虛中叔通、吳激彥高、蔡松年伯堅、高士談子文輩，
> 楚才晉用，本皆宋人，猶是南渡派別。〔註3〕

顧奎光舉金初代表文人，其身分皆本為宋臣，金朝皇帝乃利用以推動
其金文學發展。劉明今《遼金元文學史案》云由宋入金而出仕之文人
有二類：一為使金被迫留仕者，以宇文虛中、吳激等人為代表；一為
其他各種原因入仕金國者，以蔡松年、高士談等人為代表。劉明今進
而論上述文人：

> 雖無明顯之遺民意識，然於當時兵燹戰亂環境下，均流露
> 出淒涼的身世之感，他們並沒有為新朝的建立而鼓舞、而
> 振奮，相反卻有意逃避紛亂，嚮往寧靜閒適的生活。〔註4〕

劉明今由金朝皇帝用人之目的，轉而論文人內心逃離生活、懷歸故里
之真意；而「借才異代」之詞，表層意義雖為統治者用於歸降者之政
策，實則包含血淚交織之時代意義。

〔註2〕〔元〕脫脫：《金史·文藝傳》，頁2713～2714。
〔註3〕〔清〕顧奎光選輯，〔清〕陶玉禾參評：《金詩選》（上海：上海古籍
　　　出版社，無錫顧氏原刊本，1751年），頁5。
〔註4〕劉明今：《遼金元文學史案》，頁31。

（二）國朝文派

國朝文派一詞始於蕭貢、元好問所言；元好問於《中州集・蔡太常珪》小傳云：

> 國初文士如宇文太學、蔡丞相、吳深州之等，不可不謂之豪傑之士，然皆宋儒，難以國朝文派論之。故斷自正甫爲正傳之宗，黨竹谿次之，禮部閑閑公又次之。自蕭戶部眞卿倡此論，天下迄今無異議云。

元好問引蕭貢之語論蔡珪、黨懷英、趙秉文爲金朝代表文人，非如「借才異代」般由宋舊臣而來，因此可謂三人乃金朝中後期之創作代表作家，且具文章正統之地位。元好問於《閑閑公墓銘》論蔡珪、黨懷英、趙秉文三人爲「唐宋文派」之承續：

> 翰林蔡公正甫，出於大學大丞相之世業，接見宇文濟陽、吳深州之風流，唐宋文派乃得正傳，然後諸儒得而和之。蓋自宋以後百年，遼以來三百年，若黨承旨世杰、王內翰之端、周三司德卿、楊禮部之美、王延州從之、李右司之純、雷御史希顏，不可不謂之豪傑之士；若夫不溺於時俗，不汨於利祿，慨然以道德仁義性質命禍福之學自任，沉潛乎六經，從容乎百家，幼而壯，壯而老，怡然煥然，之死而後已者，惟我閑閑公一人。〔註5〕

元好問於文中所論之文人，皆爲金朝豪傑之士，乃因其不溺於時俗、不汨於利祿，奉行道德仁義，游於六經百家之間，其中趙秉文之風範則爲文人之冠。

再者，趙維江《金元詞論稿》對「國朝文派」亦提出看法：

> 國朝文派乃金人對金代詩歌創作特性的一個概括，宇文、吳、蔡等人不列於「國朝文派」，一方面因其本爲「宋儒」，更重要的還是只其創作仍保持著「宋儒」詩歌──蘇黃一派的舊質。〔註6〕

〔註5〕〔金〕元好問：〈閑閑公墓銘〉，出自《遺山集》，見《文淵閣四庫全書》，卷17，頁1～2。

〔註6〕趙維江：《金元詞論稿》，頁61。

趙維江論「借才異代」與「國朝文派」二詞之差異性，乃就其身分之不同及其文學寫作手法而論，其引張晶《遼金詩史》之論點言借才異代之文人並無具備「金代詩歌所具有的那種屬於自己的風骨、神韻、面目。」〔註7〕即無可代表金代文學特色或風格之顯著貢獻。趙維江之論，乃「借才異代」與「國朝文派」之差異性。

蔡松年所生處之時代，正如胡傳志《金代文學研究》所云：「從金朝建國到海陵王末年，是所謂『借才異代』時期。」〔註8〕金朝詞學史上大致認同金朝「借才異代」之時期以金太祖始，終於海陵王，金朝初期藉由舊朝文人及皇帝之力，不斷改革與學習漢民族文化，遂產生大定、明昌時局安定、經濟繁榮、且文化與學術皆發達之朝代。

二、文學特色

（一）詩

蘇軾之詩曾於北宋因元祐黨禁之故，不得盡力發展，然朱弁《曲洧舊聞》云：

> 禁愈嚴而傳愈多，往往以多相誇，士大夫不能誦坡詩，便自覺氣索，而人或謂之不韻。〔註9〕

朱弁（1085～1144），字少章，自號觀如居士，江西吉州人，著有《聘遊集》四十二卷、《書解》十卷、《曲洧舊聞》三卷、《續骫骳說》一卷、《雜書》一卷、《風月堂詩話》三卷、《新鄭舊詩》一卷、《南歸詩文》一卷。今存《曲洧舊聞》十卷、《風月堂詩話》二卷。朱弁《曲洧舊聞》言蘇詩雖遭元祐黨禁，然其風格特色已滲入平民生活之中，遂言「士大夫不能誦坡詩，便自覺氣索。」可見蘇詩於金朝影響力之巨，朱弁亦言蘇軾作品風格自然平易、不以浮實相誇，如《風月堂詩話》云：

〔註7〕 張晶：《遼金詩史》，頁174。
〔註8〕 胡傳志：《金代文學研究》，頁5。
〔註9〕 〔金〕朱弁：《風月堂詩話》，見《文津閣四庫全書・集部・詩文評》（北京：北京商務印書館，2005年），卷上，頁677。

大抵句無虛辭，必假故實，語無空字，必究所從，拘攣補綴而露斧鑿痕跡者，不可與論自然之妙者。〔註10〕

篇章以故實相夸，起於何時？」予曰：「江左自顏、謝以來，乃始有之。可以表學問，而非詩之至也。觀古今勝語，皆自肺腑中流出，初無綴緝工夫。〔註11〕

朱弁所言乃強調「自然」、「平實」、「自肺腑流出」，乃發自內心之作，蘇軾作品多符合其言，因此朱弁極為讚賞；元好問《中州集》收朱弁詩39首，其〈春陰〉：

關河迢遞繞黃沙，慘慘陰風塞柳斜。花帶露寒無戲蝶，草連雲暗有藏鴉。詩窮莫寫愁如海，酒薄誰將夢到家。絕域東風竟何事？只應催我鬢邊華！〔註12〕

該詩自然寫實地反映其羈留東北之情，尤以「關河迢遞繞黃沙，慘慘陰風塞柳斜。」「絕域東風竟何事」三句最為深刻，朱弁尚有〈元夕有感〉、〈寒食〉、〈十七夜對月〉等……，皆敘寫身居北國異地愁苦之情，〈炕寢三十韻〉：

風土南北殊，習尚非一蹶。出疆雖仗節，入國暫同俗。淹留歲再殘，朔雪滿崖谷。禦冬貂裘敝，一炕且瞑伏。〔註13〕

「風土南北殊」、「朔雪滿崖谷」深刻寫下南北文化不同及北地寒冷之特色，「禦冬貂裘敝，一炕且瞑伏。」乃其北方人之生活方式，朱弁描述於北方之生活樣貌，與南方大異其趣，創作此詞之因乃發出獨自於不同文化生活之苦悶感受，且其寫作風格正如蘇軾般發自肺腑，毫無掩飾。王世貞《藝苑卮言》論金詩：

元裕之好問有《中州集》，皆金人詩也。如宇文太學虛中、蔡丞相松年、蔡太常珪、黨承旨懷英、周常山昂、趙尚書秉文、王內翰庭筠，其大旨不出蘇、黃之外。要之，直於宋而傷淺，質於元而少情。

〔註10〕同前註，卷上，頁675。
〔註11〕同前註，卷下，頁680。
〔註12〕〔金〕元好問：《中州集》，卷10，頁58。
〔註13〕同前註，頁49。

王世貞言元好問《中州集》所收之詩皆爲金人所作，其風格、範疇不出蘇軾、黃庭堅之作；總結而言，宋詩粗淺、元詩情韻亦較缺乏，此乃與王世貞主張詩學唐詩相關，王世貞以此基礎論金詩。趙翼《甌北詩話》：「宋南渡後，北宋人著述有流播在金源者，蘇東坡、黃山谷最盛。」趙翼此言直接證明王世貞所言爲是，金人學詩多以蘇軾、黃庭堅爲效法對象。元好問《中州集》亦錄蔡松年詩作，蔡松年於詩中多紀錄其去國懷鄉、無奈不安之情緒，惟有效仿蘇軾之作，以告慰其心、以達蘇軾曠達高遠般之境界，如蔡松年〈淮南道中〉：

> 吾年過五十，所過知前非。顏鬢日蒼蒼，老境形相追。桔槔聽俯仰，隨人欲何爲。歸計勿悠悠，出處吾自知。〔註14〕

此詩首句即點出蔡松年年已過半百，人生閱歷已十分豐富，且感嘆身體外貌等等老態逐漸顯現而出，後四句具蘇軾豁達之特色，或許肇因於蔡松年此時已力不從心，遂言「隨人欲何爲」。節錄蔡松年〈漫成〉：

> 不堪行作吏，萬累方營營。夜慮多俗夢，曉枕無餘醒。拄頰西山語，適意千里羹。塵土走歲月，秋光浮宦情。欲語箇中趣，知言耿晨星。仕途古今險，方寸風濤驚。封危有骨相，使鬼須銅腥。誓收此身去，田園事春耕。〔註15〕

蔡松年首句即言不想爲官之心意，因俗塵之事，夜晚憂慮，白天病酒，因此嚮往適意之隱居生活；然歲月流逝，爲官心態亦逐漸淡薄，而能夠知道其中眞意，乃如明亮之晨星；「仕途古今險，方寸風濤驚。」點出蔡松年爲官以來之感受，仕途險惡、波濤洶湧，詩末乃發誓歸引田園，不問世事。蔡松年降金之痛苦感受，多憑藉詩詞發揮，如〈庚申閏月從師還自潁上，對新月獨酌〉：

> 人言歸甚易，但苦食不足。必使極其求，萬鍾不盈腹。處世附所安，無禍即無福。卻視高蓋車，身寵神已辱。〔註16〕

〔註14〕〔金〕元好問：《中州集》，卷1，頁30。
〔註15〕同前註，卷1，頁29。
〔註16〕同前註，卷1，頁33。

「人言歸甚易，但苦食不足。必使極其求，萬鍾不盈腹。」其「歸」
字即降金之舉，言雖萬鍾俸祿，亦無法撫平其宋亡國之傷痛；文末
「身寵神已辱」更為通篇主旨，皇帝雖極寵愛蔡松年，然其精神已
如北宋覆滅般受屈辱。〈渡混同江〉：

> 十年八喚清江渡，江水江花笑我勞。老境歸心質孤月，倦
> 游陳迹付驚濤。兩都絡繹波神肅，六合清明頭極高。湖海
> 小臣尸厚祿，夢尋煙雨一漁舠。〔註17〕

「十年八喚清江渡，江水江花笑我勞。」「倦游陳迹付驚濤」皆富含
厭倦為官之情，前者以江水江花笑蔡松年十年何以奔波於南北之
間，徒勞於官場；因此後遂言「湖海小臣尸厚祿，夢尋煙雨一魚舠。」
「尸厚祿」乃坐領職位之優厚薪水，其實身欲歸隱，不問世事，如
靜置於江邊煙雨之漁船上。囿於身份，蔡松年多無法直言於作品，
轉而仰慕蘇軾，欲如蘇軾般曠達豪放之襟懷，此亦是蔡松年詩學蘇
軾之因。

（二）詞

　　北宋時，詞風仍恪守初期之婉約與保守，題材不脫男女豔情，詞
境尚未擴展，且講究和樂；演變至金詞，大力模仿蘇軾詞作者乃金初
文人蔡松年，其詞作風格多仿效其豪放、曠遠姿態，如〈念奴嬌〉：

> 飛雲沒馬，轉沙場疊鼓，三年寒食。聞道西州春漫漫，曉
> 玉天香欹側。華屋金盤，哀絃清瑟，一曲春風坼。酒鄉堪
> 老，紫雲莫笑狂客。　　我本方外閑身，西山爽氣，未信
> 兵塵逼。拄杖敲門尋水竹，不問禪坊幽宅。醉墨烏絲，新
> 聲翠袖，不可無吾一。慇懃紅撲，好留姚魏顏色。（《全金元
> 詞》，頁21）

蔡松年創作此闋詞之時期乃隨軍隊南北奔波之時，詞句多描寫軍隊
之樣態與場景。首三句「飛雲沒馬，轉沙場疊鼓，三年寒食。」蔡
松年言三年皆於戰場上奔波，聽聞鼓聲催促，再度登臨前線；「聞道

〔註17〕同前註，卷1，頁40～41。

西州春漫漫，曉玉天香欹側。華屋金盤，哀絃清瑟，一曲春風坼。」
西州景色爛漫，牡丹盛開，其富貴雍容之態，伴隨春風、樂曲而綻
放；上片末「酒鄉堪老，紫雲莫笑狂客。」蔡松年言寧願終老於醉
鄉，望許探勿笑其癡狂；下片「我本方外閑身，西山爽氣，未信兵
塵逼。」蔡松年即強調自己乃方外之人，不願參與戰事；「拄杖敲門
尋水竹，不問禪坊幽宅。」云過著尋幽訪勝、遍尋禪舍之生活；「醉
墨烏絲，新聲翠袖，不可無吾一。」蔡松年於醉中揮墨、聆聽女子
高歌，乃生活中不可或缺之事務；末二句「慇懃紅撲，好留姚魏顏
色。」再次形容牡丹花競相開放之狀；蔡松年於上片抒寫戰場之見
聞，筆鋒豪邁壯闊；下片形容蔡松年欲過之愜意生活，且描繪牡丹
花之美妙姿態，其風格由雄壯曠遠轉而細膩淡泊，可見其內心情緒
之轉換。

　　蔡松年亦如蘇軾般仰慕陶淵明之恬淡生活，加倍推崇陶淵明與
世無爭之態度，而蘇軾晚期亦以陶淵明為宗，多創作如陶淵明田園
生活般之詞作，因此蔡松年除次韻蘇軾詞作外，二人歸隱田園之心
意如同陶淵明般熱切，如〈念奴嬌〉：

> 倦遊老眼，看黃塵堆裏，風波千尺。雕浦歸心唯自許，明
> 秀高峰相識。誰謂峯前，歲寒時節，忽遇知音客。紫芝仙
> 骨，笑談猶帶山色。　　君有河水洋洋，野梅高竹，我住
> 漣漪宅。鏡裏流年春夢過，只有閑身難得。揮掃龍蛇，招
> 呼風月，且盡杯中物。他年壠下，會須千里相覓。（《全金元
> 詞》，頁10）

此作成於皇統元年（西元 1141 年），蔡松年時年 35，〈念奴嬌〉詞
作本事乃吳傑向蔡松年乞言，蔡松年為之而作。首三句「倦遊老眼，
看黃塵堆裏，風波千尺。」蔡松年即道出厭倦為官之情，且以此年
老之冷眼看世俗塵世之起起伏伏、爭權奪利之態；「雕浦歸心唯自
許，明秀高峰相識。」唯有蔡松年應許自己歸隱之約，遂能跳脫此
窒礙；「誰謂峯前，歲寒時節，忽遇知音客。」蔡松年言與明秀峯共
同生活，且誰知能於嚴寒時節與吳傑好友相遇？上片末二句「紫芝

仙骨，笑談猶帶山色。」蔡松年便言吳傑之風韻樣貌，舉止、談吐
猶如面對美好山景般，令蔡松年神清氣爽；下片「君有河水洋洋，
野梅高竹，我住漣漪宅。」蔡松年言其與吳傑之愛好相同，皆喜愛
水邊，居住於河水之側，亦有梅竹相伴；「鏡裏流年春夢過，只有閑
身難得。」感嘆時間如夢般不停流過、消逝，僅有抱持蕭閑生活之
心意未變；「揮掃龍蛇，招呼風月，且盡杯中物。」揮灑筆墨、與美
景風月共樂，且暢飲美酒；「他年牀下，會須千里相覓。」而此種歸
隱生活，儘管千里之遙，蔡松年亦會前往拜訪吳傑。「且盡杯中物」
乃借陶淵明嗜酒之情，且蔡松年亦有此佳興，進而效仿陶淵明任情
歸詠之志。蔡松年藉蘇軾崇慕陶淵明，亦與蘇軾般欣羨陶淵明之歸
隱田園、飲酒自適之生活。

　　吳熊和《唐宋詞通論》曾對蘇軾詞對金詞之影響提出看法：

> 北宋滅亡之後，蘇軾詞派分爲南北兩支。北派爲蔡松年、
> 趙秉文、元好問等金源詞人。〔註18〕

吳熊和論以北宋蘇軾詞作爲宗之流派乃一分爲二，一爲北派，一爲南
派；北派以蔡松年、趙秉文、元好問爲代表，此言「南北」之分乃就
地域而言；苗菁《唐宋詞體通論》：

> 蘇軾開創的豪曠詞風如雄風吹進詞壇……他的詞風還北傳
> 金國，蔡松年、趙秉文、元好問等等都受其影響。〔註19〕

苗菁言蘇軾之豪曠雄偉詞風北傳至蔡松年、趙秉文、元好問等等文
人，此可證吳熊和所言金代之北派乃以此三人爲繼承者。陶然《金元
詞通論》：

> 金人對蘇軾的推崇、對蘇詞的效仿與高度讚賞就成爲普遍
> 的傾向。金初的蔡松年、金中期的趙秉文以及金元之際的
> 元好問，即是金代詞壇中步武蘇詞三位代表，蔡松年頗得
> 形似，有首開風氣之功。〔註20〕

〔註18〕吳熊和：《唐宋詞通論》（杭州：浙江古籍出版社，1989年），頁215。
〔註19〕苗菁：《唐宋詞體通論》（鄭州：中州古籍出版社，1998年），頁212
　　　～213。
〔註20〕陶然：《金元詞通論》，頁72。

陶然乃承續吳熊和及苗菁「步武蘇詞三位詞人」之說法，且以蔡松年
乃最爲形似蘇軾詞風。鍾振振〈論金元明清詞〉：

> 眞正開有金百年詞壇者，實爲蔡氏一人而已。其《明秀集》
> 追步眉山，雄爽高健，爲後人提供了學蘇的第一個藍本。
>
> 〔註21〕

鍾振振亦將蔡松年視爲開金代百年詞壇之首功者，且論蔡松年之《明
秀集》詞作乃追隨蘇軾之詞風而完成之巨作。鄭騫《續詞選》論蔡松
年：

> 松年性豪侈，喜歌詞，秉承家學，詩文俱佳，尤工詞，寓
> 豪放於清麗，驛騎余東坡、淮海之間。〔註22〕

鄭騫言蔡松年詩、文、詞皆有佳作，於清麗作品中具豪放之風，並論
蔡松年之氣格與蘇軾、秦觀並駕齊驅。趙維江《金元詞論稿》：

> 蘇學之於金源學術，最大的影響還是在文學上，尤其是其
> 詞的創作，直接秉承蘇軾所創立的言志之體及其所特有的
> 剛健之氣，形成了鮮明的北宋風範。詞的「應歌」功能在
> 北方的迅速衰微，北方民族崇尚豪爽之氣和剛健之美的文
> 化心理，都促使金源詞壇對以「豪放」爲基本風格特徵的
> 且具有明顯徒詩化傾向的東坡詞的認同。〔註23〕

趙維江深入探究蘇軾對於金詞之影響，且將北方民族特性加入論述，
認爲蘇軾「豪放、剛健之風格」及「以詩爲詞」之特點，逐漸爲金人
所接受、吸收。可見蘇軾詞風影響至整個金朝詞學，尤以蔡松年效法
其風格、手法最爲用力。

（三）綜 論

蘇軾之於金朝文學，除詩與詞皆有個別影響外，整個文壇之風
氣亦如翁方綱《石州詩話》所言之「程學盛南蘇學北」：

> 當日程學盛於南，蘇學盛於北，如蔡松年、趙秉文之屬，

〔註21〕鍾振振：〈論金元明清詞〉，頁 272。
〔註22〕鄭騫：《續詞選》（臺北：中國文化大學出版部，1982 年），頁 1。
〔註23〕趙維江：《金元詞論稿》，頁 80。

　　蓋皆蘇氏之支流餘裔。遺山崛起黨、趙之後，器識超拔，
　　始不盡爲蘇氏餘波沾沾一得，是以開啓百年後文士之脈。
　　〔註24〕

　　爾時蘇學盛於北，金人尊蘇，不獨文也，所以士大夫無不
　　沾丐一得，然大約於氣概用事，未能深入底蘊。〔註25〕

程學乃程頤、程顥之理學，乃於南方盛行，蘇軾文章之學則行於北方，翁方綱言蔡松年、趙秉文、元好問三人乃蘇軾文風之接續者，且論元好問乃開啓百年後文人承繼蘇軾之脈絡系統；翁方綱於《復初齋集外詩》亦云：「當時蘇學盛於北，明昌未出遺山翁。」翁方綱特愛蘇軾，將蘇軾文學地位提高，雖不免誇大，然可看出蘇軾對後世詞風影響之深刻。趙維江《金元詞論稿》：

　　蘇軾辭世後不到三十年，北宋王朝爲金源所亡，但是蘇軾
　　的學術思想和東坡體精神卻在金源國土上得以延續與發展
　　並被極度發揚。〔註26〕

趙維江論北宋雖滅，然蘇軾之學術貢獻及思想精神於金朝之後得以延續與發展。胡傳志《金代文學研究》之說法可爲「文人學蘇」作結：

　　蘇軾豐富多彩的人生、達觀放曠的生活態度、縱橫豪邁的
　　才氣、全能的文學創作，立即被金源統治者和文人所接納、
　　所鍾愛……蘇學對剛剛起步的金源文學具有建設性意義，
　　它推動了金源文學的健康發展，其作用不可低估。金源蘇
　　學的發展對後世文學也有影響。蘇軾的豪放詞傳統在南宋
　　取得最輝煌的業績，但南宋末年，姜夔、張炎一路漸受推
　　崇，蘇、辛一派漸受冷落，這時北方趙秉文、王若虛、元
　　好問等人堅持公認蘇詞爲古今第一，從而鞏固了蘇詞的地
　　位，也有利於後代詞學的發展。〔註27〕

胡傳志文末關注於南宋詞之流變上，南宋詞喜姜夔、張炎雕砌之詞

〔註24〕〔清〕翁方綱：《石州詩話》，見《續修四庫全書・集部・詩文評類》
　　　　（上海：上海古籍出版社，2002年），卷5，頁2。
〔註25〕同前註，卷5，頁4。
〔註26〕趙維江：《金元詞論稿》，頁80。
〔註27〕胡傳志：《金代文學研究》，頁40。

風，不喜蘇軾、辛棄疾之豪放詞風，然此時之金朝則以元好問爲文壇領導者，於當時不斷推崇蘇軾，使蘇軾之影響力不綴於金。

　　各朝文學皆有其全面性發展，一文體興盛，另一文體並非停滯不前，若以唐朝論，後人稱其文學代表乃唐詩，其可解讀成正符合時空及環境下之產物，詩之體裁適於唐發展，進而運用於科舉，非說明該唐朝文學僅存在詩體，尚有變文、律賦等等文學；詞體於宋朝發展亦同，雖可言詞乃時下文人與百姓廣爲流傳、歌頌之文體，然宋尚有以李商隱爲祖、黃庭堅爲宗之江西詩派，其爲宋詩代表；其宋話本亦影響至明朝白話小說等等。

　　金代文學之興盛，得力君王之愛好及文人之提倡，愛好文學之君王如前所言之金朝海陵王、金章宗等等，皆曾親筆創作；君王雖加以提倡文學發展，然仍需文人提倡、發展之，金朝文壇之興盛實乃憑藉文人之努力，莊仲方《金文雅·序》：

> 金初無文字也，自太祖得遼人韓昉，而言始文：太宗入宋汴州取經籍圖書，宋宇文虛中、張斛、蔡松年、高士談輩後先歸之，而文字煥興，然猶所謂借才異代也；至蔡珪傳其父松年家學，遂開金代文章正宗。洎大定、明昌之間，趙秉文、楊雲翼主文盟時，則有若梁襄、陳規、許古之勁直，黨懷英、王庭筠之文采，王若虛、王渥之博洽，雷淵、李純甫之豪爽，爲金文之極盛。及其它也，則有元好問以宏遠博大之才，足以上繼唐、宋而下開元、明，與李俊民、麻革之徒爲之後勁。迹其文章雄渾挺拔，或軼南宋諸家。
> 〔註28〕

莊仲方言金人講究文學發展乃由韓昉始，金太宗時期，由北宋入金之宇文虛中、蔡松年等等文人更促使金代文學之發展；依序論及大定、明昌時期之趙秉文、楊雲翼；而金末元初尚有元好問整合金代文學，此皆促進金代文學發展、極富貢獻之文人。

〔註28〕　〔清〕莊仲方：《金文雅·序》（臺北：成文出版社，1967 年），頁3。

三、詞壇概況

金朝的歷史共一百二十年，由西元 1115 年至西元 1234 年，從女真族首領金太祖完顏阿骨打（即完顏旻）滅遼與北宋，〔註29〕至西元 1234 年金哀宗被蒙古人所滅，對應漢人之宋即宋徽宗始至宋理宗完結。

金詞分期之問題，王昊〈金詞分期問題爭議〉〔註30〕中提及，金詞分期共可劃分為三：三期說、四期說、五期說。

（一）三期說

根據黃兆漢《金元詞史》之分法，金詞第一時期乃由金太祖元年至海陵王正隆五年（西元 1115～1160 年），約莫等於宋徽宗正和五年至宋高宗紹興三十年，此期金人對於漢人文化尚在統整並汲取其中優點，時而加以敵視或排斥，因此可說是「草創時期」，僅由遼宋降臣或被拘留的使臣，逐漸的學習漢人的文化、典章制度或文學等……因此有「借才異代」〔註31〕之說，而初期的金詞人不多，且風格或思想多流露出北宋遺民的感傷或懷舊之情，蔡松年生活於此期，約在金初。

第二時期乃為金世宗大定元年，至衛紹王崇慶元年（西元 1161～1212 年），約莫等於宋高宗三十一年至宋寧宗嘉定五年，金朝此時又稱「大定、明昌時期」，此期作品則多為寫景抒情，主因在於時局穩定、經濟繁榮，初期作品的悲嘆、懷鄉的氣息便逐漸減少。

第三期為金宣宗貞祐元年，至金哀宗天興三年（西元 1213～1234 年），約莫等於宋寧宗嘉定六年至宋理宗端平元年，此時又回歸至金初期詞人亡國後的沉痛之感，不同之處乃在於金詞人如今親

〔註29〕遼被金滅於西元 1125 年；北宋被金滅於西元 1127 年。

〔註30〕王昊：〈金詞分期問題爭議〉，《湖北大學學報，哲學社會科學版》第 5 期，2006 年，頁 631～634。

〔註31〕劉明今：《遼金元文學史案》：「一從文學現象看，作家要來自前代或異代；一從文學風貌看，作品的藝術風格與思想內蘊均有明顯的前代或異代色彩，區別於本朝自身的文學。」，頁 26。

身經歷戰亂、流離之苦，更能體會北宋遺民之情，因此作品中多呈現憂國憂民之心，不再吟風弄月、從容寫景。

第二位學者持三期說乃張子良《金元詞述評》，具體劃分初期、中期、晚期。初期云：

> 自太祖建國，至海陵南侵被弒殺瓜州（西元 1115～1160年），共四主 45 年，爲金之初葉。〔註32〕

張子良言之四主乃金太組完顏阿骨打、金太宗完顏晟、金熙宗完顏亶、金肅宗海陵王完顏亮。中期云：

> 故自世宗代立（西元 1161 年），……且至廢帝衛紹王遇弒（西元 1213 年），前後三主 53 年。〔註33〕

其三主分別爲金世宗完顏雍、金章宗完顏璟、金惠宗完顏永濟。晚金云：

> 迨及宣宗南渡（西元 1214 年），迄乎元好問之卒年（西元1257 年），計二主 44 年。〔註34〕

其二主分別爲金宣宗完顏珣、金哀宗完顏守緒。周篤文〈金元明清詞選·序〉：

> 初期的詞人如宇文虛中、吳激等，這些詞壇的領袖人物都是宋代文臣，身處憂患，故多悲咽之聲，遂使一脈北傳，開金代詞壇；中葉以後，這時主文柄的是黨懷英和趙秉文，他們都出生於金代，其中趙秉文詞學東坡，格調清壯，含婀娜於剛健，頗具境界；金末代表詞人爲元好問，他的詞和他的詩一樣，可稱時代的悲歌和實錄。〔註35〕

周篤文亦秉持三期說之看法；初期代表詞人多本爲宋代文臣如宇文虛中、吳激等人，其意可解爲「借才異代」之期，所處環境深刻影響其詞風；中期代表詞人乃黨懷英、趙秉文，尤以趙秉文詞學東坡

〔註32〕張子良：《金元詞述評》，頁 19。
〔註33〕同前註，頁 19。
〔註34〕同前註，頁 20。
〔註35〕周篤文：〈金元明清詞選序〉，《詞學》創刊號（上海：華東師範大學出版社，1981 年），頁 181。

最具境界，此其乃「大定、明昌」時期，政治安定、經濟繁榮，詞作多賦閑歌舞、從容自在；末期詞人代表乃元好問，詩詞皆爲當世所稱許，此時金朝乃瀕臨存亡之秋，詞人多抒憂懼之情於作品中；金啓華《金詞論綱》：「從詞作、詞風等情況來看，似可分爲三階段敘述。即：一、金初時期；二、世宗章宗時期；三、金末時期。」金啓華之分期乃簡明扼要，即將金代一分爲三；王兆鵬、劉尊明〈風雲豪氣，慷慨高歌——簡說金詞〉：

> 金源詞壇，先後出現過三代詞人群。金詞的發展也相應經歷了三個歷史階段。第一代詞人群生活在金初與宋南渡詞人群同時，這一階段，可視爲金詞的「承接期」，期中吳激、蔡松年最著名，二人並稱，號「吳蔡體」，而此一期最能代表北方詞風特色的是女眞人完顏亮；第二代詞人群，主要生活在金中葉社會相對安定的時代（1161～1208），與辛棄疾等南宋中興詞人同時，這是金詞發展的「擬定期」，主要是擬定和強化由蔡松年承接發展而來的「東坡範式」，從現存作品來看，這個階段是金詞相對缺乏特色的一個時期；第三代詞人群，生活在亡國前後的金末元初，成就最高的是元好問，這是金詞發展的最後階段，可稱爲輝煌的「創獲期」。〔註36〕

從以上三個分期發現一個現象：在金朝第一與第三期，作品風格其實相類，主因在於皆是面臨亡國，或政局動盪不安等因素，唯一不同之處，乃在於金初期之「借才異代」，多是「北宋遺民」的身分，進入金朝，對於漢人所謂制度、文學、生活習慣等……逐漸產生學習與融合；第三期則即將親身經歷、面臨與北宋遺民相同處境之事，因而此二期作品風格多會相似；第二期作品多偏向吟風弄月，原因乃是經濟繁榮，政局穩定，詞人無需感嘆家國之破或感傷親屬分離之情，於是閒適之作品與寫景抒情之作品則大量產生，也因此詞作文采如王兆

〔註36〕王兆鵬、劉尊明：〈風雲豪氣，慷慨高歌——簡說金詞〉，《古典文學知識》，第 5 期總第 74 期，1997 年，頁 74～79。

鵬、劉尊明所言較缺乏其藝術特色。

（二）四期說

四期說爲唐圭璋、鍾振振主編《金元明清詞鑒賞詞典・前言》所提出。鍾振振〈論金元明清詞〉：

> 金初吳激等實爲北宋詞的亡國之音；海陵期，蔡松年奠定
> 學蘇基礎，開有金百年詞壇；世宗、章宗時期，金詞大盛；
> 金亡前後，元好問詞爲金詞的最高成就與輝煌結束。〔註37〕

王昊〈金詞問題分期芻議〉即云：「四期說實際是對此前三期說的發展，即將初期中的海陵朝單劃爲一期。」〔註38〕誠如鍾振振所云，將吳激與蔡松年分論，視吳激爲北宋詞人與亡國之音之代表；海陵朝右丞相之蔡松年則另立一期，並稱許蔡松年乃開金百年詞壇、奠定金詞家學習蘇軾之鼻祖。

（三）五期說

王昊〈金詞問題分期芻議〉整理劉鋒燾《金代前期詞研究》之論點：「太祖、太宗與熙宗時期，是金詞發展的初期。」「這一時期是金詞的準備期。」「金初詞人，主要由宋入金的文人，而以宇文虛中和吳激爲代表。」王昊認爲海陵朝乃詞壇之「過渡時期」，代表之詞人爲蔡松年和完顏亮，認爲其乃爲一個新氣象出現的時期，劉鋒燾又云：「蔡松年作爲詞人，他的詞風開啓了有金一代百年詞壇，功不可沒。」評完顏亮則：「作爲詞人，他的詞風呈現出一種令人耳目一新的新氣象，爲中華詞史提供了一種新審美風範。」王昊同意劉鋒燾所劃分之前二時期，乃「準備期」與「過渡期」；王昊接而論金世宗大定及章宗明昌、承安時期，劉鋒燾云：「這一時期作者輩出，詞人較多，但這一時期詞作成就並不高；而就本期詞的特徵而言，可以說是承平時代文人心態的一種形象化的反映。」大定、明昌乃劉鋒燾所劃分之第三期；而「宣宗南渡前後的詞人，以趙秉文和完

〔註37〕鍾振振：〈論金元明清詞〉，頁 272～274。
〔註38〕王昊：〈金詞問題分期芻議〉，頁 632。

顏璹爲代表。」「這一時期詞藝趨於深化，詞境更趨醇雅。」第四期
逐以「宣宗南渡」爲依據，且趙秉文與完顏璹乃該期代表文人；王
昊認爲：「金亡前後的詞人主要有李俊民、段氏兄弟，以及金詞巨擘
元好問」金詞第五期之代表作家乃爲段氏兄弟與元好問等等文人，
最後再舉劉鋒燾言「金亡而金詞未亡，這一時期的詞，可以說正是
金詞蒼涼而悠遠的嗣響。」證金朝雖亡，然金詞遺響仍延續至今。

　　王昊與劉鋒燾分期極其詳細，然對於國祚稍短之金朝，略顯瑣
碎，然其益處乃可進一步認識此五期各自代表之詞家；王昊〈金詞分
期問題爭議〉認爲該劃分實際上是對詹杭倫金代文學五期論及鍾振振
金詞四期說的綜合和細分，且云各家劃分所具之分期標準同中有異
是：

> 黃兆漢、周篤文等三期說，主要以金代社會興衰歷史進程
> 爲依據，持「反映論」；金啓華的三期說從金代社會歷史進
> 程和詞風詞作兩方面入手，基本也持「反映論」；鍾振振的
> 四期說也以社會史分期爲主要參考，但強調了海陵朝蔡松
> 年、完顏亮爲金詞百年詞壇的奠定者地位，故合而單列爲
> 一朝。與上述分期標準不同，王兆鵬、劉尊明的三期說，
> 則延續了王兆鵬此前關於宋詞分期的「代群觀」，以「代群」
> 和「創作特徵」爲主要依據，並結合社會政治進程來劃分。
> 〔註39〕

王昊認爲，三期說之黃兆漢、周篤文乃以金代社會與歷史主題作區
分；金啓華則加上詞作詞風作論述；四期說之鍾振振則強調海陵王朝
完顏亮與蔡松年之重要地位；王兆鵬、劉尊明則以代群觀與創作特徵
作劃分。

　　筆者同意金朝以「三期說」作劃分，尤認同以張子良及黃兆漢之
說法，乃因其內容詳盡且扼要；金朝初期乃「借才異代」，初統治漢
人，須藉由歸降之宋臣訂立朝廷之規範及融合南北之文學，逐以初期
爲金代開國期；待至政治與經濟步上軌道，加上無內憂外患，此社會

〔註39〕王昊：〈金詞問題分期當議〉，頁632。

安定繁榮之時，乃各朝代皆必經之路途，金代則是所謂大定、明昌時期，民豐物富，進而影響文學作品，多怡然自得、歌舞昇平之詠唱；盛世久必衰敗，當局者與人民過慣優渥生活，日夜紙醉金迷，其末期當局者無心政事、人民無心農事，此時亦有外患侵擾，內外無法兼顧之時，遂瀕臨存亡之秋，文人亦時發悲嘆之情於作品之中。

第二節　生平及詞集

一、政治背景

　　劉浦江：〈女眞的漢化道路與大金帝國的覆亡〉〔註 40〕曾云金初女眞人如何漢化？如何南遷學習宋人文化？天會十一年（西元 1133 年），「金左副元帥宗維悉起女眞土人散居漢地。」〔註 41〕即女眞猛安謀克大批遷往長城以南漢地；金熙宗皇統初年，金人從南宋奪取河南、陝西，猛安謀克遷入漢地進行屯田，「凡屯田之所，自燕之南、淮隴之北俱有之。」〔註 42〕可證之。海陵王正隆間，「不問疏近，並徙之南。」〔註 43〕言爲了加強對女眞貴族之控制，北方金人大多已遷入中原漢地，並加速金人內部漢化。劉浦江一文更論金人之「體制一元化」，言金熙宗之漢制改革，乃金朝皇帝最甚者，涉及中央職官、地方行政、禮制、曆法等等，可謂金朝全盤漢化之一大步。

　　蔡松年生於北宋徽宗大觀元年（西元 1107 年），而金朝太祖建國於宋徽宗政和五年（西元 1115 年），乃北方興起之女眞族，直接威脅北宋之安定；西元 1126 年，靖康之禍爆發，徽、欽二帝被俘，

〔註40〕劉浦江：《松漠之間——遼金契丹女眞史研究》（北京：中華書局，2008 年）。
〔註41〕〔宋〕李心傳：《建炎以來繫年要錄》，見《文淵閣四庫全書・史部》，卷 68，頁 31。
〔註42〕〔明〕商輅：《續資治通鑑綱目》，見《文淵閣四庫全書・史部》，卷 14，頁 35。
〔註43〕〔元〕脫脫：《金史・世宗》，卷 8，頁 185。

蔡松年時年 20 歲，正當其施展抱負、報效國家之時，而竟遭逢此亡國之禍，其內心之傷痛感受影響其一生。北宋滅亡後，蔡松年降金，遂歷經四位帝王，分別為金太祖完顏阿骨打、金太宗完顏晟、金熙宗完顏亶及金海陵王完顏亮，其中金熙宗及金海陵王對漢化毫無保留之接受，使蔡松年深受該二主重用；儘管蔡松年內心不願仕金，然金人漢化能有其輝煌成就，蔡松年具有不可抹滅之重要地位。蔡松年所歷經朝代及紀元如表 1 所示。

表 1　蔡松年生存時宋金二朝在位皇帝及年號一覽表

在位皇帝	在位時間	蔡松年生時在位年號	蔡松年年歲	備　註
宋徽宗	26 年（1100〜1125）	大觀（1107〜1110） 政和（1111〜1118） 重和（1118〜1119） 宣和（1119〜1125）	出生〜9 歲	
金太祖	9 年（1115〜1123）	收國（1115〜1116） 天輔（1117〜1123）	9 歲〜17 歲	遼天慶五年（1115）完顏阿骨打於會寧建立大金
金太宗	13 年（1123〜1135）	天會（1123〜1135）	17 歲〜29 歲	天會四年（1126）靖康之禍
金熙宗	16 年（1135〜1150）	天眷（1138〜1140） 皇統（1141〜1149）	29 歲〜43 歲	皇統六年（1146）殺宇文虛中、高士談
金肅宗海陵王	12 年（1150〜1161）	天德（1149〜1153） 貞元（1153〜1156） 正隆（1156〜1159）	43 歲〜53 歲卒	遷都中都漢化漸深正隆三年（1158）蔡松年任右丞相

按：（ ）內之數字表西元紀年。

　　蔡松年由北宋末入金，其亡國之傷痛則於此壯年之時深烙於心，雖終其一生官途順遂，然內心之不安與矛盾乃深刻影響蔡松年歸鄉思想與詩詞之作。

二、生平遭遇

蔡松年（1107～1159），字伯堅，號蕭閑老人，眞定（今河北正定）人，年53歲而卒，有關蔡松年生平，〔元〕脫脫《金史・蔡松年傳》云：

> 蔡松年字伯堅。父靖，宋宣和末，守燕山。松年從父來，管勾機宜文字。宗望軍至白河，郭藥師敗，靖以燕山府降，元帥府辟松年爲令史。天會中，遼、宋舊有官者皆換授，松年爲太子中允，除眞定府判官，自此爲眞定人。〔註44〕

脫脫文字可略見蔡松年如何由北宋舊臣轉入大金新臣，而祖籍爲今河北正定縣人。蔡松年初本宋人，與父降金，宋宣和七年（西元1124年），蔡松年18歲，管勾機宜文字，後雖降金，然其父蔡靖於郭藥師降金前，曾表不願屈服、寧死求全外，更告誡蔡松年忠於宋國、不可忍辱偷生，蔡松年亦持如此看法。蔡松年一生可分三期：第一期乃「降金前之活動」，敘述剛遭逢國變家亡之秋，及其歸降大金與否之抉擇；第二期乃「降金後任官至出使高麗」，此其蔡松年雖任金朝官職，然多發退隱及倦遊之語，此其作品亦爲最豐，乃心懷不安之故；第三期乃「出使高麗還國升遷至右丞相」，此時蔡松年之官途飛黃騰達，步步高升，雖位居顯位，然其作品仍透露出其心境矛盾與掙扎之情節。

（一）降金前之活動（約西元1107年至西元1127年）

宋靖康元年（西元1126年），爆發「靖康之禍」，徽、欽二帝被俘，此巨變對於當時愛國憂民之文人乃一大震撼；蔡松年亦如是，然其最終選擇降金，實乃不得已之抉擇。《三朝北盟會編》卷二十四引沈琯《南歸錄》：

> 靖率監司議事於南門內，內有人建言，欲擁取敢戰二千人，開城門而遁。靖曰：「此事且須熟議。」獨臣以爲不可。靖曰：「試與家中商議，先遣骨肉南歸。」頤浩與競取家屬在

〔註44〕〔元〕脫脫：《金史・蔡松年傳》，卷125，頁2715。

南門欲去。靖與臣同歸衛，聞靖告其妻兄許採及其子松年：
「今日眾人欲宵遁，如何？」採與松年具曰不可。臣直入
靖室，採與松年在側大聲告之，以太學爲守臣，豈可聽眾
人之語？幸堅守不去之說，太學以爲然……九日晚，傳金
國太子至城，藥師率官屬遠迓之。回言太子有令，南朝官
並不殺，令出城降。靖言：「既就拘執，何必更降？見時用
何禮數？若少有屈辱，必死。」靖告藥師：「靖若死，舉家
骨肉告相公縊死，一坑埋之。」並誡子松年不屈。〔註45〕

其文可見蔡靖之忠心與氣魄，蔡靖並以忠義之心告誡其子蔡松年，蔡
松年亦身懷忠烈，表願隨父從容赴義。北宋靖康元年（西元 1126 年）
靖康之禍爆發，北宋滅亡，此段時間蔡松年是否降金，該抉擇已在蔡
松年心中盤旋、躊躇不已，徐夢莘《三朝北盟會編》卷九十八引趙子
砥《燕雲錄》：

　　知燕山蔡靖，其子松年與眷屬同處，金人養濟甚厚。松年
　　與一渤海道奴通事燕市中，合開酒肆。〔註46〕

趙子砥乃宋宗室，靖康之禍與徽欽二帝一同被俘，北遷燕山。於宋
高宗建炎二年（西元 1128 年）回歸南宋。《燕雲錄》記載，蔡松年
隨二帝北行，丁未（靖康二年，西元 1127 年）五月始至燕山府，因
此由此段可知蔡松年約於西元 1127 年與友人合開酒肆兼任通事，於
天會五年（西元 1127 年）之前蔡松年應尚未仕金，亦未開創詞作。

（二）降金後任官至奉命出使高麗（約西元 1127 年至西元 1149 年）

　　蔡松年降金後，於天會九年（西元 1131 年）任令史、天會十三
年（西元 1135 年）太子中允，天會十五年（西元 1137 年），金熙宗
廢齊國，置尚書省於汴，蔡松年除行臺刑部郎中；天眷元年（西元
1138 年），蔡松年卜居真定，建「蕭閑堂」；天眷三年（西元 1140

〔註45〕〔宋〕徐夢莘：《三朝北盟會編》（臺北：臺灣商務印書館，1983 年），
　　　　卷 24，頁 7～10。
〔註46〕同前註，卷 98，頁 14。

年），熙宗下令攻取河南、陝西之地，都元帥完顏宗弼分四路攻宋，蔡松年爲宗弼兼總軍中六部事；皇統元年（西元 1141 年），宗弼入爲左丞相，授蔡松年中臺刑部員外郎；皇統七年（西元 1147 年），金熙宗興黨獄、殺田穀等人，遷蔡松年爲左司員外郎；天德元年（西元 1149 年），出使高麗。

　　蔡松年於金天德元年（西元 1149 年）前後奉旨出使高麗，王慶生《金代文學家年譜》言金朝任高麗使節之原則：

> 金朝慣例，使宋，正使正三品；使高麗，正使正五品。松
> 年皇統七年前在六品刑部員外郎，備受排斥，未必能充使
> 臣。天德二年後已爲正四品吏部侍郎，故疑使高麗在本年
> 前後。〔註47〕

根據王慶生所言，出使外國歸國後可榮獲升官，可知蔡松年出使高麗之期，皇統七年（西元 1147 年），蔡松年仍任刑部員外郎，官六品，天德二年（西元 1150 年）後晉升爲吏部侍郎，官四品，因此王慶生推斷出使高麗之年分約爲此時。

表 2　蔡松年於北宋建炎三年（西元 1129 年）至金天德元年（西元 1149 年）之任官與詞作

朝代紀元	西元紀元	年紀	官職與事蹟	創 作 之 詞
宋建炎三年	1129 年	23 歲		〈西江月〉（古殿蒼松偃蹇）
金天會九年	1131 年	25 歲	任令史	〈念奴嬌〉（小紅破雪）
				〈滿江紅〉（翠掃山光）
金天會十二年	1134 年	28 歲		〈洞仙歌〉（竹籬茅舍）
				〈水龍吟〉（頓紅塵裏西山）
金天會十三年	1135 年	29 歲	爲太子中允 任眞定府判官	〈念奴嬌〉（洞宮碧海）
				〈水調歌頭〉（寒食少天色）

〔註47〕王慶生：《金代文學家年譜》，（南京：鳳凰出版社，2005 年），頁 65。

金天會十四年	1136 年	30 歲		〈人月圓〉（梨雪東城又迴春） 〈水調歌頭〉（星河淡城闕） 〈水調歌頭〉（年時海山路） 〈念奴嬌〉（飛雲沒馬） 〈水龍吟〉（待人間覓箇）
金天會十五年	1137 年	31 歲	任行臺刑部郎中	
金天會十六年	1138 年	32 歲	卜居眞定建蕭閑堂	〈水調歌頭〉（雲間貴公子）
金天眷三年	1140 年	34 歲	奉命南征攻宋 爲宗弼兼總軍中六部事	〈南鄉子〉（霜籟入枯桐） 〈水龍吟〉（一山星月） 〈滿江紅〉（端正樓空）
金皇統元年	1141 年	35 歲	任中臺刑部員外郎	〈念奴嬌〉（倦遊老眼） 〈永遇樂〉（正始風流）
金皇統二年	1142 年	36 歲		〈瑞鷓鴣〉（東風歲月似斜川） 〈瑞鷓鴣〉（酬春當得酒如川） 〈念奴嬌〉（離騷痛飲） 〈石州慢〉（京洛三年） 〈滿江紅〉（老境駸駸） 〈雨中花〉（憶昔東山） 〈千秋歲〉（碧軒清勝） 〈臨江仙〉（誰信金馬玉堂客） 〈浣溪沙〉（溪雨空濛灑面涼） 〈滿江紅〉（梁苑當時） 〈漢宮春〉（雪與幽人） 〈驀山溪〉（人生寄耳） 〈漁家傲〉（浩浩春波朝復暮）
金皇統三年	1143 年	37 歲		〈水龍吟〉（亂山空翠尋人）
金皇統五年	1145 年	39 歲		〈水龍吟〉（水村秋入江聲） 〈水龍吟〉（九秋白玉盤高） 〈烏夜啼〉（一段江山秀氣）

金皇統七年	1147 年	41 歲	興黨獄 殺田毅 任左司員 外郎	〈雨中花〉（嗜酒偏憐風竹）
金皇統八年	1148 年	42 歲		〈洞仙歌〉（六峯翠氣）
				〈水調歌頭〉（空涼萬家月）
金天德元年	1149 年	43 歲	出使高麗	〈石州慢〉（雲海蓬萊）

（三）使還高麗後升遷至右丞相（西元 1150 年至 1159 年）

金海陵王天德二年（西元 1150 年）蔡松年自高麗還，擢吏部侍郎；貞元元年（西元 1153 年）至海陵王由上京遷都燕京，欲以蔡松年本爲南人身分極擢爲顯位，以聳南人觀聽，十一月便派之賀宋正旦使，不久拜戶部尙書；貞元二年（西元 1154 年），使宋還歸，轉吏部尙書；貞元三年（西元 1155 年）拜參知政事，任崇德大夫進銀青光祿大夫；正隆元年（西元 1156 年）改尙書右丞，不久轉左丞，封鄗國公；正隆三年（西元 1158 年），自左丞遷右丞相。

蔡松年詞作主要落於第二期，即從事官宦生涯始，其內心喜懼交錯與矛盾不安，時發倦遊之語、歸隱之情，雖蔡松年可編年詞作僅48 闋，然其創作數量及所占比例仍以第二期爲多。表 4 乃蔡松年任吏部尙書後，官位升遷之速。

〔元〕脫脫於《金史‧蔡松年傳》贊其：「蔡松年在文藝中，爵位之最重者。」〔註48〕乃見其官位顯赫、官路亨通，然作品之中卻少有歡愉之情，反多惆悵、歸隱之情，雖其職位不斷攀升，然其憂懼之情不曾減少。

蔡松年任金朝官職後，仕與不仕時煩擾其心，蔡松年於此時期之詩詞之作亦大量產生，多發歸隱田園之情於作品之中，關於蔡松年之詞作，張子良曾云：「得東坡之豪俊，具淮海之婉麗。」〔註49〕言其乃具蘇軾及秦觀之風韻與氣質。亦有詩讚蔡松年之文才：

〔註48〕〔元〕脫脫：《金史‧文藝下》，頁 2743。
〔註49〕張子良：《金元詞述評》（臺北：華正書局，1979 年），頁 30。

　　文詞清麗照幽燕，風雨飄蕭隱仕前。痛飲離騷松下客，漫
　　遊塵網酒中仙。虛舟泛水棲雲夢，遠寺尋秋入九天。草木
　　扶疏迷故道，青山遙望嘆倏然。

「文詞清麗照幽燕」言蔡松年文詞氣度如幽燕般清幽秀麗；「風雨飄
蕭隱仕前」論其時以隱居田野為己任；「痛飲離騷松下客」蔡松年之
詞作曾言「離騷痛飲」，乃自詡為屈原此般高雅之士；「酒中仙」亦為
蔡松年之代稱；「虛舟」、「遠寺」、「草木」、「青山」皆隱居可見清幽
之景，亦說明蔡松年歸隱山林熱切之心意，對於塵世並無牽掛；此詩
即可透視蔡松年一生之抱負與理想。

　　〔元〕脫脫《金史·蔡松年傳》：

　　初，海陵愛宋使人山呼聲，使神衛軍習之。及孫道夫賀正
　　隆三年正旦，入見，山呼聲不類往年來者。道夫退，海陵
　　謂宰相曰：「宋人知我使神衛軍習其聲，此必蔡松年、胡礪
　　泄之。」松年惶恐對曰：「臣若懷此心，便當族滅。」久之，
　　進拜右丞相，加儀同三司，封衛國公。正隆四年薨，年五
　　十三。海陵悼惜之，奠於其第，命做祭文以見意。加封吳
　　國公，諡文簡。〔註50〕

　　松年事繼母以孝聞，喜周恤親黨，性復豪侈，不計家之有
　　無。文詞清麗，尤工樂府，與吳激齊名，時號「吳、蔡體」。
　　有集行于世。〔註51〕

蔡松年為北宋末人，兵敗而與父親蔡靖投降金朝，由於具北宋遺臣身
分且家世仕宋，因此海陵王極擢蔡松年顯位以聳南人觀聽；初被疑洩
漏軍情給宋人，爾後蔡松年表達無二心之意後便為海陵王晉升為右丞
相之位，然隔年仍受猜疑而亡。〔元〕脫脫於《金史·蔡松年傳》贊
曰：

　　蔡松年在文藝中，爵位之最重者，道金人言利，興黨獄，
　　殺田穀，文不能掩其所短者歟？事繼母有至行，其死家無

〔註50〕〔元〕脫脫：《金史·蔡松年傳》，頁2716。
〔註51〕同前註，頁2717。

餘貲，有足取云。〔註52〕

雖有興黨獄、殺田穀一事，然其文學、孝行上，令人可取。然劉祁
《歸潛志》：

> 其後，松年在相位，晨赴朝，上馬，見穀召辨，左右但聞
> 松年云：「某當便行。」望之在吏部聽事亦見穀召辨，二人
> 由此薨。而霖病創頸斷卒，天之報施亦顯哉！〔註53〕

劉祁言蔡松年、曹望之、許霖三人陷害田穀，爾後慘遭不測，不得善
終之事；元好問於〈忠武任君墓碣銘〉論皇統黨禍，痛斥蔡松年等人，
亦有「不有人禍，必有天刑。」〔註54〕之語。郝經〈書蔡正甫集後〉：
「哀哉蕭閑蔡丞相，崔浩幸免門房誅，文采風流今尚存，筆力矯矯鍾
遺孤。」〔註55〕郝經將蔡松年滅門之禍與北魏崔浩並論，差別乃蔡松
年倖免於難，非如崔浩慘遭滅門，證明蔡松年確死於非命。

後蔡松年雖其位高居右丞相，然因其身本宋臣，乃時遭猜疑，可
見《金史·蔡松年傳》；蔡松年是否死於非命，劉祁、元好問、郝經
皆持肯定說法。胡傳志《金代文學研究》：

> 在金代前期，文學的豪傑之氣並不明顯。金初借才異代，
> 少數抗節不仕的文人如滕茂實等尚能悲歌慷慨，多數仕今
> 文人卻只能忍氣吞聲地抒寫去國懷鄉的愁苦之情。金代中
> 期，像蔡珪、黨懷英等第二代文人仍然難以盡棄事金的隱
> 衷。蔡珪之父蔡松年受完顏亮的猜疑，無辜被害，不可能
> 不給他留下陰影，令他時刻小心翼翼地奔走於仕途，因而
> 也就不可能舒展其豪傑之氣。〔註56〕

胡傳志所言及代表蔡松年內心之不安，雖位居右丞相之高官，然受海
陵王之猜忌，無法高談闊論一己之苦悶，僅能寄託於翰墨之中，因此

〔註52〕〔元〕脫脫：《金史·文藝下》，頁2743。

〔註53〕〔金〕劉祁撰，崔文印點校：《歸潛志》，頁110～111。

〔註54〕〔金〕元好問：《遺山集·〈忠武任君墓碣銘〉》，見〔清〕吳重熹：《九
金人集》，卷29，頁4。

〔註55〕〔金〕郝經：《陵川集》，見《文津閣四庫全書·集部·別集》（臺北：
臺灣商務印書館，1983年），卷9，頁267。

〔註56〕胡傳志：《金代文學研究》，頁33～34。

作品多所隱喻，藉物傳達無奈及沉痛之感。

表 3 蔡松年於金天德二年（西元 1150 年）至金貞元元年（西元 1153 年）之詞作

朝代紀元	西元紀元	年紀	官職與事蹟	創 作 之 詞
金天德二年	1150 年	44 歲	使高麗還任吏部侍郎	〈梅花引〉（春陰薄）
				〈梅花引〉（清陰陌）
金天德三年	1151 年	45 歲		〈一翦梅〉（白璧雄文冠玉京）
金天德四年	1152 年	46 歲		〈聲聲慢〉（青蕪平野）
金貞元元年	1153 年	47 歲	任戶部尚書	〈朝中措〉（十年鼇禁謫仙人）
				〈朝中措〉（玉霄琱牓陋凌雲）
				〈水龍吟〉（太行之麓清輝）

下表可見蔡松年官位晉升之速。

表 4 金貞元二年（西元 1154 年）至金正隆三年（西元 1158 年）蔡松年官位一覽表

朝代	年 代	官 位	官品
金	貞元二年（西元 1154 年）	任吏部尚書	正三品
	貞元三年（西元 1155 年）	任參知政事	
	貞元三年（西元 1155 年）	任崇德大夫進銀青光祿大夫	
	正隆元年（西元 1156 年）	任尚書右丞	正二品
	正隆元年（西元 1156 年）	任左丞，封郜國公	從一品
	正隆三年（西元 1158 年）	升右丞相，加儀同三司，封衛國公	從一品
	正隆四年（西元 1159 年）卒	卒，加封吳國公，諡文簡。	

三、詞集探析

（一）成書之背景

1、書名之由來

蔡松年詞作集名爲《蕭閑老人明秀集》，其名之由來有二：

（1）蕭　閑

〈水調歌頭〉（雲間貴公子，《全金元詞》，頁7）詞序中言：「念方問舍於蕭閑」，「蕭閑」一詞出於「公作圃於鎮陽，號蕭閑圃。又公始寓汴都，其第有蕭閑堂，因自號蕭閑老人。」（《九金人集》，頁1154）可知乃由蔡松年居住地之花圃及房屋名稱而來，其詞作亦多用「蕭閑」二字，數量亦達14首，而「蕭」與「閑」皆有悠然自得之意，正代表著蔡松年眞正心意。

（2）明　秀

蔡松年「明秀」一名之由來，除代表詞作之優美，「明秀」爲「明秀峰」，乃亦論其明秀峰景之勝，時藉寄託隱居之情於明秀峰，如〈望月婆羅門〉：「一峯明秀，爲傳語、浮月碧琅玕。」（《全金元詞》，頁14）爲蔡松年傳達歸隱之意；亦醉酒於明秀峰之下，如〈驀山溪・和子文韻〉：「明秀一峯寒，醉時眠、冷雲幽處。」（《全金元詞》，頁14）醉眠於明秀峰冷雲生處；明秀峰猶如蔡松年之代稱，因此命其詞集爲《明秀集》。

2、詞作之流傳

關於蔡松年《蕭閑老人明秀集》之流傳，周惠泉《金代文學論》嘗云：

> 《明秀集》最早著錄於南宋後期陳振孫的《直齋書錄解題》，可見《明秀集》在金朝時、最晚在金亡不久就已傳入宋境。〔註57〕

周惠泉言蔡松年之集名最早見於南宋陳振孫之《直齋書錄解題》，可知金魏道明之《蕭閑老人明秀集注》促使蔡松年之詞作流傳於金朝當世，而最晚乃由南宋陳振孫《直齋書錄解題》之時始傳，陳振孫於南宋理宗嘉熙二年（西元1238年）至臨安任國子監司業，始撰寫《直齋書錄解題》，花費約二十年光景，而成該書；魏道明生則卒年不詳，

〔註57〕周惠泉：《金代文學論》，頁66。

僅以〔金〕元好問《中州集》錄魏道明父親生平云：

> 道明父，遼天慶中登科，仕國朝爲兵部郎中。子上達、元
> 貞、元化、元道（即道明字）俱第進士，皆有詩學。元道
> 最知名，暮年居雷溪，自號雷溪子，著《鼎新詩話》行於
> 世。據此，則道明之父，入金尚在，道明或生於遼時，而
> 不可謂之遼人明矣。然觀《鼎新》之名，殆似述遼事無疑；
> 況洪洲博物君子，定著爲遼，或別有據也。

以《中州集》推測魏道明父親約於遼末天慶（西元 1111 年～西元 1115
年）間登進士第，亦言「道明或生於遼時」，遼約滅於西元 1125 年，
魏道明最晚即出生於此時；以魏道明年歲約 40 歲至 50 歲成此書，並
以蔡松年卒於西元 1159 年合證《蕭閑老人明秀集注》之成書最早約
爲西元 1165 年至西元 1175 年間，遂可謂魏道明之注本最早流傳約於
金中期（約西元 1165 年），最晚乃至陳振孫《直齋書錄解題》之成書
時間（約西元 1258 年），始爲流傳。

3、後人收錄蔡松年詞作概況

後人收錄蔡松年詞作最詳盡乃：

（1）〔金〕魏道明《蕭閑老人明秀集注》，木六卷，目錄猶存，
　　　今所傳石蓮盦彙刻，收入王德毅編：《叢書集成三編》，三
　　　卷，詞 86 闋。

（2）〔清〕王鵬運《四印齋所刻詞》，含魏道明注，目錄亦錄六
　　　卷。〔註58〕

（3）〔清〕吳重熹《九金人集》，本六卷目錄猶存，可見詞牌名，
　　　詞作現存三卷，共 86 闋詞，含魏道明注。

（4）近人唐圭璋編錄之《全金元詞》，內容無註解，收錄蔡松年
　　　詞作 86 闋。

其他選錄蔡松年詞作如：

（1）〔金〕元好問《中州樂府》收錄〈大江東去〉2 闋、〈水調

〔註58〕本文附錄亡佚之卷四至卷六之詞牌及詞作數量。

歌頭〉、〈月華清〉、〈江神子慢〉、〈聲聲慢〉、〈石州慢〉、〈尉遲杯〉、〈驀山溪〉、〈鷓鴣天〉2闋、〈江城子〉，共12闋。

（2）趙萬里《校輯宋金元人詞》補錄〈月華清〉、〈江神子慢〉、〈聲聲慢〉、〈好事近〉、〈石州慢〉、〈尉遲杯〉、〈驀山溪〉、〈江城子〉、〈鷓鴣天〉2闋、〈梅花引〉2闋，共12闋。

（3）〔清〕朱彝尊《詞綜》收錄〈尉遲懷〉1闋。

（4）〔清〕萬樹《詞律》收錄〈月華清〉1闋。

蔡松年詞作本六卷，三卷已佚，現傳三卷，共存86首詞作，其詞特色如王惲《秋澗集》卷七十二〈跋蔡蕭閑醉書風檜梨雪瑞香樂府二篇贈王尚書無競〉讚云：

> 樂府尚豪華，然非紈綺中人，為免鄰女效顰耳。《明秀》一集，以崇高之餘，發而為詞章，如飲內府酒，金沙霧散，六府為之醺酣。方之逢麴車而口流涎者，故有間矣。〔註59〕

王惲首句「樂府尚豪華」可知其對蔡松年詞作之高度讚揚，亦為元人開創對蔡松年詞作進行評賞之先例。

（二）傳本之介紹

1、魏道明：《蕭閑老人明秀集注》

魏道明除注《蕭閑老人明秀集注》外，亦曾著述《國朝百家詩略》；元好問編輯《中州集》時，曾參考魏道明《國朝百家詩略》，一部分直接採用，遂體例產生前後不一之處。於此可知魏道明亦著《國朝百家詩略》，元好問《中州集・序》：

> 商右司平叔衡，嘗手鈔《國朝百家詩略》，云是魏邢州元道道明所集，平叔為附益之者，然獨其家有之，而世未之知也。歲壬辰，予掾東曹，馮內翰子駿延登、劉鄧州光甫祖謙，曰予為此集。時京師方受圍，危急存亡之際，不暇及也。明年，滯留聊城，杜門深居，頗以翰墨為事。馮、劉

〔註59〕〔元〕王惲：《秋澗集》，見《文津閣四庫全書・集部・別集》（北京：北京商務印書館，2005年），卷72，頁301。

之言，日往來於心。亦念百餘年以來，詩人爲多，若心之
士，積日力之久，故其詩往往可傳。兵火散亡，計所存者
才十一耳，不總萃之，則將遂煙滅，而無聞，爲可惜也。
乃記憶前輩及交游諸人之詩，隨即錄之。會平叔之子孟卿，
攜其先公手鈔本來東平，因得合予所錄者爲一編，目曰《中
州集》。嗣有所得，當以甲乙次第之。十月二十有二日，河
東人元好問裕之引。〔註60〕

元好問此序乃言成《中州集》之動機，乃如文中所言「將遂煙滅，而
無聞，爲可惜也。」此即後世學者論元好問之作品及理論所言之「以
詩存史」觀。元好問於此未言魏道明之生平，〔元〕脫脫所著之《金
史》亦無傳，關於魏道明之生平及品評則極其稀少，僅能參閱近代研
究學者所附錄。

（1）趙維江《金元詞研究八百年》

> 魏道明，易縣人，仕至安國軍節度使，晚年居雷溪，號雷
> 溪子。注蔡松年《明秀集》，當爲金元詞研究之肇始。魏注
> 雖有王若虛、元好問所批評的穿鑿冗複和注釋不確之嫌，
> 但其對金詞開創性的研究則是功不可沒的。

趙維江簡略介紹魏道明之字號、籍貫及游宦，並論對其註解蔡松年
之《明秀集》具極大肯定，尤以魏道明之注雖爲當代王若虛、元好
問所詬病之牽強附會於蘇軾詞作系統，然就當代而論，魏道明成爲
開創研究金詞之先鋒。

（2）陶然《金元詞通論》

> 按魏道明，字元道，號雷溪子，易縣人。曾登進士第，仕
> 至安國軍節度使。晚居雷溪，故以自號。有《鼎新詩話》，
> 已佚。《中州集》卷八存其詩二首，斷句三則。〔註61〕

陶然所言之生平略同於趙維江所錄，另得知其已佚之《鼎新詩話》亦
爲魏道明所作，而元好問《中州集》錄其詩二首、斷句三則，可知魏

〔註60〕〔金〕元好問：《中州集·序》，卷1，頁1。
〔註61〕陶然：《金元詞通論》，頁290～291。

道明之成就主在於文學理論上。

（3）周惠泉《金代文學論》

> 魏道明，生卒年無考，字元道，易州易縣（今河北易縣）
> 人。其父遼末天慶（西元 1111～西元 1115 年）間登進士第，
> 仕金爲兵部郎中。道明與兄上達，元眞、元化俱第進士，
> 又皆稱能詩。而元道最爲知名。〔註62〕

周惠泉於此論及二兄，元眞及元化亦皆有進士名，三人都能詩，乃以
魏道明最爲著稱。又云：

> 元道著有《鼎新詩話》行世，並爲同時詩人蔡松年的詞集
> 《明秀集》作注。蔡松年詞集今無其他傳本，惟靠注本得
> 傳。注本原爲六卷，卷首目錄可證，今存三卷，對於魏注
> 中的某些内容，王若虛、元好問、曾有微詞。但通觀注本，
> 見其徵引博洽，對於理解原作頗有幫助。雖然偶或失之不
> 確，亦難盡免流於繁冗，但是末注對於同蔡松年交遊唱和
> 諸人皆一一記載仕履始末，不僅彌補了《中州集》、《歸潛
> 志》的闕漏疏失，也爲後人更好地了解金初文壇的狀況提
> 供了珍貴的材料，有較高的學術價值和使用價值。〔註63〕

周惠泉統整前人論魏道明之言論，其貢獻主要在註解蔡松年之詞集，
雖王若虛、元好問無法認可魏道明之註解，然誠如趙維江之言，其開
創性之研究及對於《中州集》、《歸潛志》之疏漏進行補強，即當代之
文人爲當代之詞家作註解與本事探討，其眞實性更爲提高。

（4）丁放《金元詞學研究》

> 王若虛多次提到的「雷溪」，指金人魏道明，字元道，仕金，
> 官至安國軍節度使。晚年自號雷溪子，著有《鼎新詩話》，
> 又爲蔡松年詞作注，此注今存。雷溪之注水平不高，元好
> 問即曾指出。但金人爲本朝人詞作注，本身就是詞學史上
> 一椿非常有意義的事情，值得一提。〔註64〕

〔註62〕周惠泉：《金代文學論》，頁 187。
〔註63〕周惠泉：《金代文學論》，頁 188。
〔註64〕丁放：《金元詞學研究》，頁 155。

丁放此節歸結王若虛評蔡松年之詞論，並簡述魏道明之生平，丁放推崇魏道明「金人為本朝人詞作注」之觀點，此確為少有之文學價值，遂乃值得後世研究學者之關注。

　　關於魏道明之生平資料甚少，僅能藉由些許文獻資料得知其生平，遂無法考察其真實性，然無法抹滅其文學成就，尤以註解蔡松年《蕭閑老人明秀集》之功，雖後世褒貶不一，然其註乃唯一可知金代文人對於蔡松年詞作之看法與成書觀，此非演變至六、七百年後，其本事為文人所能洞悉。

2、吳重憙《九金人集》

　　吳重憙，字仲飴。無隸縣城里村人。同治元年（西元 1862 年）中舉人。歷任河南陳州知府、開封知府、福建按察使，江寧、直隸布政使，護理直隸總督、北洋大臣，江西巡撫、河南巡撫等職。解職後，閑居天津，閉門謝客，編輯印行《吳氏文存》、《吳氏詩存》、《世德錄》等等。終年八十一歲。《石蓮盦彙刻九金人集》乃清道光四年（西元 1824 年）根據金槧殘本刊刻，光緒二十一年（西元 1895 年）重刊。《文獻學概要》：

> 《石蓮盦彙刻九金人集》共一百五十九卷，清光緒十二年至三十二年海丰吳氏刻本。〔註65〕

吳重憙編《石蓮盦彙刻九金人集》之數量高達一百五十九卷，其編纂時間長達二十一年之久。本文乃多根據此本所錄之魏道明注，簡稱以「吳本魏注」，極富註解之文學價值，且其目錄尚存蔡松年本六卷之詞牌名，然其詞作惜已亡佚。

3、唐圭璋《全金元詞》

　　唐圭璋《全金元詞‧前言》：

> 金元先後占據北方，詞受兩宋影響，亦多可觀，如元好問、張翥，其最著者。朱彝尊輯《詞綜》，僅選金元詞十四家二

〔註65〕杜澤遜：《文獻學概要》，（北京：中華書局，2001 年），第一百二十九條，頁 331。

十一首，殊覺過少。清末諸家刻詞，自唐宋以外，兼及金
元，良非無因。近人趙萬里、周泳先兩家繼前賢之後，續
有增輯，內容愈富。余今綜合諸家所刻詞，並加以補正，
計詞二百八十二家近七千三百首，已供編寫詞史者之一
助。又錄《道藏》中金元道士詞，以供研究詞樂、詞律、
詞韻以及詞曲演變者之參考。（頁1）

唐圭璋於前言即論該成書之動機，見朱彝尊所編之《詞綜》收錄金
元詞過少，因此創作《全金元詞》以提供後世學者對於金元詞人詞
作能有所依據，尤收錄《道藏》之道士詞，其詞樂、詞律、詞韻等
等，乃《全金元詞》特出之處，該書成於唐圭璋羸弱之晚年，雖有
些許疏漏，然有此成就實屬不易。

　　唐圭璋《全金元詞》據《中州樂府》、《陽春白雪》等等輯錄蔡松
年詞作共計 84 首，補遺 2 首。趙維江〈金元詞研究八百年〉亦曾對
《全金元詞》進行探討。

（三）現存之版本

　　關於蔡松年《蕭閑老人明秀集》之版本，陶然《金元詞通論·金
元詞集簡表》為之進行整理：

清張月霄影鈔金元舊槧魏道明注《蕭閑老人明秀集》六卷
殘本，存一至三卷。張蓉鏡據此影鈔，王鵬運據張蓉鏡本
刻入《四印齋所刻詞》。吳重熹《石蓮盦彙刻九金人集》本，
用四印齋本，附補輯一。〔註66〕

陶然簡述當世收錄蔡松年詞作之存本，主由張月霄始鈔，經張蓉鏡影
鈔、王鵬運再刻《四印齋所刻詞》，最終由吳重熹《九金人集》統整
刊刻，併附補輯一篇。

　　王兆鵬於《詞學史料學》中整理並說明蔡松年《蕭閑老人明秀集
注》之現存概況：

金刊本《蕭閑老人明秀集注》，論其共六卷，今存前三卷，
藏中國圖書館。據此殘存的三卷本傳鈔，校刊的有：

〔註66〕陶然：《金元詞通論》，頁441。

張蓉鏡影鈔金刻本，中國國家圖書館和上海圖書館各藏一
部。

清丁丙跋清鈔本，藏南京圖書館。

清道光三十年（西元 1850 年）張穆輯刊《陽泉山莊叢刊》
本。王鵬運四印齋刻本。

《石蓮盦匯刻九金人集》本。

《全金元詞》據四印齋刻本輯錄 72 首，另據《中州樂府》
和《陽春白雪》補 12 首，共 84 首。〔註67〕

王兆鵬乃就現存蔡松年詞作序列而出，可見蔡松年之詞集流傳於後
世雖不豐，然足以就其詞作與箋注概觀蔡松年之生活樣貌與內心思
想。

第三章　蔡松年之親友與交遊

　　蔡松年身居右丞相，想其生活必定衣食無虞、處事態度必從容無措，然細察其 86 首詞作中，追隨蘇軾詞作之影隨處可見，而詞中眞意能如蘇軾般正面曠達？其答案乃爲否定。前所言蔡松年本爲北宋末人，後隨父降金，進而從事官職，此舉實難爲愛國忠節之士所接受，然蔡松年自身毫無羞愧之心？答案亦爲否定；筆者試從其親友與交遊之詞作中探尋其內心爲難之蛛絲馬跡，以現蔡松年之心聲。

第一節　傾心解憂之親戚

一、羨許採之仙風道骨

　　許採（？～？），即許丹房，字師聖。松年之舅。喜方外丹鼎之術，自號丹房老人。蔡松年爲之作詞二闋，〈念奴嬌〉：

> 倦遊老眼，負梅花京洛，三年春物。明秀高峯人去後，冷落清輝絕壁。花底年光，山前爽氣，別語揮冰雪。摩挲庭檜，耐寒好在霜傑。　　人世長短亭中，此身流轉，幾花殘花發。只有平生生處樂，一念猶難磨滅。放眼南枝，忘懷樽酒，及此青青髮。從今歸夢，暗香千里橫月。（《全金元詞》，頁 9）

此詞記載許採、梁愼修、田唐卿共同餞別蔡松年之事，另一作品爲

〈滿江紅〉，其詞序〔註1〕云蔡松年之舅許採乃不重錢財之人，且時發仙人之志、仙人之語，故不為世俗之事所羈，醉酒時之詩畫作品，不隨世起舞、不拘泥於世，自詡得三代鐘鼎文字之精，今年寄信予蔡松年，說明許採近況，道年雖七十，然精神體力愈健強；生活愈貧困，更得道術丹鼎之真意；許採之意乃戲勸蔡松年早日歸隱，並供給許採日常生活之用，〈滿江紅〉：

> 玉斧雲孫，自然有、仙風道骨。眉宇帶、九秋清氣，半山晴月。入手黃金還散盡，短蓑醉舞青冥窄。向大梁、城裏覓丹砂，聊為客。　　驚人字，蛟蛇活。借造物，驅春色。間別來揮灑，幾多珠璧。合眼夢魂尋故里，摩娑明秀峯頭碧。看歸來、都卷五湖光，杯中吸。（《全金元詞》，頁19）

蔡松年著此作以寄於千里遠方之許採，並表達發笑之意。首句「玉斧雲孫，自然有、仙風道骨。」蔡松年言許採乃仙人之後，自然具仙人姿態；次句「眉宇帶、九秋清氣，半山晴月。」續言許採面容清新和藹，且人格如半山晴空之月，高潔無瑕；然許採雖有收入，然轉倏即罄，如「入手黃金還散盡，短蓑醉舞青冥窄。」所云，時常衣著短蓑，飲酒歌舞，怨懟天地不容；許採於此「向大梁、城裏覓丹砂，聊為客。」便向汴京城尋覓煉丹之術，姑且作客其中；蔡松年於下片「驚人字，蛟蛇活。借造物，驅春色。間別來揮灑，幾多珠璧。」讚許採下筆如蛟蛇般生動，並憑藉造物之力，發春日美景於筆鋒，其別後隨筆之作，幾為珍貴之物，然卻無伯樂欣賞；「合眼夢魂尋故里，摩娑明秀峯頭碧。」言許採於現實中無法回歸故里，僅於夢裡嘗試觸摸明秀峰之碧綠，以告慰思鄉之情；末句「看歸來、都卷五湖光，杯中吸。」言期待歸隱之時，五湖山光之影盡入杯中，

〔註1〕 蔡松年〈滿江紅〉詞序：「舅氏丹房先生，方外偉人，輕財如糞土。常有輕舉八表之志，故世莫能用之。時時出煙霞九天上語，醉墨淋漓，擺落人間俗學，自謂得三代鼎鐘妙音。今年以書抵僕，言行年七十，精力愈強，貧愈甚，知大丹之旨愈明，意使早成明秀歸計，以供其薪水之費也。作〈滿江紅〉長短句，以發千里一笑云。」

一飲而盡。

　　蔡松年此作乃對其舅父許採日常生活之描繪，許採不重錢財，因而家貧困苦，甚而請求蔡松年資助其生活所需，然許採最終選擇投入丹鼎之術，以忘生活之窮困，蔡松年一一描繪而出，乃對許採之同情與不捨。

二、羨陳沂之歸隱田園

　　陳沂，字詠之。松年子婿。天眷年間（西元 1138 年～1140 年）中官承德。〔註2〕鎮陽在漢爲東垣縣，趙地。在恆山之陽。唐爲鎮州，宋初亦爲鎮州，後升眞定府，金時爲眞定府，爲河北西路兵馬總管。今河北省正定縣治。蔡松年爲之作詞二闋。

　　其一〈水調歌頭・送陳詠之歸鎮陽〉

> 東垣步秋水，幾曲冷玻瓈。沙鷗一點晴雪，知我老無機。共約經營五畝，臥看西山煙雨，窗戶舞漣漪。雅志易華髮，歲晚羨君歸。　　月邊梅，湖底石，入新詩。飄然東晉奇韻，此道賞音稀。我有一峰明秀，尚戀三升春酒，辜負綠蓑衣。爲寫倦遊興，說與水雲知。（《全金元詞》，頁7）

首句「東垣步秋水」可知時間乃爲秋冬之際；「共約經營五畝，臥看西山煙雨，窗戶舞漣漪。雅志易華髮，歲晚羨君歸。」蔡松年云年歲逐漸老去然生平之志尚未實現，因此欣羨陳詠之可隱居歸田之閒適生活；「月邊梅，湖底石，入新詩。飄然東晉奇韻，此道賞音稀。」身旁景物皆可成詞作題材，蔡松年遂以此表悠閒之意，然此種如東晉高雅賢士般無爲生活，鮮有人知；詞末「我有一峰明秀，尚戀三升春酒，辜負綠蓑衣。爲寫倦遊興，說與水雲知。」云蔡松年不僅熱愛「明秀峰」，亦貪戀於五斗米，即眼前之官職，唯做官始能有薪水購酒飲之，然此舉辜負了原本欲歸隱之意；蔡松年雖厭倦爲官，然僅能向流水與天空雲朵等等自然景物訴苦。

〔註2〕〔元〕脫脫：《金史・選舉志》：「舊制，狀元授承德郎。」，卷 52，頁 1161。《金史・百官志一》：「正七品上曰承德郎。」，卷 55，頁 1221。

其二〈望月婆羅門・送陳詠之之自遼陽還汴水〉：

　　妙齡秀發，韻清冰玉洗羅紈。文章桂窟高寒。晤語平生風
　　味，如對好江山。向雪雲遼海，笑裏春還。　　宦情久闌。
　　道勇退、豈吾難。老境哦君好句，張我蕭閑。一峯明秀，
　　爲傳語、浮月碧琅玕。歸意滿、水際林間。(《全金元詞》，
　　頁14)

蔡松年言「妙齡秀發，韻清冰玉洗羅紈。」即讚賞陳詠之年紀雖輕，
卻具高風亮節之風韻；次言「文章桂窟高寒。晤語平生風味，如對
好江山。」乃論與其對談後，更可知曉其內涵之廣大精深；「向雪雲
遼海，笑裏春還。」不知不覺陳沂已自遼陽回到汴水，並論蔡松年
與陳詠之相處之愉快；下片「宦情久闌。道勇退、豈吾難。」乃蔡
松年接而言一己厭倦爲官，欲急流勇退之情，然考量眼下生活實不
可行；「老境哦君好句，張我蕭閑。」乃蔡松年藉由欣賞好友陳詠之
詞作順道傳達內心眞意；文末「一峯明秀，爲傳語、浮月碧琅玕。
歸意滿、水際林間。」蔡松年再次以「明秀峰」代言，且其歸隱於
山林之情愈加堅定。

　　蔡松年二首贈別陳詠之詞，不見二人乃岳父與女婿之關係，蔡
松年視陳詠之如好友般，不諱言地告知其欲歸隱之意，猶如與知心
好友談心事般，二人可謂望年之交。蔡松年雖有美言陳詠之之才氣、
風韻、文筆，然實表達自我歸隱之心；並藉與女婿兼好友對談之間，
發怨懟之情於詞作中，望知音之人可明瞭其意。

第二節　南朝千古傷心事之吳激

　　吳激（1090～1142），生於宋哲宗元祐八年（西元1093年），卒
於金熙宗皇統二年（西元1142年），年五十。[註3] 父吳栻，熙寧六
年（西元1073年）進士，卒於任中；〔元〕脫脫《金史・吳激傳》：

〔註3〕　〔元〕脫脫：《金史・吳激傳》：「皇統二年，出知深州，到官三日卒。」
　　　　皇統二年即西元1142年，頁2718。

　　吳激字彥高，建州（今福建省）人。父拭，宋進士，官終
　　朝奉郎、知蘇州。激，米芾之壻也。工詩能文，字畫俊逸
　　得芾筆意。〔註4〕

吳激乃王安中外甥，米芾之婿。宋代名書法家米芾之女婿，「妙於詞
翰，道號東山散人。」（《九金人集》，頁 1167）〔註5〕詞與蔡松年齊
名，號「吳蔡體」。劉祁《歸潛志》：

　　先翰林嘗談國初宇文太學叔通主文盟時，吳深州彥高視宇
　　文爲後進，宇文止呼爲小吳。因會飲，酒間有一婦人，宋
　　宗室子，流落，諸公感嘆，皆作樂章一闋。宇文作〈念奴
　　嬌〉，有「宗室家姬，陳王幼女，曾嫁欽慈族。干戈浩蕩，
　　事隨天地翻覆。」之語。次及彥高作〈人月圓〉詞云，「南
　　朝千古傷心事，猶唱後庭花。舊時王謝，堂前燕子，飛向
　　誰家。　　恍然一夢，仙肌勝雪，雲鬟堆鴉。江州司馬，
　　青衫淚濕，同是天涯。」〔註6〕宇文覽之，大驚。自是，人
　　乞詞，輒曰：「當詣彥高也。」〔註7〕

劉祁此處言宇文虛中與吳激往來之事蹟，宇文虛中見吳激〈人月圓〉
一闋，驚爲天人，認爲吳激乃當代樂府之模範；元好問《中州樂府》
錄其〈人月圓〉時亦言：

　　彥高北遷後，爲故宮人賦此。時宇文叔通亦賦〈念奴嬌〉
　　先成，而頗近鄙俚。即見彥高此作，茫然自失。是後人有
　　求作樂府者，叔通即批云：「吳郎近似樂府名天下，可往求
　　之。」

元好問年代近於吳激，其所記錄之本事應符合史實，因此可見吳激確
有其傑出之文才。

〔註4〕同前註，頁 2718。
〔註5〕吳激乃王履道（字安中）之外孫。（元好問：《中州集・吳學士激小
　　　傳》，頁 13～14）；王慶生以爲王履道及第較吳拭晚二十七年，因此
　　　吳激不爲王履道之孫輩，「外孫」應爲「外甥」之誤。（王慶生：《金
　　　代文學家年譜》，頁 33。）
〔註6〕唐圭璋：《全金元詞》，頁 4。
〔註7〕〔金〕劉祁：《歸潛志》，卷8，頁 83～84。

　　而與蔡松年齊名之「吳蔡體」，最早見於〔金〕元好問《中州集‧蔡丞相松年》小傳：

　　　　百年以來，樂府推伯堅與吳彥高，號吳蔡體，有集行於世。

〔註8〕

此言百年以來，其時間約於吳激、蔡松年所存之金代初期，即有吳、蔡體之名；〔元〕脫脫《金史‧蔡松年傳》：「文詞清麗，尤工樂府，時號『吳蔡體』。有集行於世。」〔註9〕所謂「時號」，乃蔡松年與吳激所處之金代初期詞壇，此處亦證元好問之言。

　　〔元〕王鄰《湛然居士文集‧序》云：「賈、馬麗則之賦，李、杜光焰之詩，詞藻蘇、黃，歌詞吳、蔡。」〔註10〕金、元二朝皆有詞評家論二人之成就，可見吳、蔡二詞家並稱外，且後世詞評家推崇備至。「吳蔡體」非言其風格相似，乃其作名於金朝時期，以劉明今一語證之：

　　　　金初詞壇有「吳蔡體」之稱，二家詞風差異頗大，故「吳蔡體」並不是指某種特定的藝術風格，只是說明金初詞壇以吳、蔡兩家最為著稱。〔註11〕

此處所言「藝術風格」極具重要性，除了釐清蔡松年與吳激之間的差異性外，對於蔡松年與北宋蘇軾、南宋辛棄疾之間的承繼關係則有其脈絡可循。筆者認為，所謂「體」乃具獨特之風格或特徵，若論「吳、蔡體」即知金朝代表文學及二人個別之詞作特色，因二人作品風格相似或著名於世始並稱。

　　關於吳激、蔡松年之風格特色，據後世學者所評茲錄如下：二者相同處如〔元〕脫脫《金史‧吳激傳》評吳激云：「造語清婉，哀而不傷。」〔註12〕評蔡松年云：「文詞清麗」〔註13〕，二人詞風同處

〔註8〕　〔金〕元好問：《中州集》，卷1，頁27。
〔註9〕　〔元〕脫脫：《金史‧蔡松年傳》，頁2717。
〔註10〕　〔元〕王鄰：《湛然居士文集‧序》，見《四庫全書叢刊初編‧集部類》（上海：上海商務印書館，1965年），頁2。
〔註11〕劉明今：《遼金元文學史案》，頁4。
〔註12〕〔元〕脫脫：《金史‧吳激傳》，卷125，頁2718。

即「清婉」、「清麗」；其相異處，陳匪石《聲執‧下》云：「吳較綿麗婉約，然時有淒厲之音；蔡則疏快平博，雅近東坡。」〔註14〕〔清〕徐釚曾云：「金元百年間，樂府推蔡伯堅與吳彥高，號吳蔡體。其和大江東去，乃樂府中最得意者。」〔註15〕徐氏極力稱許吳蔡二人及蔡松年之〈大江東去〉；而〔清〕陳廷焯《白雨齋詞話》評論云：「金代詞人，自以吳彥高為冠，能於感慨中饒伊郁，不獨組織之工也。同時尚吳蔡體，然伯堅非彥高匹。」〔註16〕陳廷焯對於吳激之品評極加讚賞，筆者認為，乃因蔡松年與吳激之歷史背景不同，始致陳廷焯發出此語；吳激較無蔡松年位居右丞相之束縛，在作品部份自由抒發一己之志，較無忌憚；蔡松年由於身分關係，因此作品不敢多寫故國懷鄉之情，不過仍多具歸隱田園之心，此亦是蔡松年與吳激作品眾多相似之處其中之一；作品多具有哀痛沉鬱之氣，不同之處乃是各作家的成長背景不同，因此各具特色。

　　蔡松年二十餘歲時曾向吳激論求田問舍事，〈水龍吟〉詞序略談作詞經過外，並論吳激風範：「東山高情遠韻，參之魏晉諸賢而無愧，天下共知之。不幸年踰五十，遂下世。今墓木將拱矣。雅志莫遂，令人短氣。」此處言吳激高尚之風韻、弘遠之志向，與魏晉賢士可相提並論，然年過五十便逝世，令人惋惜；今吳激已逝去幾載，蔡松年之理想亦未實現，令自己十分失望。於詞序中，尚可見蔡松年感嘆公務之繁忙，使容顏逐漸衰老，遂興起厭倦為官之心；奔於南北地之時，時聽友人言各地風光之美好，因此於癸酉年（西元1153年），買田蘇門山下，建草堂以度晚年，然蔡松年又因受國君恩寵，其心無法完全歸隱山林；後乃鼓勵自我多加勤勉努力，以實現真正

〔註13〕〔元〕脫脫：《金史‧蔡松年傳》，卷125，頁2717。
〔註14〕〔清〕陳匪石：《聲執‧下》，見唐圭璋：《詞苑叢談》，頁4961。
〔註15〕〔清〕徐釚：《詞苑叢談》（臺北：藝文印書館，1965年），卷3，頁192。
〔註16〕〔清〕陳廷焯：《白雨齋詞話》，見唐圭璋：《詞話叢編》，冊4，卷3，頁3821。

優游物外、躬耕田園之生活。除吳激外，田唐卿、楊德茂亦與蔡松年共談隱居之情，蔡松年作〈水龍吟〉

> 太行之麓清輝，地和氣秀明天下。共山沐澗，濟源盤古，端如倒蔗。風物宜人，綠澄霜曉，紫蘭清夏。望青帘盡是，長腰玉粒，君莫問、相醪價。　我已山前問舍。種溪梅、千株縞夜。風琴月笛，松窗竹徑，須君命駕。佳事還丹，坐禪方丈，草堂蓮社。揀雲泉，巧與余心會處，託龍眠畫。

> （《全金元詞》，頁12）

該闋以懷吳激、田唐卿及楊德茂。首二句「太行之麓清輝，地和氣秀明天下。」言太行山之風景秀麗，煙霏空翠，名於天下；「共山沐澗，濟源盤古，端如倒蔗。」之「共山」、「沐澗」、「濟源」、「盤古」皆山陽之勝境，賞其景眞如倒吃甘蔗般，愈見其甜；「風物宜人，綠澄霜曉，紫蘭清夏。」經霜後熟透之秋橙、夏季盛開之蘭花，此皆使當地之風景則更加迷人；「望青帘盡是，長腰玉粒，君莫問、相醪價。」酒市中皆以好米釀造美酒，毋須過問其價錢；下片首句「我已山前問舍。」蔡松年於此即已道出歸隱之心；「種溪梅、千株縞夜。」則言栽種無數棵之梅樹，以映照夜晚；「風琴月笛，松窗竹徑，須君命駕。」之風琴月笛等等好友，仍不遠千里前來拜訪蔡松年；「佳世還丹，坐禪方丈，草堂蓮社。」於此處言佛道之美妙，蔡松年已興歸隱之情，遂對其法深感興趣；末句「揀雲泉，巧與余心會處，託龍眠畫。」言蔡松年選擇與其心靈相通之美景，再請如李公麟畫工之楊德茂爲其作畫，以存其心。

　　此闋詞主言太行山之勝景，並發歸隱之情，並贈吳激、田唐卿、楊德茂好友，聊寄內心之眞意。

第三節　可憐桑苧一生顛之高士談

　　高士談（？～1146），即高士談。《金史》無傳。僅《金史・宇文虛中傳》提及：「士談字季默，高瓊之後。宣和末，爲忻州戶曹參軍。

入朝，官至翰林直學士。虛中、士談俱有文集行於世。」〔註17〕最早
錄其生平經歷乃〔金〕元好問《中州集・高內翰士談》：

> 士談字子文，一字季默，宋韓武昭王瓊之後。宣和末，任
> 忻州戶曹，仕國朝爲翰林直學士。皇統初，預宇文大學之
> 禍，有蒙城集行於世。如云：「寒花貪晚日，瘦竹強秋霜。」
> 又題禹廟云：「可憐風雨胼胝苦，後世山河屬外人。」時人
> 悲之。子公振，字特夫，亦有詩名。〔註18〕

元好問言高士談乃宋韓武昭王高瓊之後代，言其因宇文虛中之牽連
而受誅，其詩悲壯淒涼，令人惋惜之；唐圭璋《全金元詞》錄其詞
作，附其小傳，亦承元好問所云：

> 士談字子文，一字季默。宣和末，任忻州戶曹參軍，仕金
> 爲翰林直學士。皇統六年（西元 1146 年），因宇文虛中得
> 罪牽連遇害。著有《蒙城集》。〔註19〕

唐圭璋錄高士談之游宦較詳盡，且知其乃因宇文虛中而牽連遇害，
《金史》所言有集行世，乃唐圭璋所言之《蒙城集》。劉鋒燾《宋金
詞論稿》云：

> 高士談，宣和末仕宋爲忻州戶曹，後仕金。皇統中，因宇
> 文虛中謀反事牽連而被殺。高士談詞今存四首，全寫清閒
> 情趣，就其情調與風格來看，仍屬北宋晏、歐一路，文筆
> 輕盈，情致閑雅，格調和婉而又逸興盎然。〔註20〕

劉鋒燾論高士談之生平本於元好問《中州集》，惟劉鋒燾針對高士談
之詞作進一步解析爲晏殊、歐陽修之遺緒，廣義而言乃具「婉約、典
雅」之風，然多一點閑情雅興於詞作之中。劉明今《遼金元文學史案》
對高士談亦有評析：

> 高士談，亳州蒙城（今屬安徽）人，北宋宣和末任忻州戶
> 曹參軍，入金仕至翰林直學士，牽連入宇文虛中案被殺。

〔註17〕〔元〕脫脫：《金史・宇文虛中傳》，卷79，頁 1791。
〔註18〕〔金〕元好問：《中州集》，卷 1，頁 57。
〔註19〕唐圭璋：《全金元詞》，頁 4。
〔註20〕劉鋒燾：《宋金詞論稿》，頁 223。

其詩感情激越，風格也多變化，如〈將赴平陽諸公祖席〉：「灞橋波似箭，南浦草如裙。此夜燈前淚，他年日暮雲。醉和醒一半，悲與笑相分。莫作陽關疊，愁多不忍聞。」自稱亦醉亦醒，亦悲亦笑，知其為性情中人。此外如〈不眠〉：「淚眼依南頭，難忘故國情。」〈題禹廟〉：「可憐風雨胼胝苦，後世山河屬外人。」憤激之情，溢於紙上，故其後被牽連遇害，也自有其本身的原因，絕非宇文虛中一句話所致。

劉明今之評論，乃擴充《中州集》、《全金元詞》及《宋金詞論稿》之有關高士談之生平、作品而評論，並強調高士談之詩所宣洩之情感，乃悲憤憂傷、慷慨激昂，為高士談再次發聲。關於宇文虛中無意中陷害高士談之事，脫脫記載如下：

> 恃才輕傲，好譏訕，凡見女直人輒以礦鹵目之，貴人達官往往積不能平。虛中嘗撰宮殿榜署，本皆嘉美之名，惡虛中者摘其字以為謗訕朝廷，由是媒糵以成其罪矣。唐括酬斡家奴杜天佛留告虛中謀反，詔有司鞫治無狀，乃羅織虛中家圖書為反具，虛中曰：「死自吾分。至於圖籍，南來士大夫家家有之，高士談圖書尤多於我家，豈亦反耶？」有司承順風旨並殺士談，至今冤之。[註21]

文中言宇文虛中恃才傲物，其行過於自負，言士大夫皆收藏圖書，非其一人獨有，且宇文虛中無意間獨述高士談，乃為奸人認定二人為共犯偕殺之，高士談蒙受不白之冤，乃宇文虛中所致。

蔡松年與高士談交往有詞共五闋，其中高士談和蔡松年之詞一闋；蔡松年曾以〈好事近〉與之唱和：

> 天上賜金匳，不減壑源三月。午椀春風纖手，看一時如雪。
>   幽人只慣茂林前，松風聽清絕。無奈十年黃卷，向枯腸搜徹。（《全金元詞》，頁23）

「天上賜金匳，不減壑源三月。」言雖上天賜與金匳，然不減壑源茶

〔註21〕〔元〕脫脫：《金史・宇文虛中傳》，卷79，頁1792。

之風味與價值；「午椀春風纖手，看一時如雪。」中之「午椀」、「春風」、「纖手」各代表三個形象：午間煮茶、春風吹拂、纖纖玉手，而「雪」乃言水滾開之氣泡如雪；「幽人只慣茂林前，松風聽清絕。」尋幽愛靜之人慣於茂盛林間，聆聽松風清澈悅耳之聲；「無奈十年黃卷，向枯腸搜徹。」言蔡松年已努力苦讀十年，如今卻江郎才盡、文思枯竭，深具感嘆之情。蔡松年於上片言「壑源茶」之優，下片轉而自述於官場中卻無成就，真正心意乃欲如幽人般隱居，於林間聆聽松風清聲；而高士談即以〈好事近〉和蔡松年之〈好事近〉

　　誰打玉川門，白娟斜封團月。晴日小窗活火，響一壺春雪。

　　可憐桑苧一生顛，文字更清絕。直擬駕風歸去，把三山登

　　徹。（《全金元詞》，頁4）

高士談「誰打玉川門，白絹斜封團月。」之「團月」可見蔡松年〈石州慢〉之詞序所言，意乃雖無法飲酒，乃以煎小團，薦以菊葉替代，「團月」即「茶葉」之意；「晴日小窗活火，響一壺春雪。」之「活火」乃燒水之意；「響一壺春雪」意同「看一時如雪」，皆水滾開之貌；「可憐桑苧一生顛，文字更清絕。」之「桑苧」乃指農桑之事，「一生顛」乃形容人生歷經波折，高士談自稱其一生顛沛流離，如〈禹廟〉一詩云「可憐風雨胼胝苦」般；高士談唯自比為「農夫」，蔡松年則使用「幽人」以自稱；而高士談於文末言「直似駕風歸去，把三山登徹。」駕風歸去將三山登徹，其即歸隱之意，不同於蔡松年，蔡松年僅能苦嘆「十年黃卷，像枯腸搜徹」，不如高士談悠閒「登徹三山」，與蔡松年「無奈搜徹」，始成極大對比。

　　蔡松年與高士談之交游詞作如〈漢宮春〉：

　　雪與幽人，正一年佳處，清曉開門。蕭然半華鬢髮，相與銷魂。披衣倚柱，向輕寒、釅潑微溫。端好在，垂鞭信馬，小橋南畔煙村。　　呵手凍吟未了，爛銀鉤呼我，玉粒晨饙。六花做成蟹眼，鳳味香翻。小梅疎竹，際璧間、橫出江天。那更有，青松怪石，一聲鶴唳前軒。（《全金元詞》，頁14）

該闋與〈石州慢〉之完成時間相去不遠，皆為短期內之作，約為西元
1142 年至西元 1145 年間，蔡松年於此段時期贈與高士談之詞作共五
闋，可見二者於此時交往之密切；首句「雪與幽人，正一年佳處，清
曉開門。」言飄雪之天乃一年中最佳之季節，高士談此時正好於清晨
前來登門拜訪；「蕭然半華鬢髮，相與銷魂。」云蔡松年見到高士談
半白之鬢髮，離別感傷之情不禁油然而生；然蔡松年「披衣倚柱，向
輕寒、醞渌微溫。」披掛衣服，倚著門柱，趁著微涼寒意，正飲著微
溫美酒；下一幕「端好在，垂鞭信馬，小橋南畔煙村。」言蔡松年與
高士談優閒地隨意行走，欣賞小橋南畔之風光；下片「呵手凍吟未了，
爛銀鈎呼我，玉粒晨饌。」蔡松年轉而論自己於寒凍天氣時節，苦讀
不止，向手呵氣以求溫暖，時間不知不覺已從晚上轉成白天；「六花
做成蟹眼，鳳味香翻。」蔡松年以雪花煮茶，「蟹眼」乃水滾貌，「鳳
味香翻」意乃茶香四溢；「小梅疏竹，際壁間、橫出江天。」進而描
繪牆邊之梅竹圖畫，似乎矗立於江天實景之中；文末「那更有，青松
怪石，一聲鶴唳前軒。」更有青松怪石、鶴唳於庭前；蔡松年上片言
高士談前來拜訪之景，然不知何時二人將離別，其愁緒猛然產生，二
人遂以美酒沖淡悲傷感受，並悠游於小橋煙村間；下片言苦讀之情
態，以品茶舒緩讀書之壓力，並欣賞牆間美景，其青松怪石，鶴唳之
聲似乎皆已成實景，於此言蔡松年沉醉其中。通篇寫下期待欲隱居後
之愜意生活，托情於景中，並記錄下與高士談相談甚歡之情景，更見
其與高士談之友情之篤。

　　蔡松年〈滿江紅〉亦論與高士談往來之詞，詞中寄託內心惆悵之
意：

> 梁苑當時，春如水、花明酒冽。寒食夜、翠屏入照，海棠
> 紅雪。底事年來常馬上，不堪齒髮行衰缺。解見人、幽獨
> 轉寒江，樽前月。　　平生友，中年別。恨無際，那容髮。
> 蕭閒便歸去，此圖清絕。花徑酒壚身自在，都憑細解丁香
> 結。儘世間、臧否事如雲，何須說。（《全金元詞》，頁 19）

上片首句「梁苑當時，春如水、花明酒冽。」言汴都風景明媚，春日花朵盛開，美酒清澈；「寒食夜、翠屏入照，海棠紅雪。」於寒食節夜晚，月瑟照射翠屏，海棠紅花綻放；「底事年來常馬上，不堪齒髮行衰缺。」蔡松年論近年奔波於官事上，問其自身成了何事乃不自知，且逐漸無法忍受身體之衰老；此時「解見人、幽獨轉寒江，樽前月。」明月正照射著蔡松年，獨自一人於江上飲酒；下片起始云「平生友，中年別。恨無際，那容髮。」忽覺一生之親友皆於中年時期分離，此種離恨瞬間湧來無法招架；「蕭閑便歸去，此圖清絕。」蔡松年言此歸隱自適之意，美妙至極；「花徑酒壚身自在，都憑細解丁香結。」如悠遊於歌樓酒館中，可解內心之愁緒；末句「儘世間、臧否事如雲，何須說。」儘管世事紛擾、是非不斷，多如雲絮，然皆毋須掛心。

蔡松年於此年獨自上京，遂懷念家鄉景物，首六句即言汴京之春日繁華盛景，「梁苑當時」即回憶、懷念之意；此刻憂愁之心，乃以「幽」、「寒」之語發於詞中；下片言別離之苦，並提及蔡松年憧憬蕭閑之隱居生活，末三句遂言儘管外界之流動紛擾，亦不加以在意。

蔡松年與高士談交往之詞作中，其中特色如：

一、〈石州慢〉、〈驀山溪〉、〈滿江紅〉皆提及「蕭閑」，〈漢宮春〉提及「蕭然」，可見蔡松年強烈之歸隱之情。

二、蔡松年少見以茶代酒，表達內心之情，如〈石州慢〉之「天東今日，枕書兩眼昏花，壺觴不果酬佳節。獨詠竹蕭蕭，者雲團風葉。」〈漢宮春〉之「六花做成蟹眼，鳳味香翻。」二闋，其皆因病而無法飲酒，遂乃借毛澤民之典而寫下。

三、蔡松年於〈滿江紅〉一闋文末所表現之態度，乃通篇《明秀集》少見之曠達氣度，不爲俗事所羈、自在遊於物之中，或許爲蔡松年歷經滄桑後之有感而發。

蔡松年交遊之文人與親友共 25 人，與各親友談論主題不脫「隱

居」、「酒醉」、「懷古」等等，藉詞作贈友，實寄託內心無法談論之苦
悶。

　　本節何以採同為五篇詞作之高士談論其與蔡松年之交遊？其乃
高士談曾與蔡松年有唱和之作，再者范季霑與梁愼修之生平經歷較
無高士談坎坷，由好友高士談切入論述，或可觀其與蔡松年內心或
有雷同之處，即苦悶與歸隱之情。表5簡錄蔡松年交遊之親友與篇
章。

表 5　蔡松年交遊詞作簡錄。

親　友	篇　　名	篇數
高士談	〈石州慢〉（京洛三年）、〈漢宮春〉（雪與幽人）、〈驀山溪〉（人生寄耳）、〈滿江紅〉（梁苑當時）、〈好事近〉（誰打玉川門）	5
范季霑	〈水調歌頭〉（西山六街碧）、〈念奴嬌〉（范侯別久）、〈浣溪沙〉（天上仙人亦讀書）、〈浣溪沙〉（壽骨雲門白玉山）、〈浣溪沙〉（月下仙衣立玉山）	5
梁愼修	〈水調歌頭〉（丁年跨生馬）、〈念奴嬌〉（倦遊老眼，負梅花京洛）〈南鄉子〉（霜籟入枯桐）、〈滿江紅〉（端正樓空）、〈水龍吟〉（一山星月）	5
田唐卿	〈念奴嬌〉（倦遊老眼，負梅花京洛）、〈念奴嬌〉（九江秀色）〈水龍吟〉（太行之麓清輝）	3
王無競	〈洞仙歌〉（六峯翠氣）、〈朝中措〉（十年鼇禁謫仙人）、〈朝中措〉（玉霄琁牓陋凌雲）	3
邢嵒夫	〈臨江仙〉（誰信玉堂金馬客）、〈瑞鷓鴣〉（東風歲月似斜川）、〈瑞鷓鴣〉（酬春當得酒如川）	3
陳沂	〈水調歌頭〉（東桓步秋水）、〈望月婆羅門〉（妙齡秀發）	2
曹浩然	〈水調歌頭〉（雲間貴公子）、〈點絳唇〉（半幅生綃）	2
張浩	〈水調歌頭〉（年時海山國）、〈念奴嬌〉（紫蘭玉樹）	2
高德輝	〈念奴嬌〉（洞宮碧海）、〈水調歌頭〉（年時海山路）	2
趙子堅	〈減字木蘭花〉（春前雪月）、〈雨中花〉（化鶴城高）	2
許採	〈念奴嬌〉（倦遊老眼，負梅花京洛）、〈滿江紅〉（玉斧雲孫）	2

吳傑	〈念奴嬌〉（倦遊老眼，看黃塵堆裏）	1
杜伯平	〈滿江紅〉（老境駸駸）	1
李彧	〈雨中花〉（嗜酒偏憐風竹）	1
施宜生	〈永遇樂〉（正始風流）	1
吳激	〈水龍吟〉（太行之麓清輝）	1
楊邦基	〈水龍吟〉（太行之麓清輝）	1
李舜臣	〈滿庭芳〉（森玉筠林）	1
張子華	〈菩薩蠻〉（披雲撥雪鵝兒酒）	1
陳公輔	〈相見歡〉（雲閑晚溜琅琅）	1
趙伯璘	〈烏夜啼〉（一段江山秀氣）	1
楊仲亨	〈念奴嬌〉（大江澄練）	1
揚子能	〈水龍吟〉（亂山空翠尋人）	1
趙愿恭	〈水龍吟〉（輭紅塵裏西山）	1

按：「和某人韻」視其內容而定，蔡松年內文若未談及親友，茲不計算其
　　中。

第四章　心境之矛盾與掙扎

　　蔡松年十九歲經歷北宋滅亡之禍，時乃壯年之期且閱歷尚淺，北宋並未重視其身分與地位，因此若有降金之舉，對於十九歲之青年乃情有可原，然其父蔡靖自幼年即不斷灌輸蔡松年傳統封建正統之觀念，遵從父訓逐大於其降金之想法，劉鋒燾論蔡松年降金前能恪守其心中文化人格之最後一道防線——拒不仕夷，乃其父蔡靖教育其傳統儒家文化之正統觀念所致。爾後金人對蔡氏父子不斷籠絡及施予恩惠，最終仍「違人願」地仕金，然蔡松年內心掙扎與矛盾之情並非於降金初期隨即湮滅，仍不斷憂纏其心，蔡靖於蔡松年年輕時期給予「守節」之志向，後蔡松年卻鬆落與幻滅，其內心遂留下一道深刻之遺憾與陰影。天會九年（西元 1131 年）所作之〈滿江紅〉詞序言：「去家六年，對花無好情悰。」（《全金元詞，頁 20）「去家六年」即蔡松年已仕金六載，時年 25，對身邊美好事物依舊未有心情欣賞，此表蔡松年對於仕金之舉仍未釋懷；四年後，天會十三年（西元 1135 年）〈水調歌頭〉：「欲辦酬春句，誰喚好情悰」（《全金元詞，頁 19）心情仍未見起色。可見蔡松年不斷渴望擺脫「借才異代」之束縛，然許多現實因素所致，使其難以依其意願行事。

第一節　內心痛苦

　　蔡松年內心實則於「仕官」、「歸隱」二者不斷掙扎，始自天會

九年（西元 1131 年）任金令史後，時見其不願爲官之情於詞作中抒發，然金朝甚器重蔡松年，最終拔擢至右丞相，此情蔡松年卻無法視而不見，因此僅能以消極之生活態度，面對內心之矛盾與掙扎，或許「歸隱田園山林」乃其運用之方法。蔡松年產生如此矛盾與掙扎之情，原因可謂有四：「性喜林壑」、「謀生之拙」、「攻打宋國」、「殺身之虞」。

一、性喜林壑

蔡松年於〈雨中花・序〉嘗言：

> 僕自幼刻意林壑，不耐俗事，懶慢之僻，殆與性成，每加責勵，而不能自克。（《全金元詞，頁 11》）

蔡松年欲歸隱林壑、嚮往田園之因主在於「違其本心」，因此借「自幼刻意林壑，不耐俗事」之由，以掩飾其「身在魏闕」，卻「心存江湖」之念；劉鋒燾將蔡松矛盾之情歸類爲：「夏夷大節」與「出處仕隱」二者；「夏夷之辨」乃漢族士人文儒之正統觀念，蔡松年於降金後本不願逾越之，時因謀生之故，或可論蔡松年怯懦之文人性格使然，不願正面與金朝皇帝正面抗衡，乃違其心志仕金；然蔡松年本不願降金卻受金之官位，其內心之苦悶、鬱卒與痛苦，誠如〈江神子慢〉云：「夜寒回施，幽香與春愁客。」（《全金元詞，頁 23》）其借用〔南朝〕梁元帝〈春日詩〉：「春愁春自結，春絲悶更繁。」以「愁」道出蔡松年之思鄉之愁，以春絲道出舊國之思。除時於作品中表達一己之心意，蔡松年後遂不斷呈現「求田問舍」之生活態度，如劉鋒燾所言之「出處仕隱」；蔡松年於〈水調歌頭〉云：「誰識昂藏野鶴，肯受華軒羈縛。」（《全金元詞，頁 8》）除讚揚范季霑不受名利束縛外，亦自我比喻之。雖謀生乃蔡松年之必需，然詞中仍暗喻其嚮往「閒雲野鶴」之生活；蔡松年亦於〈念奴嬌〉勉「邱壑風流，稻粱悲辱，莫愛高官職。」（《全金元詞，頁 11》）言勿眷戀食祿與高位，或爲蔡松年謀生與拒降金間之折衷、平衡方案。

二、謀生之拙

蔡松年曾於宋高宗建炎元年（西元 1127 年），與友合開酒肆，除可謂不願為金朝官職外，或為生活謀生所必需，爾後降金任官，可能蔡松年為生存之不得已而為之。

金熙宗皇統五年（西元 1145 年），蔡松年時年 39，於〈水龍吟・序〉嘗云：

> 乙丑八月，得告上都，行李滯留，寄食於江壖村舍。晚雨新晴，江月烱然，秋濤有聲，如萬松哀鳴澗壑。時去中秋不數日，方遑遑於道路，宦游飄泊，節物如馳，此生餘幾春秋，而所謂樂以酬身者乃如此，謀生之拙，可不哀邪。
>
> （《全金元詞，頁 22）

「謀生之拙」道出蔡松年降金之緣由，乃哀嘆其無法謀生，不得已屈服於現實生活之故，誠如正文所自言生活「身似驚鳥，半生飄蕩，一枝難穩。」因降金後內心時感不安，如同驚鳥，無所適從。因此以「哀」作結，言其乃不得已、無奈與不情願之舉。

三、攻打宋國

金太宗天會十二年（西元 1134 年），蔡松年曾受命隨金軍南下侵宋，出征前嘗作〈洞仙歌〉：「喚起兵前倦遊興」（頁 14），金皇帝命蔡松年攻宋，卻於臨陣時言「倦遊」，表達不願與宋軍正面交鋒之徬徨心情，然君命難違，遂隨軍南下；此乃蔡松年與父親蔡靖皆曾為宋官，雖今日蔡松年不得已降金，然曾為宋人，金朝皇帝卻要求蔡松年攻打宋國，昔日效忠之舊主與好友，卻於戰場兵戎相見，此乃蔡松年內心掙扎與難受之主要因素。

當時北宋名將岳飛、韓世宗奮勇抗敵大敗金兵，隔年北方亦傳來金太宗病危消息，宗弼所率領之金兵毫無鬥志擒敵，連忙北撤，蔡松年遂得以喘息，暫時解除與故國對峙之場面。

金熙宗於天眷三年（西元 1140 年），欲復取宋河南地，此時蔡松年已兼總軍中六部事，詩作〈庚申閏月從師還自穎上對新月獨酌〉

可證其曾親往前線宋金交界處，組詩共十三首，多論其欲歸隱之意，抒發身世飄零之感，其詩之六：

> 孟夏幽州道，上陘車轆轆。旌旗卻南行，飛店隨馬足。行窮清潁水，不辨洗蒸溽。吾生豈匏瓜，一笑爲捧腹。(《中州集》，頁33。)

蔡松年身雖隨金兵南下攻宋，然末二句仍表現出被迫仕金之無奈感。此亦爲蔡松年心境矛盾與掙扎所在，究竟是否該與昔日戰友兵戎相向？然礙於身分，最終無法逃避，僅能面對。

四、殺身之虞

（一）金熙宗

蔡松年於金熙宗在位之時代，有二事與其稍有牽連，然逢凶化吉，逃脫殺身之禍。

一爲金皇統六年（西元1146年），金熙宗殺宇文虛中、高士談。宇文虛中遭殺害之因，其性格或如脫脫所言：「恃才輕肆，好譏訕，凡見女直人輒以礦鹵目之。」〔註1〕高傲且鄙視女眞人外，其身本宋臣或爲金人所詬病與攻擊；蔡松年何以能避禍？早於皇統二年（西元1142年）二月至上京，高士談等人設宴接風，蔡松年以病避嫌不赴，觀〈石州慢・序〉可證：

> 今歲先入都門，意謂得與平生故人，共一笑之樂，且辱子文兄有同醉加招。而前此二日，左目忽病昏翳，不復敢近酒盞。(《全金元詞》，頁13)

平時蔡松年乃嗜酒如命之人，突稱眼病不克前往，或其有所顧慮，鋪張宴遊反易招忌；亦可稱蔡松年於此鴻圖大展之時，不願與宋舊臣有所牽扯，以防遭池魚之殃。

二爲次年尚書省令史許霖告田穀黨事，金熙宗再殺田穀等八人，流放孟浩等三十四人，此事蹟亦爲後世學者將蔡松年冠上「小人」罪

〔註1〕〔元〕脫脫：《金史》，卷79，頁1792。

名之據，脫脫云：

> 松年素與田穀不相能。是時宗弼當國，穀性剛正，好評論
> 人物，其黨皆君子，韓企先爲相愛重之。而松年、許霖、
> 曹望之欲與穀相結，穀拒之，由是構怨。故松年、許霖構
> 成穀等罪狀，勸宗弼誅之，君子之黨熄焉。是歲，松年遷
> 左司員外郎。〔註2〕

若脫脫所言爲眞，蔡松年則爲一不擇手段、自得利益者，然蔡松年或
爲其情勢所逼，躲避金皇帝誅殺九族之罪，雖不免現實，亦可言蔡松
年確爲一無力反抗上位之怯懦文人學者。

（二）金海陵王

　　金天眷三年（西元 1140 年），金熙宗命海陵王「以宗室子爲奉
國上將軍，赴梁王宗弼軍前任使，以爲行軍萬戶，遷驃騎上將軍。」
〔註3〕海陵王此職已可管理萬人，加上宗弼本極賞識與器重蔡松
年，海陵王即位（天德二年、西元 1150 年）、宗弼入朝爲相後，二
人遂提拔蔡松年，「松年前在宗弼府，而海陵以宗室子在宗弼軍中
任使，用是相厚善。」〔註4〕本由「主管漢兒文字」，逐步晉升「總
軍中六部事」，後又升「刑部員外郎」，加上海陵王本爲一漢化極深
且崇慕漢文化之皇帝，「徙榷貨物以實都城，復鈔引法。」〔註5〕需
憑藉蔡松年之力，於此時遂較無過去之苦悶與徬徨；然脫脫於金史
中對海陵王之貶抑之詞甚多，嘗云「爲人慓急，多猜忌，殘忍任數。」
〔註6〕《金史・本紀》更小結其「三綱絕矣，何暇他論。至於屠滅
宗族，翦刈忠良，婦姑姊妹盡入嬪御。」〔註7〕可窺見海陵王之性
格，蔡松年雖於年五十時，受其拔擢躍居右丞相，然海陵王：

〔註2〕同前註，卷125，頁2716。
〔註3〕同前註，卷1，頁91。
〔註4〕同前註，卷125，頁2716。
〔註5〕同前註，卷125，頁2716。
〔註6〕同前註，卷5，頁91。
〔註7〕同前註，卷5，頁118。

愛宋使人山呼聲，使神衛軍習之。及孫道夫賀正隆三年正
旦，入見，山呼聲不類往年來者。道夫退，海陵謂宰臣曰：
「宋人知我使神衛軍習其聲，此必蔡松年、胡勵洩之。」
〔註8〕

海陵王懷疑蔡松年、胡勵洩漏軍機；趙翼《廿十二史雜記·宋遼金夏
交際儀》曾記載：

至兩國（宋、金）使臣道賀時，則皆有山呼舞蹈之禮。金
海陵王愛宋使山呼聲，使神衛軍習之。是宋使至金山呼也。
金張暐使宋，以世宗大行在殯，受賜不舞蹈。是金使至宋，
非國喪亦舞蹈也。〔註9〕

可見海陵王對於「山呼」、「舞蹈」之熱衷，「山呼」即「三呼」之意，
乃「萬歲、萬歲、萬萬歲。」之語，含「祝壽」之意；「舞蹈」可推
測爲表示欣喜且心悅臣服之意；朱熹《朱子語類》記載：

朝見舞蹈之禮，不知起於何時，元魏末年，方見說那舞，
然恐或是夷狄之風。〔註10〕

若朱熹推測爲眞，更可證該舞蹈實本爲夷狄之金人所創。

　　海陵王僅因自我猜忌之心作祟，懷疑宋人何以得知金人之神衛軍
喜聽宋人山呼之語，遂聯想至本爲宋人之蔡松年及胡勵，雖蔡松年極
力發效忠之語：「臣若懷此心，便當族滅。」〔註11〕，然二人之心已
存芥蒂，爲相三年後不久，蔡松年即鬱鬱而終。

　　金熙宗、金海陵王皆蔡松年於飛黃騰達之時所效忠之皇帝，皇帝
雖對蔡松年有所重用，然二皇及金人對宋舊臣仍有所顧慮及排斥，或
爲此因，蔡松年內心時抱危機意識，戰戰兢兢度日，深怕假以時日，
受害者輪到自身，詞作題材便多歸隱山林、倦遊、甚至以夢、以酒逃

〔註8〕〔元〕脫脫：《金史》，卷125，頁2716。

〔註9〕〔清〕趙翼撰，黃壽成校點：《廿二史雜記》（瀋陽：遼寧教育出版
　　　　社，2000年），卷25，頁435。

〔註10〕〔宋〕朱熹撰，黎靖德編：《朱子語類》，見《文淵閣四庫全書·子
　　　　部》，卷128，頁3。

〔註11〕〔元〕脫脫：《金史》，卷125，頁2716。

離當下生活之寫作手法。

　　觀蔡松年之一生，因前朝亡國之恥與後朝恩寵之恩，導致其心境之矛盾與掙扎，蔡松年逐時以作品化解其煩悶與怨懟，〈滿江紅〉言：「老驥天山非我事，一蓑煙雨違人願。」（《全金元詞，頁 20》〈念奴嬌〉：「我亦疎懶歸計久，欲乞幽間松雪。」（《全金元詞，頁 21》等等，皆證其內心之不願與無奈，

　　蔡松年何以排遣心境之矛盾與掙扎？除於詩詞中不斷以虛幻之「夢」作一理想呈現，如〈渡混同江〉：「湖海小臣尸厚祿，夢尋煙雨一漁舠」（《中州集》，頁 40～41）蔡松年於夢裏尋覓悠閒之生活；亦如其自幼所謂「刻意林壑」之志，希冀效法陶淵明之田園生活，然蔡松年礙於「金臣」身分，若逃離當下生活之情於筆鋒太露，則有違金主對其之禮遇與恩寵。

　　蔡松年理想之夢雖無法實現，然詞中仍時見其思鄉之夢及隱居田園之夢，乃蔡松年內心真正之意圖；並多以陶淵明之「東籬」、「斜川」等等題材創作，亦為蔡松年排遣內心之矛盾與掙扎之途。

第二節　以夢寄託

　　蔡松年曾經歷亡國之痛，作品必多思念家鄉、故國之情，然其於〈水龍吟〉詞序言：「晚被寵榮」、〈庚申閏月從師還自穎上，對新月獨酌〉：「身寵神已辱」皆云身受金朝皇帝寵愛，歸隱念舊之心怎敢提筆振於紙上？金朝並無虧待蔡松年，只是蔡松年對於北宋覆滅仍無法忘懷，遂多以「夢」寄託故國懷鄉之情，且惆悵感傷充斥夢中，此乃蔡松年雖無可奈何，然可撫平內心矛盾、化解掙扎情感之途徑。

一、思鄉之夢

　　蔡松年之抒情作品多含蓄惆悵，雖懷念故國然礙於身分難於筆尖從容發揮，作品顯得多情深刻，〈江城子〉：

半年無夢到春溫。可憐人。幾黃昏。想見玉徽，風度更清新。翠射娉婷云八尺，誰爲寫，五湖春。　　好風歸路軟紅塵。暖冰魂。縷金裙。喚取一天，星月入金尊。留取木樨花上露，揮醉墨，灑行云。（《全金元詞》，頁 25）

通篇文字以記憶過去美好而書寫，上片首句以「夢」切入，言蔡松年已半年未夢到故鄉春天的溫暖；並推測彈琴之人，風度儀態更爲清美新穎，而誰來描寫這些綺麗的春光？下片寫在回故鄉的路途中美妙的微風徐徐吹來，卻只有故鄉事物能溫暖蔡松年於北方的靈魂；呼喊滿天的星星與一輪明月，進入我的酒杯；留下木樨花上的露水，來揮灑醉裡的作品，送給思念的人，「暖冰魂」寫下了蔡松年所處的地域與內心對故鄉有所思念造成的淒冷。蔡松年詞作中思鄉之夢多爲虛設，乃其十分思念故鄉之景所致而書寫而下，亦如〈怕春歸·秋山道中，中夜聞落葉聲有作〉：「老去心情，樂在故園生處」、「記篷窗、舊年吳楚」（《全金元詞》，頁 15）「故園」即過往之景，「舊年吳楚」之「吳楚」乃南方故土，蔡松年以此詞借指故國宋土，蔡松年眼前身爲金臣，因此以「夢」、以記憶印象中故國風土之景以表達現實無法達成之事。

表 6　蔡松年思鄉之夢詞作

詞　牌	詞　文	備　註
〈水調歌頭〉	惟有天南夢	夢見故國汴京之夢。
〈滿江紅〉	歸夢繞、白雲茅屋	思鄉之夢不斷圍繞。
〈念奴嬌〉	從今歸夢	從今別後，歸來之夢。
〈浣溪沙〉	夢爲蝴蝶亦還鄉	夢想變成蝴蝶飛回故鄉。
〈滿江紅〉	合眼夢魂尋故里	睡夢中尋覓故鄉。
〈念奴嬌〉	春事新年獨夢繞	新春到來，日思夜夢皆爲故鄉。
〈雨中花〉	夢迴故國	夢裡回到故國。
〈石州慢〉	夢魂應被楊花覺	夢中乘著小船，然被楊花擋住去路。
〈江城子〉	半年無夢到春溫	半年未夢見故鄉溫暖春景。

　　思鄉之夢，蔡松年一乃多以「春」景言，春日景色乃具萬物勃發之態，或可解讀成蔡松年內心衷心期待著能有回歸故里之一日，身旁景物亦伴其重新萌發；二乃以「故」稱之，可謂蔡松年所虛設之景，內心渴望見到故國景物。

二、歸隱之夢

　　蔡松年因權位之故，時以「夢」呈現現實不可成之願，並寫下對於歸隱田園的殷切期盼，如〈洞仙歌・甲寅歲，從師江壖，戲作竹廬〉：

> 竹籬茅舍，本是山家景。喚起兵前倦游興。地床深穩坐，春入蒲團。天憐我，教養疏慵野性。雪坡孤月上，冰谷悲鳴，松竹蕭蕭夜初靜。夢醒来，誤喜收得閒身，不信有、俗物沈迷襟韻。待臨水依山得生涯，要傳取新規，再營幽勝。（《全金元詞》，頁 14）

蔡松年此詞成於西元 1134 年，時正金太宗天會十二年，蔡松年隨帥府南征還師之時，「倦遊」二字道出通篇不願從師出征之心態，以金當時軍隊出征之目的而論，乃攻伐蔡松年原效力之宋國，此可說明為蔡松年以前朝遺臣身分，侵略故國，因而上片首二句寫山家，山家乃田園之景色，遂使蔡松年對軍旅產生倦怠之感，而在席上等候春天到來，其為蔡松年習慣懶散、好隱居的個性；「孤」月，「冰冷」山谷寫下了深刻之寂寥感受；松竹蕭蕭聲擾醒蔡松年的睡眠，以為生活真正閒逸無事，不信世俗事物破壞悠閒的氛圍；蔡松年僅能消極地逃避現實生活，期盼過著悠閒生活。蔡松年雖身居右丞相之職，然真正所渴求的，何嘗不是歸隱田園，不問世事，然身分之拘忌使蔡松年難以釋放自我，無法完全盡情發於筆鋒，且或為後人竊笑其變節之志，此乃其「憂懼」之情。

　　趙維江《金元詞論稿》曾以心理學角度，比較蘇軾與蔡松年毋論是夢境解讀或處世態度之差異性：

《明秀集》中所看到的則往往並非這種心靈痛苦的直接表
述，而多是其蕭散曠達情懷的抒寫，按照現代心理學的解
釋，這實際上是一種心理能量轉換的結果，也就是通過剝
奪造成焦慮和壓抑的政治、道德等社會性心理機能的能
量，激活平時被排除在意識之外的嚮往自然，追求個性等
心理機能的能量，由此達到一種適應於環境的新的心理平
衡。無疑，東坡詞所表現的那種身處逆境卻能隨遇而安、
超然物外的精神，爲這種心理能量轉換的實現提供了一條
有效的途徑。蕭閑詞中所展示的那種蕭散的風神和閑意的
襟懷，正是經由痛苦的心靈掙扎而達到的一種超脫「無悶」
的精神境界。〔註12〕

趙維江由心理層面論述，認爲蔡松年蕭閑之詞作乃是承受心理焦慮
與政治壓抑轉換而成，主要目的乃達到適應外在環境、追求內心眞
意；而蘇軾所呈現出之處事態度與面對方式，乃蔡松年效仿之模範，
然趙維江言蔡松年不斷地追求歸隱山林、倦遊辭世，乃由不斷地痛
苦之心靈掙扎轉變而成之境界。

　　蔡松年受限於身分的特殊性，時有思鄉之情或歸隱之念，然卻
未能於詞作中顯而易見的表達，此種內心之掙扎，不斷交戰於蔡松
年之身心。而蔡松年僅能對人生以「夢」實現，〈念奴嬌〉：

離騷痛飲，笑人生佳處，能消何物。夷甫當年成底事，空
想岩岩玉璧。五畝蒼煙，一邱寒碧，歲晚憂風雪。西州扶
病，至今悲感前傑。　　我夢卜築蕭閑，覺來岩桂，十里
幽香發。嵬隗胸中冰與炭，一酌春風都滅。勝日神交，悠
然得意，遺恨無毫發。古今同致，永和徒記年月。（《全金元
詞》，頁10）

此作成於金熙宗皇統二年，西元 1142 年，乃蔡松年抵上京之作，
除始降金所言「對花無好情悰」，蔡松年於此刻意追和蘇軾〈念奴
嬌〉詞韻，首三句即具「悲傷感」，認爲人生幸福美好之處，難以

〔註12〕趙維江：《金元詞論稿》，頁89。

享受得之，「笑」乃苦笑，笑其降金之舉乃百般之不願，莫可奈何，並以屈原《楚辭》自喻愛國之心志；後以王衍無成、謝安扶病之事，論此隱居之意圖，僅能空想，無法實現；「歲晚猶風雪」道出蔡松年仍為官場之事所叨擾，雖言為王衍、謝安之事蹟感念悲傷，實乃自述之言；下片言蔡松年「夢想」卜居於蕭閑圃，且其環境時有桂花之香氣，然仕與不仕之衝突，蔡松年將承受不住，幸有暖風吹拂，化解心中矛盾；若能與東晉高雅賢士神遊交往，此種憂患、憾恨皆能忘懷於心，此種情致，自古皆同，已毋須記錄。周惠泉《金代文學論》云：

> 詞中以雖然號稱「岩岩清峙，壁立千仞。」「口不論世事，唯雅詠玄虛而已。」但卻始終不能遠引高蹈，足遺殺身之禍的晉人王衍自警，同時又對隱居會稽東山達二十年之久的謝安表示讚許，從而書寫了自己的「卜築蕭閑」、「遠引辭世」的志趣，元好問譽之為「公樂府中最得意者，讀之則其平生自處為可見矣。」〔註13〕

周氏旨在說明蔡松年欲「卜築蕭閑」、「遠引辭世」的念頭，但蔡松年只能言「我夢」，礙於現實身分，一切如胸中「冰與炭」般產生「矛盾衝突」，但這些無奈與感懷何必留下確切的日期，而從古至今皆是如此。蔡松年於其詞中充斥著無力感，也只能夢於閑居之時，並期待醒來有陣陣桂花香，然種種卻無法於實際生活實現。此時除以「夢」實現自我外，也增添陶淵明般的「田園歸隱之夢」，然此「夢」卻無法如蘇軾般，豁達地放下與遺忘，乃執著於其中，希冀能夠實現，乃與蘇軾最大之異處。

　　此乃蔡松年欲歸隱田園，無法直抒於紙上，遂以夢表其內心真意，經統計可知，蔡松年於該年（金熙宗皇統二年，西元 1142 年）詞作高達十三首，內心之徬徨與不安可想而知。

〔註13〕周惠泉，《金代文學論》，頁 12～13。

表7　蔡松年隱居田園山林之夢詞作

詞　牌	詞　文	備　註
〈念奴嬌〉	我夢卜築蕭閑	我夢見定居於蕭閑此處。
〈永遇樂〉	寒沙去夢	寒沙歸去之夢。
〈怕春歸〉	夢頻頻、蕭閑風土	時常夢見蕭閑堂之風景。

　　「蕭閑」乃蔡松年嚮往之生活，於詞作中多可見其書寫而下，
殷切地期盼歸飲生活之到來。蔡松年以「夢」爲題，尚有其他詞作，
其數量可觀。關於蔡松年其他寄託於夢之詞作，可詳見附錄，茲不
贅述。

第三節　仿效陶潛

　　蔡松年除以夢撫慰內心之不安外，亦嘗言東晉雅士之奇韻、田園
山林之美好，即其倦遊歸隱之情，東晉雅士中，尤以陶淵明乃蔡松年
欽慕之對象，或受蘇軾等等歷代文人影響，陶淵明「採菊東籬下，悠
然見南山。」之淡泊心志，忘卻俗事之紛擾，乃蔡松年渴望追尋之目
標，詞作中亦多言與陶淵明相關之詞語，如「東籬」、「斜川」等等，
只是對於蔡松年而言，官位之步步高升，乃愈見其隱居之難上加難，
其效仿陶淵明及歸隱田園之詞作，使用東籬、斜川等句，遂乃表現其
欲歸隱之情懷。

一、東　籬

　　「東籬」乃出自陶淵明〈飲酒詩之五〉：

　　　結廬在人境，而無車馬喧。問君何能爾？心遠地自偏。採
　　　菊東籬下，悠然見南山。山氣日夕佳，飛鳥相與還。此中
　　　有眞意，欲辨已忘言。

陶淵明詩言雖居住於人聲鼎沸之塵世中，然周遭卻無車馬喧囂。如
何躲避此種煩擾，陶淵明言只要心境豁達、超脫世俗，居處如同遠
離俗世之感。陶淵明接言愜意之生活：於東籬旁摘取菊花，悠閒自

適地望著雲霧繚繞之南山，飛鳥亦成群結隊地回巢，如同陶淵明般，尋到自我之歸宿，感到十分欣慰。其中深刻之意涵，陶淵明亦無法解釋其中，待個人細心體會。「東籬」乃蔡松年用以代稱隱居之地，除欣慕陶淵明之田園生活，蔡松年亦時讚東晉賢士之風韻高格，劉鋒燾《宋金詞論稿》云：

> 蔡松年所嚮往的「東晉奇韻、東晉風流」，乃是一種超然脫俗、擺脫現實羈縛的、軀體與心靈具皆自由的隱逸境界。這一嚮往，影響到詞的創作，便使得蕭閑詞明顯地呈現出以雅、逸爲主要特徵的風貌。〔註14〕

劉鋒燾旨在強調蔡松年喜愛東晉隱士般生活且仿效其高情遠韻，因此集中多呈現東晉隱士般的瀟灑、脫俗，如劉鋒燾言「自由隱逸境界」。劉鋒燾〈蕭閑詞風初探〉亦云：

> 所謂東晉奇韻，實則不只包括東晉，也涵蓋了西晉乃至三國末的一些相關人物與時尚。從大的方面講，主要包括以下諸端：其一，指陶淵明「採菊東籬下，悠然見南山」的遺士高風。這一點，蕭閑詞屢屢提及，如「陶令東籬高詠」、「千古栗里高情」、「淵明千載意，松偃斜川道」等等。〔註15〕

劉鋒燾所言可見蔡松年對東晉隱士甚而追溯至西晉文人之效法與欽慕，由以陶淵明爲一代表性人物。〈水調歌頭·閏八月望夕有作〉（《全金元詞》，頁7）：

> 空涼萬家月，搖蕩菊花期。飄飄六合清氣，欲喚紫鸞騎。京洛花浮酒市，初把兩螯風味，橙子半青時。莫話舊年夢，聊賦倦遊詩。　　玉盤高，金靨小，笑相窺。市朝生利場裏，誰肯略忘機。庾老南樓佳興，陶令東籬高詠，千古賞音稀。手撚冷香碎，和月卷玻璃。

「空涼萬家月，搖盪菊花期。」、「京洛花浮酒市」皆指稱「菊花」，乃陶淵明甚愛之植物，陶淵明喜其不畏秋霜、孤芳自賞之態；「陶令東籬高詠」指「陶淵明」，其手法如陶淵明〈飲酒詩之五〉：「採菊東

〔註14〕劉鋒燾：《宋金詞論稿》，頁292。
〔註15〕劉鋒燾：〈蕭閑詞風初探〉，頁119。

籬下，悠然見南山。」之意象，陶淵明愛菊之形象，蔡松年遂接而
寫下菊花之樣貌，而「忘機」是欲過著淡泊的生活，通篇詞作摹寫
鮮明，尤以「陶令東籬高詠」可看出蔡松年對陶淵明之傾慕洋溢滿
懷。亦如〈石州慢〉:「上園親友，歲時陶寫歡情，糟牀曉溜東籬側。」
蔡松年言上園之親友皆能於清晨東籬之處，年年飲酒陶冶歡愉之
情，生活愜意至極。此處亦以「東籬」言如陶淵明般過著隱居自適、
淡泊名利之日。

二、斜　川

　　陶淵明曾於五十歲時，與二三鄰里同游斜川，除景物宜人外，
亦感年華消逝，悲喜交感，遂乃作〈游斜川〉一詩，紀錄其年入半
百之心態。〈游斜川序〉可見其成作之因:

> 辛酉正月五日，天氣澄和，風物閑美，與二三鄰曲，同游
> 斜川。臨長流，望曾城，魴鯉躍鱗於將夕，水鷗乘和以翻
> 飛。彼南阜者，名實舊矣，不復乃為嗟嘆。若夫曾城，旁
> 無依接，獨秀中皋，遙想靈山，有愛嘉名。欣對不足，率
> 共賦詩。悲日月之遂往，悼吾年之不留。各疏年紀鄉里，
> 以記其時日。

陶淵明因天氣澄清氣爽、風景美妙動人，遂與鄰里之友共游斜川，欣
賞流水、曾城山、魴鯉、沙鷗等等，其情悠閒自在。廬山之美名與勝
景，陶淵明皆已熟悉，惟曾城山高聳自立，無所依靠，其景秀麗挺拔
於澤中之高地，此神仙居住之山，二者彼此相愛其美名。然陶淵明儘
管欣賞眼前之美景，仍感不足，遂乃即興作詩，順道寄託年歲增長、
光陰不止之感嘆，鄰里之友條理地列下年紀籍貫，紀錄下難忘之情
懷。詩序詳細地道盡陶淵明〈游斜川〉詩之本事，雖表歲月匆匆流過
之傷感，然仍可見其瀟灑自適之生活。〈游斜川〉詩云:

> 開歲倏五十，吾生行歸休。念之動中懷，及辰為茲游。
> 氣和天惟澄，班坐依遠流。弱湍馳文魴，閑谷矯鳴鷗。
> 迴澤散游目，緬然睞曾丘。雖微九重秀，顧瞻無匹儔。

　　提壺接賓侶，引滿更獻酬。未知從今去，當復如此不？

　　中觴縱遙情，忘彼千載憂。且極今朝樂，明日非所求。

首四句陶淵明將人生感慨說出，一為年歲已達五十，生命即將終止，二為內心激盪不安，遂乃把握良辰，優游斜川；後八句乃言斜川周遭環境之景，天氣澄清、魴鯉急游、沙鷗鳴叫、廣闊湖水、秀麗之曾城山等等，陶淵明盡皆映入眼簾，並言此景乃無他景可與之匹敵；末八句再言陶淵明與鄰友觥籌交錯之景，相互勸酒，未來不可知，乃把握當下，惟放開超然物外之情懷，忘卻憂愁，誠如唐詩人羅隱「今朝有酒今朝醉，明日愁來明日愁。」〔註16〕之言，盡情享受當下，不管明日之演變。陶淵明最終仍放開胸懷，恣意斜川，此閒適超然之情，乃蔡松年欲學習效法，然蔡松年礙於官場繁忙事務，一切欲成之事僅能以空想滿足，而無法實行之，遂乃寄於筆墨，以表其憾。〈滿江紅〉：

　　半嶺雲根，溪光淺、冰輪新浴。誰幻出、故山邱壑，慰予
　　心目。深樾不妨清吹度，野情自與游魚熟。愛夜泉、徽外
　　兩三聲，琅然曲。　　人間世，爭蠻觸。萬事付，金荷釀。
　　老生涯、猶欠謝公絲竹。好在斜川三尺玉，暮涼白鳥歸喬
　　木。向水邊、明秀倚高峯，平生足。（《全金元詞》，頁9）

首三句言蔡松年於安樂崮所見之月景，以「冰輪新浴」描寫皎潔之明月，「誰幻出」三句之「故山邱壑」言蔡松年之情緒已由眼前之美景，遙遙地落於故國之恆陽家山，因此惟有寄託於自然美景與酒肆之間，不與世爭名奪利；「斜川」運用陶淵明之典，用其閒適與二三鄰里出遊自在之情自喻；「暮涼白鳥歸喬木」更表歸隱田園之情，詞末蔡松年將甚愛之「明秀峯」寫下，並言「平生足」，亦言若能隱居且得此勝景，蔡松年內心已滿足。王若虛《滹南詩話》：

　　蕭閑《憶恒陽家山》云：「誰幻出、故山丘壑，謂予心目。」

〔註16〕〔唐〕羅隱：《羅昭諫集・自遣》：「得即高歌失即休，多愁多恨亦悠
　　　　悠。今朝有酒今朝醉，明日愁來明日愁。」，見《文淵閣四庫全書・
　　　　集部》，卷4，頁1～2。

《注》以「故山」爲江左，非也；只是指恒陽而已。「好在
斜川三尺玉」，公宅前有池，可三畝，號小斜川；「三尺」
字，以廣狹深淺言之，俱不安；《注》以爲漱玉堂泉。按此
堂自在北潭中，豈相干涉！予官門山，嘗得板本，乃「三
畝」字，意其不然，蓋如言幾頃坡璃之類耳。「暮涼白鳥歸
喬木」，乃宅前眞景也。而《注》云：「潔身而退，如白鳥
之歸林。」何其妄哉！〔註17〕

王若虛乃針對魏道明之注提出看法：言「故山」乃「恆陽」之地，非
「江左」；言「斜川」乃爲北潭，且堂前有池，非「漱玉堂泉」；言「暮
涼白鳥歸喬木」乃實景，非魏注所言「潔身而退如白鳥歸林」；筆者
同意王若虛所言，論「故山」乃指故國恆陽之山；「斜川」乃堂前之
景；且「白鳥」、「喬木」確爲實景，雖魏道明之注時有過譽之言，然
仍可參照之。蔡松年論「斜川」處亦有〈瑞鷓鴣〉：

東風歲月似斜川，蕭散心情媿昔賢。人向道山羣玉去，眼
橫春水瘦梅邊。　　但知有酒能無事，便是新年勝故年。
明日相尋有佳處，野雲堆外淡江天。(《全金元詞》，頁 16～17)

此作成於金熙宗皇統二年，西元 1142 年，由其詞序「刑嵓夫招游故
宮之玉溪館，壬戌人日」之「人日」可知其乃正月七日，此時蔡松年
已除中臺，將隨宗弼入朝，因此無暇應召。首句用陶淵明斜川之游之
典故，且言蔡松年之蕭散心情因任金朝之官而有愧於春風美景與前
賢；蔡松年言若有酒且無官事叨擾，此情此景即已勝過去年，且明日
找到勝景佳處後，遂於該郊外空闊之處，與雲、與江、與天一同歸隱。
通篇緊扣主題「斜川」，言效法陶淵明田園生活之樂。〈千秋歲〉：

碧軒清勝，俗物無由到。滄江半壁山傳照。几窗黃菊媚，
天北重陽早。金靨小。秋光秀色明霜曉。　　手撚清香笑。
今古閑身少。放醉眼，看雲表。淵明千載意，松偃斜川道。
誰會得，一樽喚取溪山老。(《全金元詞》，頁 17)

此作成於金熙宗皇統二年，西元 1142 年，於上京所作，詞序：「起晉

〔註17〕〔金〕王若虛：《滹南詩話》，卷3，頁9。

對菊小酌，有懷溪山酒隱」，「溪山」乃云山林之間，「酒隱」乃因蔡
松年不得志而寄情於酒，此「不得志」非求其官而不可得，應為求其
「歸隱之志」而不可得，因此時蔡松年已隨宗弼上京，其乃升官之舉。
上片純粹寫景，論「窗外之景」、「日光滄江」、「屋內黃菊」、「秋光秀
色」，且「俗物無由到」，無世俗人事打擾，云上京之重陽似乎提早來
到，秋日之前來使菊花更加清明；蔡松年下片轉而描寫自身，感嘆古
今能自適於生活之人甚少，縱情醉眼，觀覽萬里之雲，淵明歸隱之意，
皆在山林蒼松間，無人得此閒適心情，遂乃於美景中飲酒至老。此闋
詞直接點出陶淵明隱居之情，然其真意少有人盡得真傳，因其已受金
朝官位俸祿，乃退而求其次，欲以酒終老。〈相見歡〉：

> 雲閒晚溜琅琅。泛爐香。一段斜川松菊，瘦而芳。　　　人
> 如鵠。琴如玉，月如霜。一曲清商人物，兩相忘。(《全金元
> 詞》，頁 18)

蔡松年詞序〔註18〕云於九日種菊於西崑之地，如效法陶淵明「採菊東
籬下」之情，而雲根石縫皆充斥著菊花之迹，其皆為隱居閒適生活之
描繪；詞文上片言夜晚水聲琅琅，爐香漫漫，斜川之松菊，清瘦芳香；
下片言人清高如鵠、琴清亮如玉、月潔白如霜，且此清商樂曲始蔡松
年憶起先賢，而沉醉音樂之中。此闋論生活之愜意，水聲、爐香、松
菊、音樂相伴，物我合一，皆蔡松年憧憬之生活態度。

三、歸去來辭

　　蔡松年亦多引用陶淵明〈歸去來辭〉中之詞句於詞作中，以表
其志。其表現之生活態度亦如陶淵明寫下《歸去來辭・並序》之心
境；蔡松年之「違己交病，不堪其憂。」(《全金元詞》，頁 11)「老
驥天山非我事，一蓑煙雨違人願。」(《全金元詞》，頁 20)皆如陶
淵明所言之「飢凍雖切，違己交病。」二人皆違背自己志願而從官，

〔註18〕〈相見歡〉詞序：九日種菊西崑雲根石縫，金葩玉蕊徧之。夜置酒
　　　前軒花間，列蜜炬，風泉悲鳴，爐香蓊於崑穴。故人陳公輔坐石橫
　　　琴，蕭然有塵外趣，要余作數語，始清音者度之。

內心反更感雙重痛楚；本性坦率自然，無從官意，其一痛也；朝代更迭，本為舊臣，不願為新朝效力，卻因謀生所需而入世，其二痛也；而蔡松年仍化用陶淵明《歸去來辭》之詞句欲表達內心深層感受，並投射於自身生長背景，聊表傾慕之情；蔡松年〈石州慢〉：「一寸歸心，可忍年年形役。」（《全金元詞》，頁13） 與陶淵明之「既自以心為行役，奚惆悵而獨悲？」表達身心早已不堪官場瑣事之紛擾；蔡松年如此追隨陶淵明之腳步，欲歸去來兮，然礙於身份之羈絆，發揮於其詞作中時，化用陶淵明之詞語，較其他文人更觸動心弦、其仕隱之掙扎更加痛徹心扉。

表 8　蔡松年運用陶淵明〈歸去來辭〉之詞語

蔡松年出處	詞　　文	陶淵明〈歸去來辭〉詞句及序文	備　　註
〈滿江紅〉	猶喜平生佳友戚，一杯情話開幽獨。	悅親戚之情話，樂琴書以消憂。	與親戚話家常，以釋放孤寂憂愁之感。
〈念奴嬌〉	正當乘化以歸盡，何足深嘆？	聊乘化以歸盡，樂夫天命複奚疑。	隨自然變化而終老，樂天安命而無感慨惋惜。
〈雨中花〉詞序	從事於簿書鞍馬間，違己交病，不堪其憂。	肌凍雖切，違己交病，嘗從人事，皆口腹自役。	飢寒交迫、憂愁滿懷，乃肇因於違背自我心意，此乃人為可控制。
〈水龍吟〉詞序	巾車短艇，偶有清興，往來不過三數百里。	或命巾車，或棹孤舟。	帷幕之車、短小之船，此乃閑游之景、優游之興。
〈滿江紅〉	春色三分，壺觴為，生朝自勸。	引壺觴以自酌，眄庭柯以怡顏。	飲酒自酌，賞春日之景、看庭中之樹，自得其樂。
〈石州慢〉	一寸歸心，可忍年年形役。	既自以心為行役，奚惆悵而獨悲？	一己之心，時為身體所勞役，惆悵感傷不已。

　　蔡松年以陶淵明及其東籬、斜川及〈歸去來辭〉之事蹟論其嚮往田園、歸隱山林之志，此退隱之情意誠如趙維江《金元詞論稿》對於

金隱逸文人及其避世思想進一步之探討而言：

> 金元時代及其文學創作傾向頗類似於魏晉南北朝時期的時
> 代與文學，也正因如此，魏晉士人那種蕭散放逸的情懷，
> 特別是陶淵明的高情遠韻和嵇、阮的狂放不羈受到了金元
> 詞人特別的青睞，這在作爲金元詞開端的蔡松年的創作中
> 就已有十分明顯的表現。〔註19〕

此言金元詞人多效仿魏晉南北朝之雅士風韻奇格，尤以陶淵明爲盛，
其不僅爲金元詞人效仿，兩宋及其後世詞壇皆多奉陶淵明爲祖師爺，
其高雅、恬淡、閒適、自然之生活態度，乃後世文人稱許發揚之。

〔註19〕趙維江：《金元詞論稿》，頁44。

第五章　藝術特色

第一節　詞　序

詞牌本意爲題目，如〔明〕楊愼《詞品》：

> 唐詞多緣題所賦：〈臨江仙〉則言水仙；〈女冠子〉則述道
> 情；〈河瀆神〉則緣祠廟；〈巫山一段雲〉則狀巫峽；〈醉公
> 子〉則咏公子醉也。〔註1〕

楊愼所言，即解釋詞題之由來，本於詞牌相關聯，詞牌亦同於詞作描寫對象或代表意義，誠如〈漁歌子〉即是打漁之意；〈更漏子〉內容多與「夜」相關。

　　爾後從事作詞者陸續增多，詞牌演變成僅爲一種曲調名，一種固定格式，即字數、押韻處等等皆有一定，非必與內容相關，因此詞題便發展而出，詞題多寫於詞牌後之小字，即爲整篇內容之主旨；而詞序於詞人而言，乃具有詳盡交代時間、地點，即人、事、時、地、物之功用。

　　關於詞序與詞題界限之定義，施蟄存《詞學名詞釋義》曾云：

> 「詞序」其實就是詞題。寫得簡單的，不成文的，稱爲詞
> 題。如果用一般比較長的文字來說明作詞緣起，並略微說

〔註1〕〔明〕楊愼：《詞品》（臺北：藝文印書館，1965 年），卷1，頁88。

明詞意，這就稱爲詞序。〔註2〕

　　施蟄存之意爲詞序可包含詞題，廣義而言，詞題即等於詞序，然篇幅略長之文字解釋詞題或作詞緣起，即稱之爲詞序。

　　蔡松年於《明秀集》中，不僅喜用詞序，且將其篇幅拉長，以紀錄創作之心路歷程及時空背景等等，乃其獨有之特色。趙維江《金元詞論稿》：

> 詞有題序北宋初即出現，如張先、歐陽修等，至東坡、山谷始成常例，篇幅也見長，有些序文已略具表情寫意的性質，如蘇詞〈哨遍〉（爲米折腰）、黃詞〈鷓鴣天〉（西塞山前白鷺飛）等，但基本上還是交待寫作緣起一類的簡單文字。這種附加性的題序到了蔡松年的手裡發生了本質的變化，他一躍而成了作品中與韻文相得益彰、互爲發明的一個有機的組成部分，由此使詞滲入了更多的紀實與思辨的成分，在某種程度上呈現出一種亦詩亦文的特徵。〔註3〕

趙維江言詞序從北宋始，至蘇軾、黃庭堅爲盛，然其內文簡易交待創作之因，至蔡松年乃與詞作產生密切關係，人事時地物皆詳盡記錄，時發內心之情意與感壞於詞序之中，篇幅甚至多於本文，文學價值亦甚高。篇幅最長乃〈水龍吟〉之詞序：

> 余始年二十餘，歲在丁未，與故人東山吳季高父論求田問舍事。數爲余言，懷衛閒風氣清淑，物產奇麗，相約他年爲終焉之計。爾後事與願違，遑遑未暇。故其晚年詩曰，夢想淇園上，春林布穀聲。又曰，故交半在青雲上，乞取淇園作醉鄉，蓋誌此也。東山高情遠韻，參之魏晉諸賢而無媿，天下共知之。不幸年踰五十，遂下世，今墓木將拱以，雅志莫遂，令人短氣。余既沉迷簿領，顏鬢蒼然，倦遊之心彌切。悠悠風塵，少遇會心者，道此眞樂。然中年以來，宦遊南北，聞客談簡中風物，益詳熟。項因公事，亦一過之。蓋其地居太行之麓，土溫且沃，而無南州卑溽

〔註2〕施蟄存：《詞學名詞釋義》（北京：中華書局，2004年），頁95。
〔註3〕趙維江：《金元詞論稿》，頁107。

之患。際山多瘦梅修竹，石根沙縫，出泉無數，清瑩秀澈
若冰玉。稻塍蓮蕩，香氣濛濛，連亙數十里。又有幽蘭瑞
香，其他珍木奇卉。舉目皆崇山峻嶺，煙霏空翠，吞吐飛
射，陰晴朝暮，變態百出，眞所謂行山陰道中。癸酉歲，
遂買田於蘇門之下，孫公和邵堯夫之遺跡在焉。將營草堂，
以寄餘齡。巾車短艇，偶有清興，往來不過三數百里，而
前之佳境，悉爲己有，豈不適哉。但空疏之迹，晚被寵榮，
叨陪國論，上恩未報，未敢遽言乞骸。若僶勉駑力，加以
數年，庶幾早遂麋鹿之性。雙清道人田唐卿，清眞簡秀，
有林壑癖，與余作蒼煙寂寞之友。而友人楊德茂，博學沖
素，游心繪事，暇日商略新意，廣遠公蓮社圖，作臥披短
軸。感念退休之意，作越調水龍吟以報之。

蔡松年於此序中點出寫作時間：「癸酉歲，遂買田於蘇門之下。」即
金海陵王天德五年（西元 1153 年），時年四十五；創作之因：「與故
人東山吳季高父論求田問舍事」；接而論其本事經過，此序始言蔡松
年曾與吳激相約歸隱，然或爲仕宦繁忙，後未提及之，待至今日，歸
隱之雅志尚未實現，吳激遂逝世，令蔡松年深感悲痛；蔡松年感懷吳
激後，便轉而言己，始言埋首於官場，顏鬢皆老，蔡松年厭倦爲官之
心意甚堅，加上因官事奔波南北，凡客言各地勝景，因閱歷豐富，蔡
松年皆知其所言；曾因公事造訪懷衛之地，奇景特出，變幻無窮，遂
於癸酉（西元 1153 年）購置田地於蘇門山下，並建草堂居之，於此
乃知蔡松年此序爲「回憶」之語，「巾車短艇，偶有清興」文句之後
爲蔡松年自我砥礪之語，早年欲力行隱居之舉，然限於上恩未報，爾
後期許晚年勤奮努力以達其優游物外之性；最末一段誌謝田唐卿、楊
德茂二人，並言其風韻特出、淡泊物外，遂以此〈水龍吟〉報之。

　　此詞序可分五段言：

一、回憶與吳激交遊之情，並言其如魏晉賢士般之高遠風韻。起
　　　於「余始年二十餘，歲在丁未」，終於「雅志莫遂，令人短
　　　氣。」

二、感念吳激後，表一己之志。始於「余既沉迷簿領，顏鬢蒼然」，終於「頃因公事，亦一過之。」表達蔡松年因忙於仕宦，時南北奔波。

三、接而論述「懷衛」之勝景，乃適於隱居之處。始於「蓋其地居太行之麓」，終於「將營草堂，以寄餘齡。」以表何以購田於蘇門山下，建草堂而居之緣由。

四、蔡松年再次解釋無法歸隱之因，乃上恩未報，倍受禮遇。始於「巾車短艇，偶有清興」，終於「庶幾早遂麋鹿之性」，於此亦表內心矛盾之情。

五、最終答謝好友之餞別，讚二人之歸隱之心。始於「雙清道人田唐卿」，終於「作越調水龍吟以報之」，雖言二友之隱居之情，實乃寄託相同意圖於其中。該詞序最重要之好友乃吳激，人雖遽逝，其風韻永存於蔡松年之心。

　　詞序中首言吳激之遺風，再言一己之志，再言懷衛之景，再言內心之矛盾，末乃叩謝好友，蔡松年除書寫一己之對人生之感慨外，亦產生議論之語，此乃蔡松年時使用之「夾敘夾議」之方式，時見於蔡松年詞作及詞序之中。

　　蔡松年〈水龍吟·自警〉云：

> 乙丑八月，得告上都，行李滯留，寄食於江壖村舍。晚雨新晴，江越迥然，秋濤有聲，如萬松哀鳴澗壑。時去中秋不數日，方惶惶於道路，宦游漂泊，節物如馳。此生於幾春秋，而所謂樂以酬身者乃如此。謀生之拙，可不哀邪。幸終焉之有圖，坐歸歟之不早，慨焉興感，無以為懷，因作長短句詩，極道蕭閒退居之樂，歌以自寬，亦以自警，亦以為懷，蓋越調水龍吟也。與我同志幸各賦一首，為他日林下故事。

蔡松年於此序中亦點出寫作時間：「乙丑八月」，即金熙宗皇統五年（西元 1145 年）；創作〈水龍吟〉之緣由：「得告上都，行李滯留，寄食於江壖村舍。」寫作時之景：「晚雨新晴，江越迥然，秋濤有聲，

如萬松哀鳴澗壑。」後遂言本事：「時去中秋不數日」云云。蔡松年
詞題言「自警」，詞序乃擴而論「自警」何事，詞文更委婉表其志趣。
「方惶惶於道路，宦游漂泊，節物如馳。」具惆悵之感，於官宦旅
途中，世事變換無常，時節亦不停奔走；後以「幸終焉之有圖，坐
歸歟之不早」慰其心志，然無法早日歸隱，甚爲遺憾；文末蔡松年
以詞道蕭閑退居之樂，遂達「自寬」、「自警」之目的，「林下故事」
即所謂「退隱山林」之舉。

　　蔡松年〈雨中花〉詞序云：

> 僕自幼刻意林壑，不耐俗事，懶慢之僻，殆與性成，每加
> 責勵，而不能自克。志復疎怯，嗜酒好睡。遇乘高履危，
> 動輒有畏。道逢達官稠人，則便欲退縮。其與人交，無賢
> 不肖，往往率情任實，不留機心。自惟至熟，使之久與世
> 接，所謂不有外難，當有內病，願謀爲早退閑居之樂。長
> 大以來，遭時多故，一行作吏，從事於簿書鞍馬間，違己
> 交病，不堪其憂。求田問舍，遑遑於四方，殊未見會心處。
> 聞山陽間，魏晉諸賢故居，風氣清和，水竹蔥蒨。方今天
> 壤間，蓋第一勝龜之境，有意卜築於斯，雅詠玄虛，不談
> 世事，起其流風遺躅。故自丙辰丁巳以來，三求官河內，
> 經營三徑，遂將終焉。事與願違，俯仰一紀，勞生愈甚，
> 弔影自憐。然而觸於事物，感今懷昔，考其見於賦詠者，
> 實未始一日而忘。李君不愚，作掾天臺，出佐是郡，因其
> 行也，賦樂府長短句，以敘鄙懷。行春勝日，物彩照人，
> 爲予擇稚秀者，以雨中花歌之，使清泉白石，開我心曲，
> 庶幾他日，不爲生客耳。

蔡松年寫作此序文之時間爲：「故自丙辰丁巳以來……俯仰一紀」，
即由金熙宗天會十三年（西元 1135 年），「俯仰一紀」，經過十二年，
遂乃金熙宗皇統元年（西元 1147 年）之後所作；蔡松年於首句即點
出其內心自幼之林壑志向，且論其懶慢乃天性所致，面對達官貴人，
則拙於言行；面對傑出賢者，則起而效仿，絲毫無取巧詭變之心；

蔡松年進而論其心智成熟之時，世俗之事，內外皆擾，遂早引發歸隱之情；年歲稍長，時局變動不安，雖從事官職，然非蔡松年本意，遂時發病，不堪其內心之憂愁；蔡松年不斷於各處爲其漂泊之心尋找安定之所，始於魏晉賢士時交游之山陽，卜築其居，且如魏晉時人般，雅詠玄虛、不問世事，過去之遺韻起而流行；自天會十三年以來，三求官於河內，蔡松年之意乃欲於此歸隱終老，然皆無法實行，人生反勞累辛苦，蔡松年不禁感到孤獨自憐；感今懷古之情，發於賦詠之人，乃未曾間斷，李彧任天臺官，即將出行，蔡松年乃作此贈之，並敘自我之情懷；「行春勝日」云云，乃論清泉白石等等美景若能知曉蔡松年之心事，不久後蔡松年即非陌生之人。

本詞序正如蔡松年一生志向之抒發：

一、幼年時期：「僕自幼刻意林壑……往往率情任實，不留機心。」

二、成熟時期：「自惟至熟，使之久與世接……願謀爲早退閑居之樂。」

三、長大時期：「長大以來，遭時多故……遑遑於四方，殊未見會心處。」

四、山陽時期：「聞山陽間，魏晉諸賢故居……不談世事，起其流風遺躅。」

五、過往時期：「故自丙辰丁巳以來……實未始一日而忘。」

六、抒懷己志：「李君不愚，作掾天臺……庶幾他日，不爲生客耳。」

蔡松年分期而論，文末云創作〈雨中花〉之因，乃藉贈李彧赴官之名，行抒發刻意林壑之實，蔡松年交待其心意後，遂完成詞文，詞序乃補詞之書寫缺漏。周惠泉《金代文學論》曾云：

> 此爲情語高度交融的上乘之作。其中一泉一石，一丘一壑，無不寄託著高情遠韻，作家厭倦簿書鞍馬生涯、迷戀早退閑居樂趣的襟懷活靈活現，躍然紙上。這種希望遁跡於「林

影水光之間」的思想傾向，不僅是其「自幼刻意林壑，懶慢之癖，待與性成。」「遇乘高履危，動輒有畏，道逢達官稠人，則便欲退縮。」（〈雨中花〉詞序）的性格特點的曲折反映，也是他由宋仕金以後內心深處矛盾而複雜的心理狀態所決定的。〔註4〕

蔡松年詞序風格近於其詞作，如周惠泉所論，「寄託著高情遠韻，厭倦簿書鞍馬生涯、迷戀早退閑居樂趣的襟懷。」更重要的是周惠泉所言：「內心深處矛盾而複雜。」不只在蔡松年詞作風格上可看出前朝滅亡該歸降不該歸降的猶移之情。

　　蔡松年創作詞序之價值除其篇幅特出外，更為後世考察其創作本色提供有利證據，考證對象除可針對詞文外，詞序亦為重要依據之一。詞雖較詩體例自由，然仍受限於韻部、詞牌、字數等等規範，詞人創作時囿限於詞律，心意無法完全釋放於翰墨之中，改而寄託於詞序之中，詞序無韻部、詞牌、字數等等限制，詞人可恣意發揮、揮灑文采於其中，此亦為蔡松年詞序少數為長篇巨幅之因。〔清〕張金吾《金文最》〔註5〕收蔡松年詞序 12 篇〔註6〕，視蔡松年詞序為文，可見其詞序之文學價值。

表9　蔡松年使用詞序之詞牌與詞序字數統計。

詞　牌	字　數	備註（節錄詞句）
〈水調歌頭〉	218 個字	雲間貴公子，玉骨秀橫秋。
〈水調歌頭〉	119 個字	西山六街碧，嘗憶酒旗秋。
〈念奴嬌〉	75 個字	倦遊老眼，負梅花京洛，三年春物。

〔註4〕　周惠泉《金代文學論》，頁 50～51。
〔註5〕　〔清〕張金吾：《金文最》（臺北：成文出版社，1967 年）。
〔註6〕　〔清〕張金吾：《金文最》所收蔡松年詞序 12 篇，乃：〈水調歌頭〉
　　　　（曹侯浩然）、〈水調歌頭〉（僕以戊申之秋）、〈念奴嬌〉後序、〈雨
　　　　中花〉（僕自幼刻意林壑）、〈永遇樂〉（建安施明望）、〈水龍吟〉（贈
　　　　楊德茂）、〈石州慢〉（九日病坐）、〈滿江紅〉（舅氏丹房先生）、〈滿
　　　　江紅〉（辛亥三月）、〈雨中花〉（僕將以窮臘去汴）、〈水龍吟〉（僕三
　　　　年為郎外臺）、〈水龍吟〉（余始年二十餘），卷 19，頁 5～9。

〈念奴嬌〉	31 個字	倦遊老眼，看黃塵堆裏，風波千尺。
〈念奴嬌〉	87 個字	九江秀色，看飄蕭神氣，常身玉立。
〈雨中花〉	387 個字	嗜酒偏憐風竹，晉客神清，多寄虛玄。
〈永遇樂〉	106 個字	正始風流，氣吞餘子，此道如線。
〈水龍吟〉	546 個字	太行之麓清輝，地和氣秀明天下。
〈石州慢〉	256 個字	京洛三年，花滿酒家，浮動金碧。
〈滿庭芳〉	35 個字	森玉筠林，湧金泉眼，際山千丈寒輝。
〈驀山溪〉	47 個字	霜林萬籟，秋滿人間事。
〈浣溪沙〉	55 個字	月下仙衣立玉山。霧雲窗戶未曾開。
〈西江月〉	43 個字	古殿蒼松偃蹇，孤雲丈室清深。
〈相見歡〉	72 個字	雲閑晚溜琅琅。泛爐香。
〈滿江紅〉	43 個字	端正樓空，琵琶冷、月高絃索。
〈滿江紅〉	130 個字	玉斧雲孫，自然有、仙風道骨。
〈滿江紅〉	127 個字	翠掃山光，春江夢、蒲萄綠偏。
〈念奴嬌〉	62 個字	小紅破雪，又一燈香動，春城節物。
〈念奴嬌〉	27 個字	飛雲沒馬，轉沙場疊鼓，三年寒食。
〈雨中花〉	116 個字	憶昔東山，王謝感槩，離情多在中年。
〈水龍吟〉	101 個字	亂山空翠尋人，短松路轉風亭小。
〈水龍吟〉	181 個字	水村秋入江聲，夢驚萬壑松風冷。

　　詞序統計標準以蔡松年序文內含寫作之時間、地點或緣由，經統計蔡松年創作約莫 22 篇詞序，且以 546 個字爲最多，其寫作篇幅則較其他文人豐富。

第二節　題材表達

　　蔡松年詞作中，題材、語詞之重覆使用於文中時有所見，如：冰冷、倦遊、醉酒、蕭閑等等，多可代表蔡松年心境。

一、冰　冷

　　蔡松年詞中「冰冷」之文字意義及意象包含：（一）自然界（二）

人體樣貌（三）觸感或物之形象描繪（四）心理狀態四方面。

（一）自然界

　　四時寒暑之更迭，實屬自然現象，春季百花齊放，夏季蟬聲唧唧，秋季落英繽紛，冬季白雪紛飛，各有勝景，文人皆可俯拾為題；而「冰」乃冬季自然特產之物，運用之可敘寫創作時間之跡，且「冰」亦可指稱天氣之冷冽等等特徵；如詞中時以「冰雪」論冬，用以形容天氣之嚴寒；以「冰雪」論景，用以描繪景色之銀白、以「冰雪」論生命之平淡、淒清。

1、天　氣

以「冰雪」論天氣，用以點出季節。〈念奴嬌〉：

> 倦遊老眼，負梅花京洛，三年春物。明秀高峯人去後，冷落清輝絕壁。花底年光，山前爽氣，別語揮冰雪。摩娑庭檜，耐寒好在霜傑。　　人世長短亭中，此身流轉，幾花殘花發。只有平生生處樂，一念猶難磨滅。放眼南枝，忘懷樽酒，及此青青髮。從今歸夢，暗香千里橫月。（《全金元詞》，頁9）

「京洛」即「汴京」，蔡松年於1140年至此，1142年離開，對照詞序，「復事遠行」乃蔡松年於1142年欲自汴京上京，而「明秀高峯人去後，冷落清輝絕壁。花底年光，山前爽氣，別語揮冰雪。摩娑庭檜，耐寒好在霜傑。」乃眼前所見之景、有感而發之語，藉由自然之「冰雪」來互道別離，撫摸著亭中不畏霜寒之檜木，更有豪傑之氣；「長短亭」乃送別之處，抱持遊樂人生之情始能不受羈絆，藉酒忘懷得失，忘卻故鄉、故國之一切，然蔡松年雖通篇乃惜別之語，文末僅能藉「夢」歸來，「夢」始能不遠千里之遙，達至暗香橫月之地，一切依靠「夢」而實現。「揮冰雪」即代表揮別冬季，亦指時間之流動、變易，時間雖已過三年，然內心仍未平復，僅能以夢撫慰自己。〈念奴嬌〉：

> 念奴玉立，記連昌宮裏，春風相識。雲海茫茫人換世，幾

度梨花寒食。花萼霓裳，沉香水調，一串驪珠濕。九天飛上，叫雲過斷箏笛。　老子陶寫平生，清音裂耳，覺庾愁都釋。淡淡長空今古夢，只有此聲難得。溢浦心情，落花時節，還對天涯客。春溫玉盌，一聲洗盡冰雪。（《全金元詞》，頁20）

上片「念奴玉立，記連昌宮裏，春風相識。」出自元稹〈連昌宮詞〉，記念奴乃天寶中名娼，善歌，與唐明皇之事蹟；「雲海茫茫」出自蘇軾〈水龍吟〉：「古來雲海茫茫，道山絳闕知何處？」〔註7〕詞序云：「元豐七年冬，蘇軾過臨淮，而湛然先生梁公在焉，童顏清徹，如二三十許人，然人亦有自少見之者，善吹鐵笛，嘹然有穿雲裂石之聲，乃作〈水龍吟〉一首，記子微太白之事，倚其聲而歌之。」亦與唐明皇、念奴作樂之事相關；「梨花寒食」藉蘇軾〈送表弟程六之楚州〉：「功成頭白早歸來，共藉梨花作寒食。」蘇詞望程六早日功成名就，於寒時節歸，蔡松年之語乃言時間流動之速；「花萼霓裳，沉香水調，一串驪珠濕。九天飛上，叫雲過斷箏笛。」此段論歌聲之幽美、曲調之響亮動聽；下片「老子陶寫平生，清音裂耳，覺庾愁都釋。淡淡長空今古夢，只有此聲難得。」言蔡松年心境平淡，本欲抒發平生之志，而清音正響，本庾信般故國之思盡皆消逝，自古以來，此清音最為難得；「溢浦心情，落花時節，還對天涯客。春溫玉盌，一聲洗盡冰雪。」「溢浦心情」、「天涯客」乃化用白居易謫江州秋夜送客溢浦，所做〈琵琶行〉之詞句，同是天涯淪落人之情油然而生；「春溫玉盌，一聲洗盡冰雪。」詞句本出蘇軾，論蘇軾尚能以笑語、歌聲將寒冷冰雪天氣一掃而盡，蔡松年欲效之。

2、景　色

以「冰雪」描繪所見之景，言眼前之所見。〈水調歌頭〉：

〔註7〕〔宋〕蘇軾，石聲淮、唐玲玲箋注：《東坡樂府編年箋注》（臺北：華正書局，1993年）：本文所引用蘇軾之詞皆以此版本為主，再引用時，簡稱《東坡樂府》並於正文夾注，不另加註，頁281。

雲間貴公子，玉骨秀橫秋。十年流落冰雪，相鬉紫貂裘。燈火春城咫尺，曉夢梅花消息，繭紙寫銀鉤。老矣黃塵眼，如對白蘋洲。　世間物，唯有酒，可忘憂。蕭閑一段歸計，佳處著君侯。翠竹江村月上，但要綸巾鶴氅，來往亦風流。醉末薔薇露，灑遍酒家樓。(《全金元詞》，頁 7)

以「十年流落冰雪」論此作約莫成於 1136 年之後，肇因於 1126 年之靖康之難，王慶生以詞「念方問舍於蕭閑」，推估作於蔡松年卜居眞定之時〔註 8〕；「雲間貴公子，玉骨秀橫秋。」除論曹浩然之顯貴，亦讚其如女子般清瘦之身材；「十年流落冰雪，相鬉紫貂裘。」魏道明注云蔡松年自嘆宋京不守，十年光陰皆流寓於朔漠冰雪處，即對自我對歸降金人之事作一反思，「相鬉紫貂裘」乃說明窮困潦倒，衣衫蔽壞；「燈火春城咫尺，曉夢梅花消息，繭紙寫銀鉤。」「燈火」出自周密《武林舊事・元夕》：「一入新正，燈火日盛」；「春城」乃春天之城市，亦即美好之處；「咫尺」言二者皆在眼前；然如「曉夢梅花消息」，稍縱即逝、無限惆悵；「老矣黃塵眼，如對白蘋洲。」言蔡松年年事已高亦已看透塵世；言雖如此，然「世間物，唯有酒，可忘憂。」因此遂以酒忘憂，逃避現實與內心之不安。以酒忘憂、計歸蕭閑，皆蔡松年崇尚之生活態度；末「翠竹江村月上，但要綸巾鶴氅，來往亦風流。醉末薔薇露，灑遍酒家樓。」言美好之事物，仍需鶴氅綸巾、灑脫風流之人得此樂趣，並於酒醉之時所作詩畫，始傳唱於酒家樓間。〈臨江仙・故人自三韓回，作此寄之〉：

夢裏秋江當眼碧，綠叢摘破晴瀾。擣香鱸蟹勸加飧。木奴

〔註 8〕見〈水調歌頭〉詞序：「曹侯浩然，人品高秀，玉立而冠，其問學文章，落盡貴嬌之氣，藹然在寒士右。惜乎流離頓挫無以見於事業，身閑勝日，獨對名酒，悠然得意，引滿徑醉。醉中出豪爽語，往往冰雪逼人，翰墨淋漓，殆與海岳並驅爭先。雖其平生風味，可以想見，然流離頓挫之助，乃不爲不多。東坡先生云，士踐憂患，焉知非福，浩然有焉。老子於此，所謂興復不淺者，聞其風而悅之。念方問舍於蕭閑，陰求老伴，若加以數年，得相從乎林影水光之間，信足了此一生，猶恐君之嫌俗客也，作水調歌曲以訪之。」

空斌媚，未許鬭甘酸。　　聞道雞林珍貢至，侯門玉指金盤。六年<u>冰雪</u>眼常寒。酒樽風味在，借我醉時看。(《全金元詞》，頁 15)

古籍中「三韓」〔註9〕即朝鮮半島（今韓國）南方之三個部落聯盟，該地盛產橘，蔡松年以此詞向好友索橘，並寄託橘之言外之意，橘雖美，然只能自立；而後蔡松年欲以酒醉，逃離內心之憂愁、矛盾，並於醉後享受當下生活之美妙；「雞林珍貢」乃高麗地新羅之珍味貢品；「六年冰雪眼常寒」指長年生活於冰雪之地，不見珍貴之物已六載，而「酒樽風味在」乃因「橘」適合下酒，眼前雖無橘，然幸有酒相陪，暫且忘卻所有煩惱。「橙尤宜酒，故以言之。公此篇絕不言橙，而橙之意味風韻皆盡，猶見妙絕。」(《九金人集》，頁 1172)論該篇文筆之妙、餘韻未絕。

　　蔡松年應用「自然景象」尚有：「冰谷」、「破冰」、「冰天」、「清冰」等等。各具其義，錄簡表以朔其源。

表 10　冰之自然景象應用

自然景象	詞　牌	詞　文	譯　　文
冰谷	〈洞仙歌〉	<u>冰谷</u>悲鳴	在寒冷的山谷中，悲傷鳴叫著。
破冰	〈朝中措〉	<u>破冰</u>猶漱雲根	冰消融後仍持續侵蝕著岩石。
冰天	〈烏夜啼〉	三年不慣<u>冰天</u>雪	生活三年依舊不適應冰天雪地、寒風冷冽之天氣。
清冰	〈念奴嬌〉	萬壑<u>清冰</u>搏爽氣	龐大之清潔浩然之氣集聚而成。

（二）人體樣貌

　　「冰」多形容女性外貌，主針對肌膚而稱賞，如「冰肌」、「冰玉」；亦可論雙眸之明亮澄澈。前者如〈朝中措・癸丑歲，無競生朝〉：

十年鼇禁謫仙人。<u>冰骨</u>冷無塵。紫詔十行寬大，白麻三代

〔註9〕〔南朝宋〕范曄：《後漢書・東夷列傳》：「韓有三種：一曰馬韓、二曰辰韓、三曰弁韓。」（北京：中華書局，1965 年），卷 85，頁 2818。

溫淳。　　　天開壽域，人逢壽日，小小陽春。要見神姿難
老，六峯多少松筠。（《全金元詞》，頁16）

由詞題知癸丑年即金太宗天會十一年（西元1133年），然王慶生認
爲無競此時尙未入翰林，無競乃於皇統元年入翰林，因此推測此篇
作於癸酉年（西元1153年）。「十年鼇禁謫仙人。冰骨冷無塵。」
「鼇禁」即「鰲禁」，翰林院之稱；謫仙即李白，首句頌讚無競之
才氣媲美李白，並於翰林院爲官十載，蔡松年認爲無競乃具純正無
塵、如冰雪般潔白之風骨，文筆無一點塵俗氣，意指其爲人遒勁不
阿。「紫詔十行寬大，白麻三代溫淳。」「紫詔」乃皇帝詔書；「十
行」出自《後漢書・循吏傳》：「其以手迹賜方國者，皆一札十行，
細書成文。」即詳細記錄，勤約行文；「寬大」出自《後漢書・侯
霸傳》：「每春下寬大之詔，奉四時之令，皆霸所建也。」即當權者
寬容大赦有罪之人；「白麻」點出唐詔書，凡立后、建儲、討伐、
拜免將相等等大事，皆以白麻詔書〔註10〕；「紫詔」、「白麻」代指
皇恩；「天開壽域，人逢壽日，小小陽春。」「壽域」指人得其太平
盛世，「壽日」即生日，於十月小陽春、太平盛世之時，正好迎逢
壽日，美好之事物匯聚於一時；「要見神姿難老，六峯多少松筠。」
此句言無競之神情姿態如同松竹般長青，祝賀他青春常駐。本闋乃
賀壽之詞，多嘉言美句，「冰骨」即頌讚無競風骨之獨樹一格。「冰
玉」讚頌雙眼之美，如〈水調歌頭〉：

西山六街碧，嘗憶酒旗秋。神交一笑千載，冰玉洗雙眸。
自爾一觴一詠，領略人間奇勝，無此會心流。小驛高槐晚，
綠酒照離憂。　　　木犀開，玉溪冷，與誰游。酒前豪氣千
丈，不減昔時不。誰識昂藏野鶴，肯受華軒羈縛，清唳白
蘋洲。會趁梅橫月，同典錦宮裘。（《全金元詞》，頁8）

「西山六街碧，嘗憶酒旗秋。」如「燕都迫於西山，雨晴氣爽，光射

〔註10〕〔唐〕李肇《翰林志》：「凡赦書、德音、立后、建儲、大誅、討免
　　　三公宰相命將曰制，並用白麻紙，不用印。」（臺北：藝文印書館，
　　　1965年），頁2～3。

六街。公以五字道盡，眞名言也。」（《九金人集》，頁1172）所言，而「六街」指京都之街市，「西山六街碧」乃對燕京之景象描繪；「酒旗」乃古時酒店之代稱，由戰國時代始〔註11〕，「嘗憶酒旗秋」即想起過去之時光，「神交一笑千載」形容蔡松年與范季霑之相遇即情投意合，乃成忘年之交，「冰玉」形容雙眸之明亮，亦借指高尚貞潔之品格，此二句皆論季霑之完美。「自爾一觴一詠，領略人間奇勝，無此會心流。」再敍寫與季霑之情誼，共同飲酒、共賞美景，彼此眞心交流，無人可及；「小驛高槐晚，綠酒照離憂。」雖有美酒相伴，然「離憂」仍在，惆悵之情又生。「木犀開，玉溪冷，與誰游。」到了木犀花開、玉溪微冷的時節，能與誰共游？此句帶有無奈之感；「酒前豪氣千丈，不減昔時不。」飲酒時之闊綽，能與年輕時期相同否？「誰識昂藏野鶴，肯受華軒羈縛，清喉白蘋洲。」「昂藏」有出群之意，此野鶴蔡松年暗指范季霑不願受名利薰心，孤芳自賞；「會趁梅橫月，同典錦宮裘。」典當錦衣宮裘，意指蔡松年與范季霑不願爲官，皆具灑脫之情懷。

（三）觸感或物之形象描繪

「冰」之觸感冷冽、刺骨，文人多用以投射在物品上表達內心；亦使用於物之形象描繪上，直指皎潔、純淨，如「冰簟」、「冰弦」等等。

1、冰　簟

「簟」指竹編之臥席，「冰簟」之「冰」即以「冰涼」之象徵躺臥竹席上之感受，〈念奴嬌‧浩然勝友生朝〉：

> 紫蘭玉樹，自琅霄分秀，懸知英物。萬壑清冰〔註12〕搏爽

〔註11〕〔戰國〕韓非子：《韓非子‧外儲說右上》：「宋人有酤酒者，升概甚平，遇客甚謹，爲酒甚美，縣幟甚高。」吳本魏注：「酒市有旗，始見於此。」見楊家駱主編：《中國思想名著》（臺北：世界書局，1959年），卷13，頁241。

〔註12〕見本文表10，頁59。

氣，老鶴憑虛仙骨。醉帖蛟騰，豪篇玉振，不受春埋沒。
蓬萊清淺，便安黃卷寒寂。　　　冰簟壽酒光風，宮衣縹緲，
猶帶嬰香濕。老去浮沉唯是酒，同作蕭閑閑客。耐久風煙，
期君端似，明秀高峯碧。冷雲幽處，月波無際都吸。（《全金
元詞》，頁 20）

「老鶴憑虛仙骨」（《九金人集》，頁 1183）下言「浩然，遼陽人。」
此指張浩。「紫蘭玉樹，自琅霄分秀，懸知英物。」首三句蔡松年早
預知張浩才能傑出，如紫蘭玉樹般，得天上靈氣；「萬壑清冰搏爽氣，
老鶴憑虛仙骨。」再讚張浩之氣質仙風道骨，如萬壑所產生之冰冽
爽氣集聚而成；「醉帖蛟騰，豪篇玉振，不受春埋沒。」「醉帖」指
草書，語出蘇軾〈孫莘老寄墨〉之三：「便有好事人，敲門求醉帖。」
王十朋輯注：「『《唐書》：張旭醉，以指頭濡墨而書。』」王文誥輯注
引施元之曰：「《法書苑》：僧懷素善草書，常作醉帖。」「蛟騰」指
書法如蛟龍般騰飛，「玉振」指文藻出眾；「不受春埋沒」之「春」
借指富貴華美，指張浩之才不因富貴而埋沒；「蓬萊清淺，便安黃卷
寒寂。」意即雖歷經世事無常變化，然卻能安於自我，勤奮於學，
雖北方寒凍寂冷亦不改其志；「冰簟壽酒光風，宮衣縹緲，猶帶嬰香
濕。老去浮沉唯是酒，同作蕭閑閑客。」「冰簟宜眠金縷枕。」（《九
金人集》，頁 1183）意指冰涼之竹席上需搭配金絲線編織而成之枕
頭，蔡松年言「作蕭閑閑客」呼應前所言「冰簟壽酒光風」，即悠閑
臥於冰涼之竹席上；「壽酒」呼應「老去浮沉唯是酒」之酒，是忘憂、
消愁之酒，二者皆是蕭閑生活不可或缺之物；「宮衣縹緲，猶帶嬰香
濕。」形容宮中女子所穿之衣因醉眼而若隱若現，其仍帶著香嬰之
氣，下片首三句意指嚮往辭官生活，後二句道出真正心意，唯有酒
可解憂；「耐久風煙，期君端似，明秀高峯碧。」此三句期望張浩的
高風亮節如明秀高峰般佇立。「冷雲幽處，月波無際都吸。」意指於
冷雲生處美景之處，將杯中之酒倒映出之月光皆飲盡。

2、冰　弦

此「絃」即樂器之弦，〈雨中花‧送趙子堅再赴遼陽幕〉：

化鶴城高，山蟠遼海，參天古木蒼煙。有賢王豪爽，不減
梁園。高會端思白雪，清瀾遠泛紅蓮。況男兒方壯，好爲
知音，重鼓<u>冰絃</u>。　　香凝翠幕，月壓溪樓，暮寒有酒如
川。人半醉、竹西歌吹，催度心篇。顧我心情老矣，愛君
風誼依然。倦游歸去，羽衣相過，會約明年。（《全金元詞》，
頁21）

「化鶴城高，山蟠遼海，參天古木蒼煙。」化鶴城乃「今東京即其
地。遼水在京之西南，其宮城即古襄平城，城多古木，陰影蒼然如
煙也。」（《九金人集》，頁1184）首三句描繪景地；「有賢王豪爽，
不減梁園。」東都吏守豪氣之情可與梁孝王匹敵，「梁園」即「梁苑」
〔註13〕；「高會端思白雪，清瀾遠泛紅蓮。」描述宴會中皆爲陽春白
雪等音樂，園中之池水清澈，蓮花盛開；「況男兒方壯，好爲知音，
重鼓冰絃。」其中壯年男子爲知音之友，重新彈奏一曲，「冰絃」典
出《拾遺記》，「員嶠山有冰蠶，作繭一尺，蓋用此絲爲絃也；或云
冰絃即今水晶絃也。此以彈琴喻爲政。以再赴遼幕，故云重鼓。」
（《九金人集》，頁1185）此「絃」通「弦」，皆是琴弦之意，同爲
「潔淨、無塵之琴弦」，如魏注所言之「水晶絃」；「香凝翠幕，月壓
溪樓，暮寒有酒如川。」即花朵繁盛、林木茂密貌，明月低垂，近
逼溪樓，於晚冬之際正好有酒相陪，實爲一樂事；「人半醉、竹西歌
吹，催度心篇。」蔡松年論能於半醉半醒間，猶如行於竹西路上，
聆聽歌樂，好友亦催促蔡松年於此時寫下感人肺腑之新作；「顧我心
情老矣，愛君風誼依然。」論蔡松年年事雖高，然愛趙子堅之節操、
風範亦在；「倦游歸去，羽衣相過，會約明年。」此爲蔡松年最大願
望，告訴趙子堅若厭倦爲宦生涯，於明年退隱後，蔡松年著羽衣前
往拜訪，於此先與趙子堅約定，此處半強迫趙子堅能早日離開官場，
期待一年後能夠早日辭官歸隱田園，與蔡松年一同醉酒歌唱；相同

〔註13〕西漢梁孝王所建之東苑。故址在今河南省開封市東南。梁孝王於其
　　　　中廣納賓客，當時名士如司馬相如、枚乘等均爲座上客。也稱「兔
　　　　園」

情況於蔡松年自身亦然，發出「倦遊」之語。

　　蔡松年此處之「冰弦」用於描繪樂器及聲音。「冰簟」及「冰弦」乃實物之象，其他運用如「冰輪」、「冰鑑」、「冰花」、「冰萼」、「冰紈」、「冰蕊」，爲景物形象之描繪。錄簡表以朔其源。

表11　冰之形象描繪

物之形象	詞　牌	詞　文	譯　文
冰輪	〈滿江紅〉	冰輪新浴	明月之潔淨程度猶如初沐浴般。
冰鑑	〈滿庭芳〉	冰鑑月來時	正是明亮皎潔之月亮高掛銀河之時。
冰花	〈南鄉子〉	十丈冰花射好風	夏季盛開之荷花，晶瑩美麗、如雪冰般袪除熱惱而其幽香更隨微風吹來，愜意萬分。
冰萼	〈滿江紅〉	一枝梅綠橫冰萼	梅花之翠綠樹梢籠罩著潔白之花苞。
冰紈	〈水龍吟〉	冰紈紅霧	此言荔枝肉質潔淨如冰、如白絹般，紅霧則言其殼。
冰蕊	〈月華清〉	冷射藕花冰蕊	寂寞地映照荷花及潔白之梅花。

（四）心理狀態

　　「冰」於此用以形容心埋狀態多爲悲淒、苦悶，如「冰炭」、「冰魂」及象徵抽象生活之「冰雪」。

1、冰　炭

　　「冰炭」表達心情之矛盾，如冰一般冷，又如炭一般熱，現實中冰與炭無法相併而置，用以說明內在心理之進退維谷、矛盾兩難，蔡松年〈念奴嬌〉：

> 離騷痛飲，笑人生佳處，能消何物。夷甫當年成底事，空想嵩嵩玉璧。五畝蒼煙，一邱寒碧，歲晚憂風雪。西州扶病，至今悲感前傑。　　我夢卜築蕭閑，覺來嵩桂，十里幽香發。蒐隗胸中冰與炭，一酌春風都滅。勝日神交，悠然得意，遺恨無毫髮。古今同致，永和徒計年月。(《全金元詞》，頁10)

詞題「還都後」乃蔡松年於西元 1142 年抵達上京時期所作。「離騷痛飲，笑人生佳處，能消何物。」「離騷」語出屈原《楚辭》〈離騷〉一篇，乃憂愁懷思之作，全文表現出屈原愛國之情，蔡松年用此語，暗指蔡松年仍不忘故國之思；「痛飲」不改蔡松年之習性，性嗜酒，借酒澆愁；「笑人生佳處，能消何物。」具無奈感，二句之意為：人生美好之事物，又能享受多少？「夷甫當年成底事，空想嵓嵓玉璧。」「夷甫」乃蔡松年所仰慕之高士王衍；「嵓嵓玉璧」乃指王衍之令人肅然起敬之神態；「五畝蒼煙，一邱〔註 14〕寒碧，歲晚憂風雪。」「五畝」、「一邱」皆指隱逸之生活，雖遠離世事，然晚年仍有憂患之情；「西州扶病，至今悲感前傑。」「西州扶病」典出謝安扶病之事，蔡松年對其仍感悲傷與敬佩；「我夢卜築蕭閑，覺來嵓桂，十里幽香發。」此三句是夢境之呈現，即內心所嚮往之景色與生活；「嵬隗胸中冰與炭，一酌春風都滅。」將和煦的春風茹酒般飲下後，心中之矛盾與兩難皆消失殆盡；「勝日神交，悠然得意，遺恨無毫髮。」與情投意合之好友相聚度日，倍覺悠然自在，此生便沒有無所遺憾；「古今同致，永和徒計年月。」若古今之感懷相同，何要在乎時間之存在？詞中「冰炭」云蔡松年內心喜懼之情互相息也，冷熱調和，胸中苦悶藉由春風如「飲酒」般飲下後盡消，無喜無憂，何必如王羲之般於〈蘭亭集序〉中記下永和年月之時；「卜築蕭閑」化解上片之苦痛、無奈感，並希冀與魏晉風士交遊，更期望此悠閒生活之夢能夠實現。

　　蔡松年除以「夢境」實現其理想化解內心矛盾與掙扎，更以「陶淵明」之生活態度表達期內心渴望及以「冰炭」等文字表達心情之矛盾，如冰一般冷，又如炭一般熱，現實中冰與炭無法相併而置，藉以

〔註 14〕〔唐〕房玄齡：《晉書·謝鯤傳》：「嘗使至都，明帝在東宮見之，甚相親重。問曰：『論者以君方庾亮，字爲何如？』答曰：『端委廟堂，使百僚準則，鯤不如亮。一丘一壑，自謂過之。』」（北京：中華書局，1974 年），卷 19，頁 1378。

說明內在心理之進退維谷、矛盾兩難；蔡松年所用「冰炭」以表心理狀態，彰顯內心強烈之矛盾與激動，〈念奴嬌〉（離騷痛飲）云：「笑人生佳處」，卻又云：「悲感前傑」，內心喜憂參半，如同蔡松年「胸中多喜懼之情」，何以「喜懼」？「懼」處乃蔡松年官宦之路雖平順通達，然身負北宋遺臣，眼下卻大金右丞相，金滅北宋，若以儒家為奉行圭臬則論蔡松年志節，理應歸隱山林甚而從容赴義，蔡松年反歸降大金並授丞相一職，有違傳統孔孟之意，蔡松年此舉乃甚「懼」。

　　蔡松年「喜」處乃欲同魏晉名士般悠游物外、高詠虛玄，其樂何如；〈念奴嬌〉（離騷痛飲）後序云：

> 王夷甫神委高秀，宅心物外，爲天下稱首。復自言少無宦情，使其雅詠虛玄，不論世事，超然遂終其身，何必減嵇阮輩。而當衰世頹俗，力不可爲，不能遠引辭世，黽俛高位，顛危之禍，卒與晉俱爲千古名士之恨。又嘗讀山陰詩敘，考其論古今感慨事物之變，既言脩短隨化終期於盡，而世殊事異，興懷一致，則死生終始，物理之常。正當乘化以歸盡，何足深嘆，而區區列敘一時之述作，刊紀歲月，豈逸少之清眞，簡栽亦未盡能忘情於此耶，故因此詞併及之。〔註15〕

蔡松年於此序言王衍神態高秀，富含物外之情，乃天下人所激賞；蔡松年效法之，言少時無求官慾，如嵇康、阮籍般不問世事、終其一生；無力整治衰世頹俗，然因身居高位，遠引辭世之念遂消，時以不成魏晉千古名士爲憾；又嘗考王羲之〈蘭亭集序〉之論，雖世殊事異，然興懷一致，通曉死生乃物之常理；陶淵明之乘化歸盡，乃自然之演變，何須嗟嘆？王羲之作刊紀「永和九年，歲在癸丑。」雖羲之之風韻清眞，然未盡能忘情。〈念奴嬌〉中末云：「古今同致，永和徒計年月。」飲酒忘懷得失、悠然得意之境更高於王羲之、陶淵明之情致；蔡松年以此樂爲願，暫且拋開丞相之束縛。周惠泉云：

〔註15〕〔金〕蔡松年撰，〔金〕魏道明注，《蕭閒老人明秀集注》，石蓮盦彙刻，收入王德毅編《叢書集成》，頁411。

詞中以雖然號稱「岩岩清峙，壁立千仞」，「口不論世事，唯雅詠玄虛而已」，但卻始終不能遠引高蹈，足遣殺身之禍的晉人王衍自警，同時又對隱居會稽東山達二十年之久的謝安表示讚許，從而書寫了自己的「卜築蕭閑」、「遠引辭世」的志趣，元好問譽之為「公樂府中最得意者，讀之則其平生自處為可見矣」。〔註16〕

周惠泉言蔡松年雖欲「卜築蕭閑」、且具「遠引辭世」的念頭，然礙於其丞相身分，僅言「我夢」，避言內心實際之想法；胸中情懷亦如「冰炭」般產生「矛盾衝突」，卻也莫可奈何。蔡松年於此闋詞中充斥無力感，僅能言夢於閑居之時，期待醒來四周飄散陣陣桂花香，然種種事物皆無法於現實生活實現。蔡松年〈小重山〉：

東晉風流雪樣寒。市朝冰炭裏，起波瀾。得君如對好江山。幽棲約，湖海玉屏顏。　　梅月半爛斑。雲根孤鶴唳，淺雲灘。摩挲明秀酒中閑。浮香底，相對把魚竿。（《全金元詞》，頁16）

上片三句點出蔡松年之無奈感，言東晉雅士般之風韻奇格，其已如雪般寒冷，次句言世事皆起了變化，爭名奪利之社會動盪不安，使蔡松年自覺已無法與其相容，唯有與友共事或相處始如同面對美好江山，蔡松年遂欲與友共遊於勝景佳處；下片言半開之梅花於月光中綻放，孤獨之野鶴於茫茫雲海中鳴叫，此處蔡松年自比為此俗世中遺然獨立之人，撫摸著喜愛之明秀峯，僅與友歸隱於美酒、花香之中，始乃蔡松年最終願望。況周頤曾云：

蕭閑〈小重山〉云：「幽棲約，湖海玉屏顏。」比余詠梅〈清平樂〉云：「玉容依舊。便抵江山秀。」略與昔賢闇合，特言外情感不同耳。〔註17〕

況周頤云「言外情感不同」，乃因蔡松年除描繪湖海水面不齊外，進而寄託隱居之情於其中，言蔡松年隱居後，閑情逸致地見湖海之貌；

〔註16〕周惠泉，《金代文學論》，頁12～13。
〔註17〕〔清〕況周頤：《蕙風詞話》，見唐圭璋：《詞話叢編》，冊5，卷1，頁4536。

況周頤則純粹言梅之儀態不變，依舊勝過江山之美，亦即蔡松年多了
「歸隱」之言外之意。而贈與施明望之作〈永遇樂〉：

> 正始風流，氣吞餘子，此道如線。朝市心情，雲翻雨覆，
> 千丈堆冰炭。高人一笑，春風卷地，只有大江如練。憶當
> 時，西山爽氣，共君對持手版。山公鑑裁，水曹詩興，功
> 業行飛霄漢。華屋含秋，寒沙去夢，千里橫青眼。古今都
> 道，休官歸去，但要此言能踐。把人間、風煙好處，便分
> 中半。(《全金元詞》，頁 12)

蔡松年首句言當世本有正始時期之風流氣度，此豪氣可冠絕他人，然
此道卻逐漸消弭，將此俗世變幻無常、如雲翻雨覆之現況及自己戒慎
恐懼之情告知施明望，云此境如同踏著高聳之冰炭般危險，然惟有高
人隱者輕輕微笑，如春日暖風吹拂、江水絲絲流過，毫無任何波動；
蔡松年將此種心情告予施明望，期待能與其共同扮演此隱者；下片主
旨云即使高官顯位，亦無法阻止蔡松年隱居世外之情，然古今辭官言
歸隱之人，卻極少能真正實現，此種隱與不隱之矛盾，遂於蔡松年心
中流轉，詞末乃欲與施明望一同歸隱，亦表二人互為知音之情。王若
虛《滹南詩話》：

> 前人有「紅塵三尺險，中有是非波」之句，此以意言耳。
> 蕭閑詞云：「市朝冰炭裏，湧波瀾。」又云：「千丈堆冰炭。」
> 便露痕跡。〔註18〕

首句之「起波瀾」，王若虛亦覺其意乃塵世之是非、險惡，即蔡松年
官途之不順，詞句多言「冰炭」乃因蔡松年內心之志與其外在行為並
不相符，其真意乃歸隱田園，然遲遲無法實現，此亦為蔡松年之矛盾
與掙扎。

2、冰　魂

「冰魂」言清高聖潔之精神與靈魂，〈江城子〉：

> 半年無夢到春溫。可憐人。幾黃昏。想見玉徽，風度更清
> 新。翠射娉婷云八尺，誰為寫，五湖春。　　好風歸路軟

〔註18〕〔金〕王若虛：《滹南詩話》，卷3，頁9。

紅塵。暖冰魂。縷金裙。換取一天，星月入金尊。留取木
樨花上露，揮醉墨，灑行雲。(《全金元詞》，頁 25)

「半年無夢到春溫。可憐人。幾黃昏。」論蔡松年已半年未夢到故
鄉春天的溫暖，亦想起故鄉喜愛之人們，兀自過了許多個黃昏，意
指時間之久遠；「想見玉徽〔註 19〕，風度更清新。」推測那撫琴之
人，其風範氣度必定更為美妙新奇；「翠射娉婷云八尺，誰為寫，
五湖春。」此三句言春天江南五湖之陽光、浮雲、山色無人可描繪，
蔡松年暗自想起江南風光，憶起故國之景；「好風歸路軟紅塵。暖
冰魂。縷金裙。」指雖在繁華之都市往回鄉之道路上，吹起溫暖微
風，然僅有紅粉知己能夠撫慰我單獨滯留北方淒冷之靈魂，以繁
華、溫暖對比蔡松年單獨、淒冷之感受；「換取一天，星月入金尊。」
呼喚滿天星斗、一輪明月，映入我斟滿酒之金杯中；「留取木樨花
上露，揮醉墨，灑行雲。」保留木樨花上之露水，於酒醉中揮灑作
品，以贈思念之人，「行雲」〔註 20〕即表思念之人。「夢」表達現實
無法達成之事，「暖冰魂」寫下了蔡松年所處的地域與內心對故鄉
有所思念造成的淒冷。對於心理狀態之描述亦以「冰霜」映照內心
之悲戚。

由「冰」之意義，包敘述其外在雪白、寒冷觸感，逐一寫至內在，
正代表內心之孤冷，不願仕金卻身居宰相，不願歸降卻與父同行，種
種無法以口言出，僅能以筆代之，然卻又受限君恩，內心不斷衝突、
不斷矛盾，因此造成「倦遊」念頭之產生。

3、冰 雪

「冰雪」可用以借指生活之閑寂、平淡，〈水調歌頭・虎茵居士
梁愼修生朝〉：

〔註 19〕指玉製琴徽，琴之美稱。
〔註 20〕〔梁〕蕭統：《文選・曹植〈王仲宣誄〉》：「哀風興感，行雲徘徊，
游魚失浪，歸鳥忘栖。」〔唐〕李白〈久別離〉：「東風兮東風，為我
吹行雲使西來。」見《文津閣四庫全書》(北京：北京商務印書館，
2005 年)，卷 56，頁 173。

丁年跨生馬，玉節度流沙。春風北卷燕趙，無處不桑麻。
一夜蓬萊清淺，卻守平生黃卷，冰雪做生涯。惟有天南夢，
時到曲江花。　　瘦筇枝，輕鶴背，醉為家。倦遊笑我黃
塵，昏眼簿書遮。千古東坡良史，一段葛洪嘉處，莫種故
侯瓜。賦就五噫曲，金狄看年華。（《全金元詞》，頁 8）

「丁年跨生馬，玉節度流沙。春風北卷燕趙，無處不桑麻。」論梁
競於丁壯之年即持玉節出使塞外，而其時尚太平，春風滿野，人民
不愁衣穿；「一夜蓬萊清淺」暗喻宋室亡國，事變後僅能「卻守平生
黃卷，冰雪做生涯。」「守黃卷」即如古人般勤勉讀書；「冰雪做生
涯」即忠於平淡之生活。「惟有天南夢，時到曲江花。」「天南」、「曲
江」皆言汴京；下片「瘦筇枝，輕鶴背，醉為家。」「鶴背」即仙道
之人所乘之處，「醉為家」則以酒醉為家鄉，此三句含逃避之意，以
醉酒面對事實；「倦遊」發出對為官之倦怠感，「昏眼簿書遮」乃因
「倦遊」而老眼昏花於官署文書；唯有效法東坡、葛洪之風範，莫
學東陵種瓜於長安城東，失意於心、隱居於行；體恤民生疾苦，作
隱逸之歌以待年華消逝，其始為一正面之生活態度。

二、倦　遊

　　蔡松年屢以「倦遊」二字穿插於詞作中，以表不願陷溺於官場
中，非官途之不順，乃內心產生衝突所致，《明秀集》中可見「倦遊」
二字共九首，〈水調歌頭・送陳詠之歸鎮陽〉：

東垣步秋水，幾曲冷玻瓈。沙鷗一點晴雪，知我老無機。
共約經營五畮，臥看西山煙雨，窗戶舞漣漪。雅志易華髮，
歲晚羨君歸。　　月邊梅，湖底石，入新詩。飄然東晉奇
韻，此道賞音稀。我有一峰明秀，尚戀三升春酒，韋負綠
蓑衣。為寫倦遊興，說與水雲知。（《全金元詞》，頁 7）

「東垣步秋水，幾曲冷玻瓈。」東垣星 [註21] 已走入秋天之位置，湖

〔註21〕〔漢〕班固：《漢書・李尋傳》：「天官上相上將，皆顓面正朝。」顏
　　　　師古注引《三國志・魏孟康》：「朝太微宮垣也。西垣為上將，東垣

水如玻璨般寒冷清澈；「沙鷗一點晴雪，知我老無機。」晴空白雪下
之鷗鳥，棲息於沙洲上，乃因其知我無機心；「共約經營五畝，臥看
西山〔註22〕煙雨，窗戶舞漣漪。」歸隱後共同約定好好經營屋宅、田
地，靜看首陽山飄來之爽氣，遂生效法伯夷、叔齊隱居之意，窗旁之
微風亦吹起水面波紋；「雅志易華髮，歲晚羨君歸。」平生之志無可
伸展，卻已華髮叢生，因此羨慕陳詠之能隱居歸田，蔡松年卻年紀已
長，仍於官場奔波；「月邊梅，湖底石，入新詩。」身旁之景於蔡松
年皆已成題材寫成文章；「飄然東晉奇韻，此道賞音稀。」東晉賢士
尚玄談虛之無為情韻，當今之人已少可效法、遵循之；「我有一峰明
秀，尚戀三升〔註23〕春酒，辜負綠蓑衣。」言蔡松年雖愛明秀峰之美
妙，盡收於心，然仍為飲酒不得不持續為官，此種事與願違之情實不
符蔡松年之心意；「為寫倦遊興，說與水雲知。」因而寫下興起厭倦
官宦生活之情，並說與水雲自然景色明瞭。〈水調歌頭・閏八月望夕
有作〉：

> 空涼萬家月，搖蕩菊花期。飄飄六合清氣，欲喚紫鸞騎。
> 京洛花浮酒市，初把兩螯風味，橙子半青時。莫話舊年夢，
> 聊賦倦遊詩。　　玉盤高，金黶小，笑相窺。市朝生利場
> 裏，誰肯略忘機。庾老南樓佳興，陶令東籬高詠，千古賞
> 音稀。手撚冷香碎，和月卷玻璃。（《全金元詞》，頁7）

詞題云閏八月，對照陳垣《二十史閏朔表》〔註24〕與蔡松年生平，西
元1107年至西元1159年間，共三次閏八月，即西元1110年，蔡松
年4歲；西元1129年，蔡松年23歲；西元1148年，蔡松年42歲；

為上香，各專一面而天正之朝事也。」〔唐〕張守節《正義》：「端門
西第一星為右執法……其東垣北左執法。」（北京：中華書局，1962
年），卷75，頁3179。
〔註22〕指首陽山，在今山西省永濟縣南。相傳伯夷、叔齊隱居於此。
〔註23〕〔宋〕歐陽修：《新唐書・〈隱逸・王績傳〉》：「高祖武德初，以前官
待詔門下省。故事，官給酒日三升，或問：『待詔何樂邪？』答曰：
『良醞可戀耳！』侍中陳叔達聞之，日給一斗，時稱『斗酒學士』。」
（北京：中華書局，1975年），卷196，頁5595。
〔註24〕陳垣：《二十史閏朔表》（北京：中華書局，1962年）。

由詞中「莫話舊年夢」，推測此作應成於蔡松年 42 歲時，即西元 1148 年。「空涼萬家月，搖蕩菊花期。」各地所見之月亮皆孤涼清寂，此時正逢著菊花盛開之季節；「飄飄六合清氣，欲喚紫鸞騎。」天地四方輕盈清明之空氣正四處飄散，使人欲騎乘傳說中之神鳥；「京洛花浮酒市，初把兩螯風味，橙子半青時。」菊花盛開佈滿於洛陽酒市之間，此地特有之食物：蟹與橙，皆時即將成熟之時令美味；「莫話舊年夢，聊賦倦遊詩。」於此時乃不談過去曾憧憬過之夢想，姑且先寫下一首厭倦為官之詩詞；「玉盤高，金靨小，笑相窺。」圓月高掛於空，美菊綻放於前，似乎皆在竊笑我為官之癡；「市朝生利場裏，誰肯略忘機。」於爭名逐利之場所，誰願不帶機心、願與淡泊歸田、與世無爭？「庾老南樓佳興〔註 25〕，陶令東籬〔註 26〕高詠，千古賞音稀。」庾亮登南樓之美好興致、陶淵明吟詠於東籬之生活，自古而今幾無人欣賞、與之共鳴；「手撚冷香碎，和月卷玻璃。」以手指捏取清香之花朵，並以玻璃盛酒與月共飲。〈水調歌頭·丙辰九日，從獵涿水道中〉：

> 星河淡城闕，疏柳轉清流。黃雲南卷千騎，小獵冷貂裘。我欲幽尋節物，只有西風黃菊，相似故園秋。俛仰十年事，華屋幾山邱。　　倦遊客，一樽酒，便忘憂。擬窮醉眼何處，還有一層樓。不用悲涼今昔，好在西山寒碧，金屑酒光浮。老境玩清世，甘作醉鄉侯。（《全金元詞》，頁 8）

詞題丙辰即金熙宗天會 14 年，西元 1136 年；涿水位於涿鹿，原出河北省涿鹿縣涿鹿山，乃涿州，即古涿鹿，黃帝敗蚩尤處。「星河淡城闕，疏柳轉清流。」首二句寫景，於城門兩邊望樓看天上淡淡銀白色光帶，清澈流水彎曲流過分散、稀疏之楊柳旁；「黃雲南卷

〔註 25〕〔南朝〕劉義慶，〔南朝〕劉孝標注：《世說新語·容止》：「庾太尉在武昌，秋夜氣佳景清，使吏殷浩、王胡之徒登南樓理詠。」《晉書·庾亮傳》：「諸佐吏殷浩之徒，乘秋夜往共登南樓，俄兒不覺亮至，諸人將起避之，亮徐曰：『諸君少往，老子於此處興復不淺。』」，見朱鑄禹：《世說新語彙校集注》，卷下，頁 529。

〔註 26〕陶淵明〈飲酒〉詩第五：「採菊東籬下，悠然見南山。」

千騎，小獵冷貂裘。」「南卷」乃因涿水在都南而稱，「黃雲」乃黃沙紛揚，「冷貂裘」意指早寒，二句言千軍萬馬經過涿水而塵土飛揚，於早晨天氣寒冷之時外出打獵，前四句意涵雖爲夏日，然秋天悄悄到來；「我欲幽尋節物，只有西風黃菊，相似故園秋。」蔡松年本暗訪涿水該季節物，發現僅西風與菊花其感受與香色不異於汴都；「俛仰十年事，華屋幾山邱。」蔡松年突然想起十年已經過去，昔日壯麗華美之建築卻已成土丘，興衰弊亡之時甚快；「倦遊客，一樽酒，便忘憂。」「倦遊客」直指厭倦爲官之蔡松年，並飲下一壺酒以忘懷過去種種興亡；「擬窮醉眼何處，還有一層樓。」於酒醉後將矇矓之眼望向更高之處，此語乃逃避現實，除以酒忘憂外，不願視眼前已成土丘之事實；「不用悲涼今昔，好在西山寒碧，金屑酒光浮。」蔡松年安慰自我，告誡自我毋須悲傷於當下與過去歷經之事，乃因「西山寒壁」即隱居之風光便可消除爲官之恐懼，「金屑」乃賜死酒，典出《晉書〈后妃傳上・惠賈皇后〉》：「倫乃矯詔，遣尚書劉弘等持節齎金屑酒賜后死。」〔註27〕「輞川有金屑泉，初寮金屑爛光彩，此謂屑菊如碎金投酒杯中然。晉代以下以金屑酒賜臣下自盡，恐非佳意。」（《九金人集》，頁 1155）此二典，皆說明蔡松年因身本宋臣後降金，懼遭金主賜死不安之情。「老境玩清世，甘作醉鄉侯。」後蔡松年相信以美酒便可化解所有不定之事，身雖衰老，仍可輕鬆面對，「醉鄉侯」乃指嗜酒之人。此闋詞蔡松年不斷以酒麻醉自我，逃避事實，其或爲蔡松年「倦遊」最佳之解決方案；剩餘六首可見表三所錄。

表 12　倦遊之作

詞　牌	詞　　文	譯　　文
〈水調歌頭〉	倦遊歲晚一笑，端爲野梅留。	年歲已高，厭倦爲官，現僅能爲野梅綻放而展露笑容。

〔註27〕　〔唐〕房玄齡：《晉書〈后妃傳上・惠賈皇后〉》，卷 31，頁 966。

〈水調歌頭〉	倦遊笑我黃塵，昏眼簿書遮。	厭倦爲官，卻又埋首於朝廷事物，忙碌到頭昏眼花。
〈念奴嬌〉	倦遊老眼，負梅花京洛，三年春物。	厭倦爲官，年歲亦高，卻也辜負了三年未見之盛開梅花。
〈念奴嬌〉	倦遊老眼，看黃塵堆裏，風波千尺。	厭倦爲官，年歲已老，冷看俗世之深險，即社會之爭名逐利。
〈念奴嬌〉	倦遊老眼，放閑身、管領黃花三日。	厭倦爲官，年歲亦老，趁著重九之假三日，悠閒觀覽菊花。
〈朝中措〉	玉屏松雪冷龍麟。閑閱倦遊人。	山如屏風，雪中松樹如龍般矗立，彷彿悠閒地看我這厭倦爲官之人。

三、醉　酒

　　袁濟喜於《人海孤舟——漢魏六朝士的孤獨意識》云：

　　魏晉六朝是一個動盪、紛亂和黑暗的年代。憂懼、苦悶、孤獨等成爲一個時代病。逍遙是精神上的超越，而酒則是藉助於身心的快樂與麻醉，使人達到一個無憂無慮的境界，使壓抑已久的孤獨心態得到鬆弛。〔註28〕

可見於魏晉六朝之時，文人乃憑藉「飲酒」以逃避當下，「無憂無慮」、「排遣孤獨」爲最終目的；如蔡松年時以酒忘懷得失，於作品中仍不忘留下「酒醉」之詞句。

　　文人以酒澆愁，忘卻眼前煩惱，蔡松年亦不例外，以酒忘憂，以酒來掩飾因身分而無法發洩之不安，細看其中詞作，多怨懟與消沉。數量龐大，正代表著蔡松年之嗜酒如命。〈滿江紅・細君〔註29〕

〔註28〕袁濟喜：《人海孤舟——漢魏六朝士的孤獨意識》（鄭州：河南人民出版社，1995年），頁178。

〔註29〕〔漢〕班固：《漢書・東方朔傳》：「朔來！朔來！受賜不帶詔，何無禮也！拔劍割肉，壹何壯也！割之不多，又何廉也！歸遺細君，又何仁也！」吳本魏注推測：「公之夫人王氏，乃履道相公之季女，早卒。繼室□氏，並封吳國夫人。」按：檢閱《宋史》、《金史》，唯〔宋〕王安中、〔金〕移次履二人字「履道」。安中爲宋徽宗時人，曾與郭藥師同知府事，與松年父靖年歲相近，且爲王姓；移次履爲遼東丹王突欲七世孫，金世宗時人。故推測松年妻王氏應爲王安中之季女。王慶生亦以爲是。卷65，頁2846。

生朝〉：

> 春色三分，壺觴爲、生朝自勸。清夢斷、歲華良事，此身流轉。花底少逢如意酒，人生幾日春風面。算古來、誰似五噫君，情高遠。　　年年約，常相見。但無事，身強健。老生涯，分付藥爐經卷。聞道恆陽松雪好，遊山服要新針線。但莫遣、雅志困黃塵，違人願。（《全金元詞》，頁9）

「細君」即妻子，此篇乃贈與妻子之作。「春色三分，壺觴爲、生朝自勸。」趁著春天百花齊放之景，以酒慶賀生日；「清夢斷、歲華良事，此身流轉。」美好之夢境已消逝，唯一存在之事實乃是年歲不斷增長，事物皆不停之流動運行；「花底少逢如意酒，人生幾日春風面。」「花底」指一生之中之青春年華，難有事事順利之時，不如意之事十之八九，愉悅快樂之時甚少；「算古來、誰似五噫君，情高遠。」從過去至今，少人似隱居高人般自在悠閒、淡泊灑脫、不問世事；「年年約，常相見。但無事，身強健。」下片起始蔡松年便如馮延巳〈長命女〉云：「春日宴，綠酒一杯歌一遍。再拜陳三願。一願郎君千歲，二願妾身長健，三願如同樑上燕，歲歲長相見。」祝賀妻子能年年與他相見、年年身體康健，無病無痛、無事無擾；「老生涯，分付藥爐經卷。」言蔡松年其自己已邁入老年，將書卷、湯藥囑咐於妻，望妻子不加離棄；「聞道恆陽松雪好，遊山服要新針線。」恆陽此處之松樹、雪景皆美好，前往遊覽時蔡松年希望妻子爲他縫製新衣服；「但莫遣、雅志困黃塵，違人願。」文末論世人不可因平生之素願爲塵俗之事受阻而行放棄，應聽妻子之勸，其乃最大助力；上片仍含抱怨之語，然下片則盛讚幸有妻子陪伴，打理生活雜事，始能成就一己之雅志。〈念奴嬌·九日作〉：

> 倦遊老眼，放閑身、管領黃花三日。客子秋多茅舍外，滿眼秋風欲滴。澤國清霜，澄江爽氣，染出千林赤。感時懷古，酒前一笑都釋。　　千古栗里高情，雄豪割據，戲馬空陳跡。醉裏誰能知許事，俯仰人間今昔。三弄胡牀，九層飛觀，喚取穿雲笛。涼蟾有意，爲人點破空碧。（《全金元詞》，頁10～11）

「倦遊老眼，放閑身、管領黃花三日。」「三日」指舊制重九假三日，
此三句意指蔡松年利用三日假，遊覽菊花，以紓解平日官場之繁忙，
同時表達自我厭倦爲官之意；「客子秋多茅舍外，滿眼秋風欲滴。」
旅居外地之人，特別於秋季時，眼中充斥著秋景，其思鄉之情更加
濃郁；「澤國清霜，澄江爽氣，染出千林赤。」以湖著稱之國家，其
湖面皆已結霜，欣賞清澈湖面之餘，更帶著舒爽氣息，夕陽餘暉沾
染上一片樹林，其色深紅美妙；「感時懷古，酒前一笑都釋。」原本
感時懷鄉、古時之思，皆因飲酒而樂，樂而忘之；「千古栗里高情，
雄豪割據，戲馬空陳跡。」陶淵明高遠情韻仍存，然古時豪傑爭戰、
馬上英姿皆已成黃土，空留遺跡；「醉裏誰能知許事，俯仰人間今昔。」
酒醉之時如何能知古今之事？「三弄胡牀，九層飛觀，喚取穿雲笛。」
「三弄胡牀」典出《晉書・桓伊傳》，客主雖互不相言，然知音之情
不言而喻，「九層飛觀，喚取穿雲笛。」「飛觀」指宮聳之宮闕，「穿
雲笛」言聲音激亢，笛聲穿入雲層，即聲達飛觀，三句意指誰可知
我內心眞正心意；「涼蟾有意，爲人點破空碧。」秋月刻意劃破澄淨
天空。本作將倦遊、酒醉、閒適之情表達而出，始爲蔡松年嚮往之
生活。〈滿江紅〉：

> 翠掃山光，春江夢、蒲萄綠偏。人換世、歲華良是，此身
> 流轉。雲破春陰花玉立，又逢故國春風面。記去年、曉月
> 挂星河，香淩亂。　　年年約，常相見。但無事，身強健。
> 賴孫壚獨有，酒鄉溫粲。老驥天山非我事，一蓑煙雨違人
> 願。識醉歌、悲壯一生心，狂嵇阮。（《全金元詞》，頁20）

該詞序云：

> 辛亥三月，春事婉娩，土風熙然，東城雜花間，梨爲最。
> 去家六年，對花無好情悰。然得流坎有命，無不可者。古
> 人謂人生安樂，孰知其他，屢頌此語，良用慨歎。插花把
> 酒，偶記去年今日事，賦十數長短句遣意，非知心人，亦
> 殆難明此意。以仙呂調滿江紅歌之，是月十五日，玩世酒
> 狂。

辛亥乃金太宗天會九年，西元 1131 年；「春事婉娩，土風熙然，東城雜花間，梨爲最。」春日之景溫和美好，當地風俗和樂，城中花朵斑雜，其中以梨花爲最美麗；「去家六年，對花無好情悰。」離鄉已六年，對此些花朵並無特殊情感；「然得流坎有命，無不可者。」蔡松年言此句，乃看開生命之流動，任何事皆有可能發生；「古人謂人生安樂，孰知其他，屢頌此語，良用慨歎。」蔡松年再以古人之語，談論所謂安樂人生，並無他途，不斷頌讚人生安樂，生命何以慨歎而終；「插花把酒，偶記去年今日事，賦十數長短句遣意，非知心人，亦殆難明此意。」蔡松年戴花飲酒，偶爾寫下今昔所發生之事，並創作詞闋排遣內心，若不明蔡松年心意之人，難以得其中眞意。「以仙呂調滿江紅歌之，是月十五日，玩世酒狂。」蔡松年末以〈仙呂調〉、〈滿江紅〉二調寫下，並自稱「玩世酒狂」之人。

　　正文「翠掃山光，春江夢、蒲萄綠偏。」翠綠遍布山景，夢見春日江水邊，色如蒲萄般碧藍；「人換世、歲華良是，此身流轉。」蔡松年言不變者乃人依舊經歷世事，時間不停流逝，然改變者爲人身之遷徙，由南移北；「雲破春陰花玉立，又逢故國春風面。」眼前所見浮雲、花朵盛開之春景，如故鄉美好之春日；「記去年、曉月挂星河，香淩亂。」去年此處明月與銀河高掛天空，且香氣四溢，「觀此意，公於去年曾偶故邦佳麗也。」（《九金人集》，頁 1181）王慶生推測蔡松年於此年（西元 1130 年）娶妻。「年年約，常相見。但無事，身強健。」此句如〈滿江紅·細君生朝〉所言：妻能年年相見、年年康健，乃爲一大益事；「賴孫壚獨有，酒鄉溫粲。」僅有孫家之酒能使我沉醉於美酒中，「孫壚」典出「燕市多名酒，小孫家爲絕品，故云。孫壚，猶古人爲黃公壚也。」（《九金人集》，頁 1181）「老驥〔註30〕天山非我事，一蓑煙雨〔註31〕違人願。」除年老無法

〔註30〕即「老驥伏櫪」之省稱，魏·曹操〈步出夏門行〉：「老驥伏櫪，志在千里。烈士暮年，壯心不已。」喻年老仍身懷大志。

〔註31〕〔宋〕蘇軾〈定風波〉：「莫聽穿林打葉聲，何妨吟嘯且徐行。竹杖芒鞋輕勝馬，誰怕？一蓑烟雨任平生。料峭春風吹酒醒，微冷。山

有所作爲外，歸隱山林之志卻又無法實現，二者皆空；「識醉歌、悲壯一生心，狂嵇阮。」蔡松年言自我於酒醉之時所做之歌詞，表達悲壯之內心，因此如嵇康、阮籍般酣酒自適，世以爲狂，因而自號「玩世酒狂」。

蔡松年醉酒之作可見附錄，共計四十四首，已占今蔡松年流傳後世之作之半。

四、蕭　閑

蔡松年歷經「冰寒」之感受後，興起「倦遊」之感，爾後以「酒醉」逃避一切，最後表達「蕭閑」之意志。而自號「蕭閑」，乃自我之生活之理想實現，欲過著平凡悠閑自在之日，然事與願違，特殊身分之因導致僅能抒發於詞作或藉由夢境施行。蔡松年使用「蕭閑」二字之詞共十四首。〈石州慢〉：

> 京洛三年，花滿酒家，浮動金碧。友雲縹渺清游，春箏新橙出擘。天東今日，枕書兩眼昏花，壺觴不果酬佳節。獨詠竹蕭蕭，者雲圍風葉。　　愁絕。此身蒲柳先秋，往事夢魂無迹。一寸歸心，可忍年年行役。上園親友，歲時陶寫歡情，糟牀曉溜東籬側。手把一枝香，作蕭閑閑客。（《全金元詞》，頁 13）

詞序云：

> 毛澤民嘗九日以微疾不飲酒，爲煎小團，薦以菊葉，作侑茶樂府。卒意有一杯菊葉小雲團，滿眼蕭蕭松竹晚之語。僕頃在汴梁三年，每約會心二三客，登故苑之友雲亭，或寓居之西嵩，置酒高會，以酬佳節，酣觴賦詩，道早退閑居之樂。

> 歲在庚子，有五字十章，其一云，去年哦新詩，小山黃菊中。年年說歸思，遠目驚高鴻。逮今已復三經，是日奔走塵泥，勞生愈甚，今歲先入都門，意謂得與平生故人，共一笑之樂，且辱子文兄有同醉佳招。而前此二日，左目忽

頭斜照卻相迎。回首向來蕭瑟處，歸去。也無風雨也無晴。」

病昏翳，不復敢進酒盞。癡坐亡聊，感念身世，無以自遣，
乃用澤民故事，擬菊烹茶，仍作長短句，以石州之音歌之。
詞序中「歲在庚子，有五字十章，其一云，去年哦新詩，小山黃菊
中。年年說歸思，遠目驚高鴻。逮今已復三經……」庚子年乃西元
1120 年，蔡松年 13 歲，不太可能作詩，又云「僕頃在汴梁三年」，
因此推定此作成於西元 1140 年至西元 1142 年間，西元 1140 年為庚
申年，可能為「庚子」之誤，「僕頃在汴梁三年」、「已復三經」，因
此作品年代後推三年，約為 1142 年，高士談於此年待制。毛澤民即
毛滂，《宋史》無傳。「小團」〔註 32〕乃最為貢品之茶葉；第一段論
毛澤民因病不飲酒，蔡松年便以茶代酒宴之，並於汴梁之三年內，
約三五好友登故鄉之友雲亭，或寄宿於西嵒，每次皆以酒會友，除
迎接佳節到來外，酒後便與友賦詩填詞，表達欲早日隱居之情；第
二段論蔡松年成五字十章，即五言詩十首，《全金詩》錄蔡松年五言
組詩指〈庚戌九日，還自上都，飲酒於西嵒，以野水竹閒清秋巖酒
中綠為韻〉，「去年哦新詩」出於其中，然詞之庚子不同於組詩所言
之庚戌年，即西元 1130 年，因此推測該詞成於西元 1142 年；「歸思」
點出蔡松年真正心意，而其間尚與高士談時相唱和，高士談酒宴前
二日，蔡松年左目昏翳，因而不敢飲酒，遂引用毛澤民擬菊烹茶之
事借指自己，並感發身世之情於〈石州慢〉中。

「京洛三年，花滿酒家，浮動金碧。」蔡松年行於汴都三年之
中，菊花皆盛開於城中；「友雲縹渺清游，春筆新橙出擘。」於友雲
亭中自在遊覽，而女子纖細之玉手剖開新澄；「天東今日，枕書兩眼
昏花，壺觴不果酬佳節。」蔡松年於上京之時，無法躺臥看清事物，
亦無法以酒酬應佳節；「獨詠竹蕭蕭，者雲團風葉。」「蕭蕭」乃風
聲，風吹拂竹葉所發之聲響，而蔡松年獨自詠菊與茶；「愁絕。此身

〔註 32〕〔宋〕歐陽修：《歸田錄》：「茶之品莫貴於龍、鳳，謂之團茶。慶曆
中，蔡君謨為福建路轉運使，始造小片龍茶以進，其品絕精，謂之
小團，凡二十餅重一斤，其價值金二兩。」，見《文津閣四庫全書·
小說家》（北京：北京商務印書館，2005 年），卷 2，頁 28。

蒲柳〔註33〕先秋，往事夢魂無迹。」十分憂愁，肇因於身體欠安，且未老先衰，過去種種如夢般消失無蹤；「一寸歸心，可忍年年行役。」蔡松年小小之期待歸隱之心，如何能承受每年身體上之勞役；「上園〔註34〕親友，歲時陶寫歡情，糟牀曉溜東籬側。」上園之親友，年年陶冶歡樂之情，除榨酒外，清晨亦能於東籬旁飲酒，形容生活之愜意；「手把一枝香，作蕭閑閑客。」蔡松年手握著一束菊花，眞正做個悠閒自在之人。〈望月婆羅門・送陳詠之自遼陽還汴水〉：

> 妙齡秀發，韻清冰玉洗羅紈。文章桂窟高寒。晤語平生風
> 味，如對好江山。向雪雲遼海，笑裏春還。　　宦情久闌。
> 道勇退、豈吾難。老境哦君好句，張我蕭閑。一峯明秀，
> 爲傳語、浮月碧琅玕。歸意滿、水際林間。(《全金元詞》，
> 頁14)

遼陽乃今遼寧省遼陽市西南，太子河南岸，金屬東京路。「妙齡秀發，韻清冰玉洗羅紈。」首句稱讚陳詠之年輕且英姿煥發，風韻高潔如羅紈洗淨後般光彩；「文章桂窟高寒。晤語平生風味，如對好江山。」「桂窟」乃古時科舉考場，「文章桂窟高寒」指於考場所寫下之優美文章，待見面對談後，猶如面對江山勝景般別有風味；「向雪雲遼海，笑裏春還。」於冬季看著飄雪之雲，與廣大渤海談天，不知不覺春天又即將到來；「宦情久闌。道勇退、豈吾難。」此三句乃此作主旨，言蔡松年厭倦官場生活，欲急流勇退，然對蔡松年而言，似乎是一件難事；「老境哦君好句，張我蕭閑。」於年老時吟詠陳詠之佳句，大張蔡松年「蕭閑」日子之旗鼓；「一峯明秀，爲傳語、浮月碧琅玕。」蔡松年請求他所愛之明秀峰能夠傳達歸隱自然之心意；「歸意滿、水際林間。」「歸意滿」即歸田園隱居之意

〔註33〕〔南朝〕劉義慶，〔南朝〕劉孝標注：《世說新語・言語》：「顧悅與簡文同年，而髮蚤白。簡文曰：『卿何以先白？』對曰：『蒲柳之姿，望秋而落；松柏之質，經霜彌茂。』」，見朱鑄禹：《世說新語彙校集注》，卷上，頁107。

〔註34〕在今遼寧省，近錦州。

甚堅，此言蔡松年欲隱居於山水林木間之意圖甚堅。〈驀山溪・和子文韻〉：

> 人生寄耳，幾許寒仍暑。東晉舊風流，歎此道、雖存如縷。
> 黃塵堆裏，玉樹照光風。閑命駕，小開樽，林下歌奇語。
> 　蕭閑老計，只有梅千樹。明秀一峯寒，醉時眠、冷雲
> 幽處。君如早退，端可張吾軍。唯莫遣，俗兒知，減卻歡
> 中趣。(《全金元詞》，頁14)

「人生寄耳，幾許寒仍暑。」人生如寄居於此世界，十分短暫，一生中能經歷幾個夏、冬之季；「東晉舊風流，歎此道、雖存如縷。」東晉雅士那般喜玄談虛之風韻，文人中雖有然甚少；「黃塵堆裏，玉樹照光風。」「玉樹」即玉樹臨風之意，蔡松年言於當今世上尚能見到高士談瀟灑儀態，映照出高士談絕出風格；「閑命駕，小開樽，林下歌奇語〔註35〕。」蔡松年駕著車悠閒地與高士談會面，並準備美酒與高士談於林下高歌清淨無為之話語；「蕭閑老計，只有梅千樹。」老年閑散度日之方，乃歸隱山水間；「明秀一峯寒，醉時眠、冷雲幽處。」蔡松年所愛之明秀峰，於醉酒時可眠於冷雲生處；「君如早退，端可張吾軍。」蔡松年言若高士談能早日隱居，正好替蔡松年宣揚隱居之樂趣；「唯莫遣，俗兒知，減卻歡中趣。」然不可讓不知其中真韻之人得知蔡松年與高士談隱居之事，若如此則減低了隱居樂趣。

　　此三首雖言蕭閑，實乃鼓吹隱居之意，讚揚棄官歸田之樂，說服好友跟進，蔡松年如此心意，導因於其宋亡國之痛，然礙於身分，僅能以筆代口，抒發其苦悶之情。表13摘錄剩餘有關蕭閑11首詞作，含詩一首。

表13　蕭閑詞作（含一詩）

詞　牌	詞　文	譯　文
〈水調歌頭〉	蕭閑一段歸計，佳處著君侯。	打算回家過著悠閒生活，便在美好之地等著您歸來。

〔註35〕〔宋〕蘇軾〈水龍吟〉：「清淨無為，坐忘遺照，八篇奇語。」

〈念奴嬌〉	我夢卜築<u>蕭閑</u>，覺來嵩桂，十里幽香發。	我夢見定居於蕭閑此處，醒來桂花香飄散十里。
〈雨中花〉	溪路轉、青帘佳處，便是<u>蕭閑</u>。	小溪、道路蜿蜒深入，且為酒市所在之地，即為我悠閑隱居之處。
〈怕春歸〉	夢頻頻、<u>蕭閑</u>風土。	時常夢見蕭閑堂之風景。
〈滿江紅〉	<u>蕭閑</u>老，平生樂。借秀色，明杯杓。	我一生之趣味，便是憑藉著美好風景來飲酒作樂。
〈滿江紅〉	<u>蕭閑</u>便歸去，此圖清絕。	過著悠閑隱居之生活，此企圖美妙至極。
〈念奴嬌〉	老去浮沉唯是酒，同作<u>蕭閑</u>閑客。	年老後只有酒隨著世事浮沉，因此想與您成為悠閑隱居度日之人。
〈雨中花〉	吾老矣、不堪冰雪，換此<u>蕭閑</u>。	我已年老，無法將悠閑情趣轉換成冰天雪地之景。
〈水龍吟〉	待明年，卻向黃公壚下，覓<u>蕭閑</u>老。	等到明年，您要前往黃公壚下，搜尋我這悠閑自適之人。
〈水龍吟〉	好在<u>蕭閑</u>桂影。射五湖、高峯玉潤。	幸好隱居之處之月光，亦能照射明秀峰及五湖風光，使其更加美妙圓潤。
〈江神子慢〉	<u>蕭閑</u>平生淡泊。獨芳溫一念、猶未衰歇。總陳迹。	我一生淡泊名利，特別是愛花之情尚熱切、仍未停歇，只是已成過去之事。
〈夜坐〉	終得蕭閑對床語，青燈挑盡短檠花。	總算過著悠閑之日，並有多餘可以休息，亦努力於讀書上。

　　蔡松年題材乃以此四類為豐，正可代表其心境之轉變；因內心之不安與矛盾，以致眼前所見或心之所向皆為冰寒、冷冽之感，「冰」作品遂多；無法盡情提筆抒發心境，乃以「酒」澆愁，酒醉時何處不可往？且能於當下忘卻煩憂，忘卻亡國之痛；而一生為官途所羈絆，身本宋臣，卻赴任金職，其中取捨與無奈感，蔡松年深感疲累，遂言「倦遊」，欲歸隱山林，與閑雲野鶴為友，欣賞隱居所在之美景，此意甚歡，然回歸現實，卻因深受皇恩而無法施行；最終只能寄望「蕭閑」，蕭閑之生活情趣、蕭閑之逃離現實，「尋覓蕭閑之日」遂不斷萌發、成長於蔡松年之內心。

第六章　承先啓後

第一節　金詞具北方豪爽之氣

一、金詞文字多北地之物與景

鍾振振《論金元明清詞》：

> 北國氣候乾烈祁寒，北地山川渾莽恢闊；北方風俗質直開
> 朗；北疆聲樂勁激粗獷。根于斯，故金詞之於北宋，就較
> 少受到柳永、秦觀、周邦彥等婉約詞人的影響，而更多地
> 繼承了蘇軾詞的清雄伉爽。[註1]

從氣候、景色、風俗、聲樂等等方面論金詞接續北宋詞之發展，進而
解釋何以金詞不沿襲柳、秦、周等等婉約詞人遺緒，反以蘇軾爲宗主
進行學習與光大。由政治方面而論，胡傳志《金代文學研究》對南北
文化提出看法：

> 我國幅員遼闊，文學發展的地域分佈很不均衡。唐、宋以
> 前，文學的中心主要在中原一帶，周邊地區特別是少數民
> 族居住地區，漢語文學極爲寥落。東南、中南一帶，原有
> 楚文化作基礎，隨著晉室南渡，文學中心的南移，本土經
> 濟；文化或得了大發展，嶺南一帶，隨著一批批被貶官員

〔註1〕鍾振振，〈論金元明清詞〉，頁271。

的到來，漢文化水平也有所提高。〔註2〕

胡傳志先言由於戰亂因素，晉室南渡，促進與原本之楚文化進行融合、發展，加上文人多被貶謫南方，因而南方文化於南北朝初期發展極為興盛；後又言：

> 而華北地區，漢語文學的發展卻相當遲緩。北朝時，北方少數民族入主中原，混戰不休，在破壞了中原文化的同時，未能帶動文學向北發展。不論是由南入北的庾信，還是號稱北朝三才的溫子升、刑邵、魏收，都未能將文學的中心由中原向北拓展。至唐代，雖然北方產生了非常出色的邊塞詩，但那多出自軍旅文人之手，而且邊塞詩對當地文學的發展作用不大。直至宋代，北方大片土地的文苑仍然十分荒涼，北方人引以自豪的仍只有〈敕勒歌〉等少數幾首民歌。這種局面，延續到金代，終於有了明顯的改變。
> 〔註3〕

北朝著名之庾信滯留北方，以及北朝三才將南方文化推展至北方仍未見其效果，胡傳志云雖有「邊塞詩」的出現，然僅是唐朝受貶之文人感嘆之作，非刻意帶動該北方文風之功效，唯一可代表北方文學的便是當地民歌，如〈敕勒歌〉〔註4〕等等；此種狀況待至金代始產生改變。

> 女真南侵，迫使宋廷南渡，中原文化的主體部分隨著政權的南遷，大批文人的南下再度南移，而另一部份隨著入侵者的北歸，而流向北方。具史書記載，女真侵略者不僅侵占了大量物質財富，還獲取了許多圖書，帶走了不少漢族文人，以致四庫館臣得出「中原文獻實併入於金」的判斷。圖書典籍為北方漢人和具有漢文化的渤海人進一步提高文化水平提供了物質條件。而一批具有很高文化修養的漢族文人，到北方安家落戶，他們的仕宦生涯、創作活動甚至

〔註2〕 胡傳志，《金代文學研究》，頁23。
〔註3〕 同前註，頁23～24
〔註4〕 〈敕勒歌〉：「敕勒川，陰山下。天似穹廬，籠罩四野。天蒼蒼，野茫茫，風吹草低見牛羊。」

　　　　日常生活都在相對落後的北方傳播著先進的中原文化，從
　　　　而逐步提高了北方地區的文化水平。如金初著名詞人蔡松
　　　　年祖籍杭州，入金後，遂落籍眞定（今河北正定），他的兒
　　　　子蔡珪便是地道的金人，開創了「國朝文派」。經過近百年
　　　　的滋養與培育，出自北方本土的文人越來越多。〔註5〕

胡傳志論金代南侵所造成的影響有二：一是將北方文學帶入中原，
此部份由於北方文化多不適應南方，因此眞正影響不大；二是將南
方文人帶入北方，且長期定居於北方，此影響胡傳志舉蔡松年爲例，
本祖籍杭州，因輾轉遷徙北方，遂改籍河北眞定，且將北宋文化帶
入金朝，使宋中原文化與金女眞文化有進一步的融合，此爲蔡松年
之功，然其後代由於未接觸到宋文化，因此形成道地之金人，在金
爲官促進金朝之文化發展。〔金〕劉祁《歸潛志》：

　　　　金朝名士大夫多出北方，世傳《雲中三老圖》，魏參政子平
　　　　宏州順聖人，梁參政甫應州山陰人，程參政暉蔚州人，三
　　　　公皆執政世宗時，爲名臣。又，蘇右丞宗尹天成人，吾高
　　　　祖南山翁順聖人，雷西仲父子渾源人，李屛山宏州人，高
　　　　丞相汝礪應州人，其於不可勝數。余在南州時，常與交遊
　　　　談及此，余戲曰「自古名人出東、西、南三方，今日合到
　　　　北方也。」〔註6〕

劉祁之說法延伸至蔡松年以下之文人，約莫金中期以後，舉出雲中三
老、雷西仲、高汝礪等等文人，文末以玩笑作結，證金朝文化實乃北
方名士促進期發展與多元之主要貢獻者。

二、金詞風格剛健、堅實；不若南方婉約、柔媚

　　　　前舉鍾振振對於北方文學之特色而論，由於地域、環境等等因
素，造成詩詞風格迥異於南方，如以主題柳樹論，即云送別離情之詞，
北方文人完顏璹〈臨江仙〉：

　　　　倦客更遭塵事冗，故尋閒地婆娑。一尊芳酒一聲歌。盧卽

────────────

〔註5〕　胡傳志：《金代文學研究》，頁24。
〔註6〕　劉祁：《歸潛志》，卷10，頁118。

心未老，潘令鬢先皤。　　醉向繁臺臺上問，滿川細柳新
荷。薰風樓閣夕陽多。倚欄凝思久，漁笛起煙波。（《全金元
詞》，頁 46）

北方詞人完顏璹上片即言「一尊芳酒一聲歌」，酒歌相參，似乎不見
離別之情，下片「滿川細柳新荷」眼裡所見柳樹荷花，此遂有離情滿
溢於心之語，然首字言「醉」，末句亦言「漁笛起煙波。」，似乎此完
顏璹眼中之景與離別之語，乃醉眼所見、所言，空濛不清、模糊不明，
遂具掩飾情感之意，然離恨則顯淡薄；反觀

　　南方詞人如馮延巳〈鵲踏枝〉：

誰道閒情抛棄久，每到春來，惆悵還依舊。日日花前常病
酒，不辭鏡裏朱顏瘦。　　河畔青蕪堤上柳，爲問新愁，
何事年年有。獨立小橋風滿袖，平林新月人歸後。

馮延巳即含抱怨之情，詞中離情多言「惆悵」、「新愁」等等，不如北
方詞人「一尊芳酒一聲歌」豪放之情，馮延巳言「日日花前常病酒」，
更顯纖弱，一醉酒、一病酒，南北方文化差異可想而知；然馮延巳之
詞清楚表示出思念之情，不若北方詞人大而化之，此乃南方婉約詞之
勝處：清麗芊綿、餘韻不絕。

　　蔡松年出使高麗之作，似非所謂「豪放」之作，然其「渾厚婉約」
處，亦是一絕，可見蔡松年詞作並不僅呈現單一豪放特色，〈石州慢・
高麗使還日作〉，其多描繪館妓之姿態及高麗當地之景。〔金〕劉祁《歸
潛志》則以趙獻之與蔡松年相比較：

高麗故事，上國使來，館中有侍妓。獻之作〈望海潮〉以
贈，爲世所傳。其詞……歸而下世，人以爲「此生未卜他
生」之讖云。先是蔡丞相伯堅亦嘗奉使高麗，爲館妓賦〈石
州慢〉……二詞至今人不能優劣。予謂蕭閒之渾厚，玉峰
之峭拔，皆可人。然蔡人「仙衣捲盡雲霓，方見宮腰纖弱。」
與趙之「惜卿卿」皆不免爲人疵議之矣。〔註7〕

劉祁論趙獻之及蔡松年皆爲館妓作詞一闋，趙獻之風格峭拔，蔡松年

〔註7〕　〔金〕劉祁：《歸潛志》，卷10，頁117。

則較渾厚，然二人之詞語過於綺艷、露骨。趙獻之〈望海潮〉（《全金元詞》，頁 30～31）云云，上片「雲垂餘髮，霞拖廣袂，人間自有飛瓊。」言館妓之姿態，如飛瓊仙女般之高雅；「尙相看脈脈，似隔盈盈。醉玉添春，夢魂同夜惜卿卿。」則言趙獻之與館妓之互動，「夢魂同夜惜卿卿」乃有同床共枕之意；下片言別離後，前途未卜，「悵斷雲殘雨」寫出趙獻之之惆悵滿懷。蔡松年〈石州慢・高麗使還日作〉（《全金元詞》，頁 24）云云，「雲海蓬萊，風霧鬢鬟，不假梳掠。」言館妓貌如天上仙女般，雲鬢亦毋須整理；「仙衣捲盡雲霓，方見宮腰纖弱。」蔡松年再言其衣著樣態，見其纖細之腰身；「新期得處，世間言語非眞，海犀一點通寥廓。」與知心好友之對談，始知世俗之言語虛僞不實；「無物比情濃，覓無情相博。」眞摯之情感乃無可比擬，然皆換得無情之對待，蔡松年言其皆以眞心待人，換來卻非同等待遇；「離索。曉來一枕餘香，酒病賴花醫卻。」清早醒來枕頭仍有香氣，然氣氛蕭索，蔡松年仍是病酒之身，需仰賴花香醫治；「灩灩金尊，收拾新愁重酌。」杯中美酒閃耀光芒，蔡松年言其須調整心情，忘卻憂愁，重新飲下此杯酒；「片帆雲影，載將無際關山，夢魂應被楊花覺。」夢裡蔡松年乘著小船，往家鄉之關山駛去，誰知卻被楊花擋住去路；「梅子雨絲絲，滿江干樓閣。」梅雨持續下著，似乎塡滿江邊之樓閣。蔡松年此闋以出使高麗之心情，順道言其欲歸鄉之惆悵，於夢中言其將達故鄉，然為楊花阻礙，似乎暗示著無法事事皆無法順心，梅雨就如同蔡松年之心思，滿江樓閣就如蔡松年愁緒滿載。劉鋒燾《宋金詞論稿》：

> 至於〈望海潮・發高麗作〉一首，其事、其詞，與蔡松年〈石州慢・高麗使還日作〉，均可稱同曲同工。〔註8〕

劉鋒燾之論與劉祁之說法暗合。〔金〕王若虛曾對此闋詞提出詞句解析：

> 蕭閑《使高麗》詞云：「酒病賴花醫卻。」世皆以花為婦

〔註 8〕劉鋒燾：《宋金詞論稿》，頁 234。

> 人，非也。此詞過處，既有「離索」「餘香」「收拾新愁」
> 之語，豈復有婦人在乎？以文勢觀之，亦不應爾。其所謂
> 「花」，蓋眞花也。言其人已去，賴以解醒者，獨有此物
> 而已，必當時之實事。李後主詞云：「酒惡時拈花蕊嗅」：
> 公詠花詞，亦喜用「醒心香」字，蓋取其清澈之氣，以滌
> 除惡味耳。〔註9〕

王若虛言詞中之「花」，非指婦人，而指實花，借以李後主之詞意，
論花可袪除惡氣；「酒病賴花醫却」僅是蔡松年之一種說法與期待。
然王若虛亦肯定此闋詞之文學價值，如《滹南詩話‧蕭閑贈乞言者
詞》：

> 蕭閑自鎭陽還兵府，贈離筵乞言者云：「待人間覓箇無情心
> 緒，著多情換。」此篇有恨別之意，故以情爲苦，而還羨
> 無情。終章言之，宜矣。《使高麗》詞亦云：「無物比情濃，
> 覓無情相博。」次第未應及此也。〔註10〕

王若虛言離筵乞言者之詞雖具恨別之意，且以情爲苦，然不比《使高
麗》之詞，其情濃郁，勝過乞言者詞。

南北方詞人對於題材乃運用不同之解讀方式，其與該地之文
化、環境及風格皆密切相關，北方深衷大馬乃別於南方江山之秀，
遂論北方文學作品乃具豪爽之氣格。

第二節　蔡松年發揚蘇詞精神

蔡松年詞作多繼承蘇軾豪放詞風，亦效法蘇軾之精神，蘇軾喜
愛陶淵明，蔡松年亦愛，然蘇軾遭遇逆境能跳脫負面情緒，而蔡松
年因身分地位無法跳脫，此乃二人最大之不同。由蔡松年開啓學蘇
風氣，吳熊和《唐宋詞通論》：「北宋滅亡之後，蘇軾詞派分爲南北
兩支，北派爲蔡松年、趙秉文、元好問等金源詞人，入元後仍有東

〔註9〕〔金〕王若虛：《滹南詩話》（臺北：藝文印書館，1965年），卷3，
　　　頁10。
〔註10〕同前註，卷3，頁11。

坡之餘響。」〔註11〕吳熊和提出北宋滅國後蘇詞之發展，南北二分，北派多女眞詞人，多帶有北方文學之特色；而蔡松年之詞作鍾振振進一步探討，其《論金元明清詞》云：「其《明秀集》追步眉山、雄爽高健，爲後人提供了學蘇的第一個藍本。」〔註12〕鍾振振肯定蔡松年《明秀集》對金時人之影響，趙維江《金元詞論稿》評介魏道明之注亦云：「有意識地將蔡詞納入蘇詞體派系統，處處以東坡、山谷的詩詞創作爲參照系來考索蔡詞句意，雖難免牽強，卻也抓住了蔡詞的詞體本質特徵。」〔註13〕趙維江說明魏道明注蔡松年詞作，已注意蔡詞與蘇詞之關聯性，牛海蓉《元初宋金遺民詞人研究》再證：「其詞中語辭、意象、情緒與蘇詞相似者不可勝數，以至於金人魏道明注《明秀集》多以坡詞證蔡詞，雖有穿鑿冗復合注釋不確之弊，但可見蔡詞與坡詞的前後承繼關係早就被人所注意。」〔註14〕蔡松年詞與蘇詞之脈絡由此可知，其後文人皆多以蘇詞爲宗，並發展獨樹一幟之特色，鍾振振《論金元明清詞》云：

> 海陵王時已嶄露頭角的耶律履、蔡珪、王寂、劉仲尹諸人含英嘴華於前，黨懷英、景覃、王庭筠、劉迎、趙秉文、王特起、完顏、折元禮、高憲等一批批新秀相繼脫穎以出於後，近六十年間群星璀璨，爍爍交輝。而位居九五之尊的完顏雍、完顏璟祖孫二人本身能倚聲，尤爲此其詞壇鼎盛氣象的一個特殊表徵。這些詞人，都是吸吮著金文化的乳汁成長起來的，迥異於前期宇文、吳、蔡等人之以楚材而爲晉用。其雖多師心東坡而每能各具面目，如黨懷英之松秀高寒、王庭筠之幽峭綿邈、趙秉文之英朗超曠、折元禮之遒勁沉雄、高憲之歔崎排奡。金詞至此，確乎體段完足，能自樹立了。〔註15〕

〔註11〕吳熊和：《唐宋詞通論》，頁 215。
〔註12〕鍾振振：〈論金元明清詞〉，頁 272。
〔註13〕趙維江：《金元詞論稿》，頁 18。
〔註14〕牛海蓉：《元初宋金遺民詞人研究》（北京：中國社會科學出版社，2007 年），頁 163。
〔註15〕鍾振振：〈論金元明清詞〉，頁 272～273。

鍾振振由金皇帝海陵王之論起，至完顏雍、完顏璟二人止，論此時期乃金詞壇發展之盛況，以「借才異代」之吳激、蔡松年開啓，且爲師心東坡之始祖，再由黨懷英、王庭筠、趙秉文等等文人承接詞壇，使金詞能發揚北宋之遺緒，並開啓南宋詞之延續，使兩宋不至於因金人滅之而中斷其詞學發展，且一脈相承學蘇之風得以永存。

　　根據吳重熹《九金人集》中魏道明之注，並依照唐圭璋《全金元詞》之收錄順序，將蔡松年《明秀集》詞作中引用、節錄蘇軾詞中之相關文句，作一簡單描述及解釋，其餘詞作則於附錄羅列，以知蔡松年承繼蘇軾詞風之密切相關性。

　　蘇軾詞作節錄石聲淮、唐玲玲之《東坡樂府編年箋注》，並參閱其註解；詩作節錄〔清〕王文誥輯注，孔凡禮點校之《蘇軾詩集》〔註16〕；散文作品節錄孔凡禮之《蘇軾文集》〔註17〕；二者參閱王水照《蘇軾選集》之註解〔註18〕。

一、〈水調歌頭・送陳詠之歸鎭陽〉（《全金元詞》，頁7）

　　蔡松年寫作此詞以贈別陳詠之，主在描述欣羨陳詠之能夠恣意歸隱田園，以「秋水」、「五畝」、「西山煙雨」、「歲晚羨君」、「說與某物知」五處相似於蘇軾；「秋水」點出季節，主在記錄送別陳詠之之時間；「五畝」蔡松年與蘇軾皆言歸隱之意，蔡松年期待與陳詠之共同生活於田園之間；「西山煙雨」乃描繪景色之筆，尤「西山」乃隱居者之地，再次點出蔡松年隱居之意；「歲晚」乃因年紀之長，遂含無奈之感，後以「歸」字作期待之語；「水雲」、「春風」皆爲自然景物，以純眞色彩寫下欲縱身自然之憧憬。〈水調歌頭〉實爲蔡松年寄託田園生活於贈別朋友之作中。

（一）蔡松年：「東垣步秋水，幾曲冷玻瓈。」

〔註16〕〔清〕王文誥輯注，孔凡禮點校，《蘇軾詩集》（北京：中華書局，1992年）。

〔註17〕孔凡禮，《蘇軾文集》（北京：中華書局，1986年）。

〔註18〕王水照選注，《蘇軾選集》（臺北：萬卷樓圖書有限公司，1991年）。

蘇軾：〈清溪詞〉詩：「雁南歸兮寒蜩嘶，弄秋水兮挹玻璃。」

按：「秋水」、「玻璃」合用，意爲「秋天之湖水如玻璃般清澈。」

（二）蔡松年：「共約經營五畝。」

蘇軾：〈六年正月十二日，復出東門，仍用前韻〉：「五畝漸成終老計，九重新埽舊巢痕。」

按：「五畝」本意爲宅邸，後引申爲歸隱之地。

（三）蔡松年：「臥看西山煙雨。」

蘇軾：〈遠樓〉：「西山煙雨捲疏簾，北戶星河落短簷。不獨江天解空闊，地偏心遠似陶潛。」

按：「西山」乃指伯夷、叔齊隱居之地首陽山，「西山煙雨」意即隱居地因下雨而景色朦朧。

（四）蔡松年：「歲晚羨君歸。」

1、蘇軾：〈遊淨居寺〉：「回首吾家山，歲晚將焉歸。」

按：「歲晚」、「歸」合用乃指晚年欲回返家鄉。

2、蘇軾：〈寄題梅宣義園亭〉：「羨君欲歸去，奈此未報恩。」

按：「羨君」即欣羨友人之生活。

（五）蔡松年：「說與水雲知。」

蘇軾：〈留別釋迦院牡丹呈趙倅〉：「應問使君何處去，憑花說與春風知。」

按：二人皆獨自將內心之言語說給自然景物知曉。

二、〈人月圓・丙辰晚春即事〉（《全金元詞》，頁 17～18）

　　丙辰年乃金熙宗天會十四年，西元 1136 年，蔡松年 30 歲，其時仍任眞定府判官，「百重堆按」喻蘇軾、蔡松年爲官之時所累積之文案繁重，不同之處乃蔡松年除滿案公事外，尚無法飲酒，內心之苦悶難耐，而蘇軾於百忙之中，尚能抽空休息，可見蔡松年處世態度較蘇軾嚴謹；蔡松年於此言「本是箇中人」，於此序寫乃表達

其獨愛西山悠閒之生活；蘇軾言「一犁春雨」，其前接歸去之詞，「篙水」亦言其自在貌，蔡松年組合蘇軾三首作品，寓隱居之意於其中。

（一）蔡松年：「不堪禁酒，<u>百重堆案</u>，滿馬京塵。」

　　蘇軾〈立秋日禱雨宿靈隱寺同周徐二令〉：「<u>百重堆案</u>掣身閑，一葉秋聲對榻眠。」

　　按：「百重堆案」，文書於桌上堆積如山，意指公事繁忙。

（二）蔡松年：「眼青獨<u>拄西山笏</u>，本是<u>箇中人</u>。」

　　1、蘇軾〈再用前韻寄莘老〉：「困窮誰要卿料理，舉頭<u>看山笏拄頰</u>。」

　　按：「笏」爲手板，「獨拄西山笏」，意即以笏支撐臉頰，觀賞西山，乃爲悠閒貌。

　　2、蘇軾〈送金山鄉僧歸蜀開堂〉：「我非<u>箇中人</u>，何以默識子。」

　　按：「箇中人」意即身於其中。

（三）蔡松年：「<u>一犁春雨</u>，<u>一篙春水</u>，<u>自樂天眞</u>。」

　　1、蘇軾〈如夢令〉：「歸去。歸去。江上<u>一犁春雨</u>。」

　　按：「一犁春雨」形容下過之雨約莫一犁深。

　　2、蘇軾〈和鮮于子駿鄆州新堂月夜二首〉：「池中半<u>篙水</u>，池上千尺柳。」

　　按：「篙」，本指撐船竹竿，意指以竹竿攪動春日之水面，優遊自在。

　　3、蘇軾〈行香子〉：「且陶陶，<u>樂盡天眞</u>。」

　　按：「樂天眞」，開心地享受這天然的純眞快樂。

三、〈一翦梅・送珪登第後還鎭陽〉（《全金元詞》，頁 15）

　　蔡松年此作成於天德三年，西元 1151 年，乃送別其子蔡珪登第後之作，首以「白璧」讚揚蔡珪之文筆及人品，蘇軾以白璧讚潘谷，蔡松年亦欲以潘谷讚蔡珪；「社燕」、「秋鴻」皆代表離別之意，蔡松

年心疼蔡珪南北往來奔波之苦；「老子」則是父親蔡松年自稱之詞，不斷使用「歸」字，可見蔡松年鍾情山林之殷切之情；文末更以揚雄自喻，並欣喜晚年能有蔡珪此傑出之子，以渡餘年。

（一）蔡松年：「<u>白璧</u>雄文冠玉京，桂月名香，能繼家聲。」
　　　蘇軾〈贈潘谷〉：「潘郎曉踏河陽春，明珠<u>白璧</u>驚世人。」
　　　按：「白璧」以白玉形容才能之深且人品清白。

（二）蔡松年：「年年<u>社燕與秋鴻</u>，明日燕南又遠行。」
　　　蘇軾〈送陳睦知潭州〉：「有如<u>社燕與秋鴻</u>，相逢未穩還相送。」
　　　按：「社燕」乃春去秋來之鳥；「秋鴻」乃秋日之鴻雁，多用以代表離別；意指來來去去，奔波勞苦。

（三）蔡松年：「<u>老子</u>初無宦遊情，三徑蒼煙<u>歸未成</u>。」
　　　1、蘇軾〈青玉案〉：「莫驚鷗鷺，四橋盡是，<u>老子</u>經行處。」
　　　按：「老子」乃自稱，非言李聃。
　　　2、蘇軾〈南歌子〉：「老去才都盡，<u>歸來計未成</u>。」
　　　按：「歸未成」即隱居之想法及意圖無法實現。

　　蔡松年使用蘇軾詞句處共計 66 首，占一生詞作（86 首）中約百分之七十七，蔡松年每作四闋詞，即運用蘇軾精神或詞句三闋，可見受其影響之深。

　　魏道明之注雖偶過於以偏概全、穿鑿附會於蘇詞體系之中，然非全盤皆錯；蔡詞之精神與氣質多與蘇詞相類，如前所言多「人生如夢」之感、「歸隱田園」之情，此皆蔡松年效法蘇軾之一大證據；唯令人惋惜之處乃蔡松年囿於中年身分地位，而難以盡情享受人生，內心欲遠離官場、退隱山林，然最終仍歿於職位之上，其內心之矛盾煎熬，由詞作觀察可想而知。蔡松年運用蘇軾詞作線索整理可見表。

表 14　蔡松年詞作運用蘇軾詞作簡表

編號	蔡松年詞作詞牌名	詞　文	蘇　軾
1	水調歌頭	1、東垣步秋水，幾曲冷玻璃。 2、共約經營五畝。 3、臥看西山煙雨。 4、歲晚羨君歸。 5、說與水雲知。	1、雁南歸兮寒蜩嘶，弄秋水兮挹玻璃。 2、五畝漸成終老計，九重新埽舊巢痕。 3、西山煙雨捲疏簾，北戶星河落短簷。不獨江天解空闊，地偏心遠似陶潛。 4-1、回首吾家山，歲晚將焉歸。 4-2、羨君欲歸去，奈此未報恩。 5、應問使君何處去，憑花說與春風知。
2	人月圓	1、不堪禁酒，百重堆按，滿馬京塵。 2、眼青獨拄西山笏，本是箇中人。 3、一犁春雨，一篙春水，自樂天眞。	1、百重堆按掣身閑，一葉秋聲對榻眠。 2-1、困窮誰要卿料理，舉頭看山笏拄頰。 2-2、我非箇中人，何以默識子。 3-1、歸去。歸去。江上一犁春雨。 3-2、池中半篙水，池上千尺柳。 3-3、且陶陶，樂盡天眞。
3	一翦梅	1、白璧雄文冠玉京，桂月名香，能繼家聲。 2、年年社燕與秋鴻，明日燕南又遠行。 3、老子初無宦遊情，三徑蒼煙歸未成。	1、潘郎曉踏河陽春，明珠白璧驚世人。 2、有如社燕與秋鴻，相逢未穩還相送。 3-1、莫驚鷗鷺，四橋盡是，老子經行處。 3-2、老去才都盡，歸來計未成。

第三節　辛棄疾藉蔡呼蘇

一、辛、黨之師蔡松年

《宋史·辛棄疾傳》：

辛棄疾，字幼安，齊之歷城人。少師蔡伯堅，與黨懷英同

學，號辛、黨。始筮仕，決以蓍，懷英遇《坎》，因留仕金；
棄疾得《離》，遂決意南歸。〔註19〕

於此可知，辛棄疾、黨懷英乃師事同師蔡松年，而北宋存亡之際，二人以卦決定去留，黨懷英歸北，而辛棄疾南行。謝枋得《疊山先生文集·記辛稼軒先生墓記》可證卜卦之事：

公有英雄之才，忠義之心，剛大之氣，所學皆聖賢之事，朱文公所敬愛，每以「股肱王室、經綸天下」奇之，自負欲作何如人。昔公遇仙，以公眞相乃靑兕也。宮以詞名天下。公初卜，得離卦，乃南方丙丁火，以鎮南也。後之誣公者，欺天亦甚哉。〔註20〕

〔元〕虞集《道園學古錄》云：「受業蕭閑老，令人憶稼軒。高堂何處是，湖曲長藍孫。」〔註21〕可證辛棄疾與黨懷英爲蔡松年學生，而虞集之言乃強調稼軒之風多受到蕭閑老即蔡松年之影響；鄧廣銘《辛棄疾年譜》卻予以否認，他質疑陳模《懷古錄》中關於辛棄疾學詞經歷的記載：「蔡光工於詞，靖康間陷於虜中，辛幼安嘗以詩詞參請之。蔡曰：『子知詩則未也，他日當以詞名家。』」鄧廣銘認爲《宋史》之說是附會《懷古錄》之記事而又失其本眞；又云：「《懷古錄》是一個孤本流傳的鈔本，而且是一個極爲粗率的鈔本，魯魚亥豕，幾於無頁無之。」而胡傳志《金代文學研究》駁云：

《懷古錄》罕爲人知，影響極小，錯誤極多。在「蔡光工於詞」這一段僅 700 字左右的篇幅中，整理者校出的錯誤竟然有 14 處之多！《宋史》
成書倉促，不太可能利用這一偏僻而且文獻價值不高的資料。雖然《宋史》錯誤也不少，但還是比《懷古錄》可靠的多。〔註22〕

〔註19〕〔元〕脫脫：《宋史·辛棄疾傳》，卷401，頁12161。
〔註20〕〔宋〕謝枋得：《疊山先生文集》（臺北：藝文印書館，1965 年），卷2，頁16。
〔註21〕〔元〕虞集：《道園學古錄》，見《四部叢刊》（上海：上海商務印書館，1919 年），卷3，頁47。
〔註22〕胡傳志，《金代文學研究》，頁64。

胡傳志認爲《宋史》文獻價值至少高於《懷古錄》，因此認同辛棄疾
從師蔡松年之看法，其於《金代文學研究》更肯定地提出：

> 從蔡松年的創作中可以清楚地看出，如果沒有蘇學的滋
> 養，蔡松年不可能成爲金代詞人的代表者之一。蔡松年的
> 弟子辛棄疾更是將北方蘇學帶到南宋，發揚光大，與南宋
> 詞壇合流，從而譜寫出輝煌的新篇章。〔註23〕

胡傳志言蔡松年之詞作乃蘇軾詞作之承繼、效仿，而辛棄疾則藉由蔡
松年及北方之蘇學於南宋進行發展、推廣，乃至南宋詞壇具蘇軾詞風
及遺緒，於此可看出辛棄疾學習蔡松年詞風之餘，並未遺忘其祖蘇軾
之功。

針對辛棄疾師事蔡松年眞僞之考定，劉揚忠《辛棄疾詞心探
微》、鞏本棟《辛棄疾評傳》等等書籍皆已認可，因此該事蹟毋須
予以懷疑。

二、爲蔡松年而發之愛國慷慨情調

蔡松年由於身分之因，無法大力吐露內心苦悶，金代皇帝更命
其攻打宋朝，此情何以堪受，因此蔡松年作品多屬含蓄、委婉，多
寄託於物外或與親友對談間時發內心眞意；辛棄疾無此顧忌，加上
其個性使然，不平之鳴時發於筆，眞情時流露於作品之中，雖於辛
棄疾作品中少見與其師蔡松年之互動，誠如胡傳志云：

> 關於蔡、辛間的關係，辛棄疾本人沒有留下明確無疑的第
> 一手材料。南渡以後，身爲「歸正人」，難免心懷疑畏，
> 出於避嫌，對於少年往事，除回憶兒時入京師凝碧池和「壯
> 歲旌旗擁萬夫」之類壯舉外，絕少提及。對於師從南宋敵
> 國丞相蔡松年這樣容易引起麻煩的經歷，自然更不會聲
> 張，這是可以理解的。辛棄疾只提過一次蔡松年，那是在
> 《美芹十論·察情第二》中：『逆亮始謀南寇之時，劉麟、
> 蔡松年一探其意而導之，則麟逐而松年鴆，惡其露機也。』

〔註23〕同前註，頁47。

「逆亮」指金主海陵王完顏亮，劉麟爲僞齊王劉豫之子。
〔註24〕

此段文字言辛棄疾不言蔡松年爲其師之因，乃一爲金朝丞相，一爲南宋子民，二國乃兵戎相見，若輕易道出二者關係，實爲當局者疑二人不尋常之關係，此理由可以想見；爾後所言「麟逐而松年鴆」肇因於蔡松年身本宋臣，誠如《金史‧蔡松年傳》所言，海陵王遂疑軍機乃蔡松年所洩，始造成蔡松年時懷不安之心。辛棄疾或鑒於此，除本身具偉大之愛國抱負外，亦有爲師發聲之舉。

而辛棄疾抗金愛國主題，與蔡松年較不同之處乃辛棄疾直接提筆震於紙上，非如蔡松年之隱忍不拔，深藏於心；蔡松年詞作中故國之思、及內心不得已仕於金朝之影響下，激發辛棄疾仇視金朝、報效大宋之決心，詞作多呈現慷慨激昂、熱血沸騰精神。如蔡松年〈水龍吟〉：「洗兵和氣，春風千丈。」影響辛棄疾〈水調歌頭〉：「要挽銀河仙浪，西北洗胡沙。」〔註25〕及蔡松年〈念奴嬌‧還都後諸公見追和赤壁詞用韻者凡〉：「夷甫諸人成底事。」辛棄疾〈水龍吟‧甲辰歲壽韓南澗尚書〉更斥：「夷甫諸人，神州陸沉，幾曾回首。」〈水調歌頭‧宋楊民瞻〉：「夷甫諸人堪笑，西北有神州。」慨歎愈加彌彰。

亦如「老子」一語之使用，蘇軾〈青玉案〉：「四橋盡是，老子經行處。」黃庭堅〈念奴嬌〉：「老子平生，江南江北，最愛臨風曲。」至蔡松年〈念奴嬌〉：「老子陶寫平生，清音裂耳，覺庾愁都釋。」〈一剪梅‧送珪登第後還鎮陽〉：「老子初無游宦情。」進而辛棄疾〈水調歌頭〉：「老子興不淺，歌舞莫教閑。」〈沁園春〉：「老子平生，笑盡人間，兒女怨恩。」〈水調歌頭〉「說劍論詩餘事，醉舞狂歌欲倒，老子頗堪哀。」辛棄疾乃四人中最狂放、氣魄亦最宏大；蔡松年則爲憂愁、不安；蘇、黃則較蔡松年與辛棄疾境界灑脫、從容。

〔註24〕同前註，頁61。
〔註25〕鄧廣銘箋注：《稼軒詞編年箋注》（臺北：華正書局，2007年）。

〔註26〕由此處可見辛棄疾師承蘇、黃及蔡松年之痕跡，然辛棄疾更具其個人特色。

第四節　金代文人詞作運用蔡松年詞作探賾

　　蔡松年除繼承蘇軾詞作精神外，亦影響至辛棄疾之詞作，相較於蘇軾及辛棄疾，蔡松年詞風皆顯得含蓄、苦悶，蘇軾豪放之風蔡松年雖有，然少見；辛棄疾豪壯之報國之志，蔡松年亦有，然無法直紓胸臆於翰墨之中，此皆囿於蔡松年身居右丞相所致；除北宋蘇軾詞風由蔡松年效法、南宋辛棄疾詞風由蔡松年啓發外，金中期與金末元初等等詞人亦受蔡松年詞作影響，諸如二妙詞人段克己、段成己，文人王寂，金末元初之大文豪元好問等等，詞作中皆有引用蔡松年詞句之痕跡，簡錄其詞作如下：

一、段克己

（一）〈南鄉子〉（《全金元詞》，頁16）

　　蔡松年：「十丈冰花好射風。」

　　段克己〈江城子〉：「十丈冰花，況有藕如船。」

　　按：「十丈冰花」言雪花眾多，亦言下雪之盛況。蔡松年言景色之美好；段克己言閒暇游時之景。

（二）〈念奴嬌〉（《全金元詞》，頁10～11）

　　蔡松年：「醉裏誰能知許事，俯仰人間今昔。」

　　段克己〈滿江紅〉：「向人間頫仰，已成今昔。」

　　按：「俯仰」、「頫仰」，言成今昔，意乃瞬時之間，當下與過去皆成歷史。

（三）〈菩薩蠻〉（《全金元詞》，頁18）

　　蔡松年：「披雲撥雪鵝兒酒。澆公枯燥談天口。」

〔註26〕參閱胡傳志《金代文學研究》之說法。

段克己〈滿江紅〉：「活國手，談天口。都付與，尊中酒。」

按：「談天口」乃一般言談對話之間，唯二人皆喜以「酒」解渴。

表16　段克己運用蔡松年詞作簡表

編號	蔡松年詞作詞牌名	詞　　文	段克己
1	南鄉子	十丈冰花好射風。	十丈冰花，況有藕如船。
2	念奴嬌	醉裏誰能知許事，俯仰人間今昔。	向人間頫仰，已成今昔。
3	菩薩蠻	披雲撥雪鵝兒酒。澆公枯燥談天口。	活國手，談天口。都付與，尊中酒。

二、王　寂

（一）〈水調歌頭〉（《全金元詞》，頁8）

蔡松年：「玻瓈北潭面，十丈藕花秋。西樓爽氣千仞，山障夕陽愁。」「準備黃塵眼，管領白蘋洲。」

王寂〈人月圓〉：「錦標彩鷁追行樂，管領鎮陽春。而今重到，鶯花應笑，老眼黃塵。憑君問舍雕丘側，准擬乞閑身。北潭漲雨，西樓橫月，藜杖綸巾。」

按：王寂化用蔡松年詞作之痕跡可見，如「北潭」、「西樓」、「黃塵」、「管領」等等詞句，借用蔡松年欲隱居之詞意，以其景或物代稱歸隱之情。

（二）〈江神子慢・賦瑞香〉（《全金元詞》，頁23）

蔡松年：「紫雲點楓葉。」「茗椀添春花氣重，芸窗晚、濛濛浮霽月。小眠鼻觀先通，廬山夢舊清絕。」

王寂〈漁家傲・瑞香〉：「岩秀不隨桃李伴。國香未許幽蘭換。小睡最宜醒鼻觀。簷月轉。紫雲娘擁青羅扇。半世廬山清夢斷。天涯邂逅春風面。茗椀不來羞自薦。空戀戀。野芹炙背誰能羨。」

按：「紫雲」、「茗椀」、「廬山」、、「月」、「鼻觀」等等，化用
詞句之多，於王寂詞中可見，皆用以形容瑞香之形態、樣貌。

（三）〈江神子慢〉（《全金元詞》，頁23）

蔡松年：「獨芳溫一念猶未衰歇。」

王寂〈望月婆羅門〉：「獨有芳溫一念，紅淚羅巾。

按：「獨方溫一念」意乃賞花之熱誠，蔡松年並未停歇；王寂
乃云女子之賞花溫情尚在。

表17　王寂運用蔡松年詞作簡表

編號	蔡松年詞作詞牌名	詞　文	王　寂
1	水調歌頭	玻瓈北潭面，十丈藕花秋。西樓爽氣千仞，山障夕陽愁。」「準備黃塵眼，管領白蘋洲。	錦標彩鷁追行樂，管領鎮陽春。而今重到，鶯花應笑，老眼黃塵。憑君問舍雕丘側，准擬乞閑身。北潭漲雨，西樓橫月，藜杖綸巾。
2	江神子慢	紫雲點楓葉。」「茗椀添春花氣重，芸窗晚、濛濛浮霽月。小眠鼻觀先通，廬山夢舊清絕。	岩秀不隨桃李伴。國香未許幽蘭換。小睡最宜醒鼻觀。檐月轉。紫雲娘擁青羅扇。半世廬山清夢斷。天涯邂逅春風面。茗椀不來羞自薦。空戀戀。野芹炙背誰能羨。
3	江神子慢	獨芳溫一念猶未衰歇。	獨有芳溫一念，紅淚羅巾。

三、元好問

（一）〈水調歌頭〉、〈念奴嬌〉（《全金元詞》，頁8）

蔡松年〈水調歌頭〉：「俛仰十年事，華屋幾山邱。」

蔡松年〈念奴嬌〉：「放眼南枝，忘懷樽酒，及此青青髮。」

元好問〈念奴嬌〉：「華屋生存，丘山零落，幾換青青髮。」

按：「華屋山邱」言豪華之房屋皆化作土丘，即時代之盛衰興
亡；「青青髮」皆指濃黑之髮，乃年壯之人。

（二）〈烏夜啼〉（《全金元詞》，頁18）

　　蔡松年：「<u>一段江山</u>秀氣，<u>風流</u>故國王孫。」

　　元好問〈蝶戀花〉：「<u>一段江山</u>英秀氣，<u>風流</u>天上星郎。」

　　按：「一段江山秀氣」，言如具江河高山般秀麗之風韻，蔡松年
　　言故國王孫趙粹文如江山秀氣般風流；元好問云王以道如天上
　　星郎般之風流。皆藉物以形容人之風韻氣格。

（三）〈水龍吟〉（《全金元詞》，頁 22）

　　蔡松年：「沙鷗遠浦，<u>野麋豐草</u>，唯便適意。」

　　元好問〈水龍吟〉：「<u>野麋</u>山鹿，平生心在，長林<u>豐草</u>。」

　　按：二人之「麋」應改正「麋」，「野麋豐草」除化用黃庭堅「野
　　麋豐草，江鷗水遠，老去唯便疏放。」外，意即自然之動物及
　　植物，於此言隱居生活之自然適意。

表 18　元好問運用蔡松年詞作簡表

編號	蔡松年詞作詞牌名	詞　文	元好問
1	1、水調歌頭 2、念奴嬌	1、俛仰十年事，華屋幾<u>山邱</u>。 2、放眼南枝，忘懷樽酒，及此<u>青青髮</u>。	華屋生存，<u>丘山</u>零落，幾換<u>青青髮</u>。
2	烏夜啼	<u>一段江山秀氣</u>，<u>風流</u>故國王孫。	<u>一段江山秀氣</u>，<u>風流</u>天上星郎。
3	水龍吟	沙鷗遠浦，<u>野麋豐草</u>，唯便適意。	<u>野麋</u>山鹿，平生心在，長林<u>豐草</u>。

四、其他文人

（一）〈滿江紅‧細君生朝〉（《全金元詞》，頁 9）

　　蔡松年：「老生涯，分付<u>藥爐經卷</u>。」

　　王特起〈喜遷鶯〉：「再相見，把生涯分付，<u>藥爐經卷</u>。」

　　按：「生涯分付，藥爐經卷」二者皆源自蘇軾贈與妻子朝雲之
　　詞句，其意涵相同，皆將自我之一生、藥爐、書籍等等，交付
　　妻子。

（二）〈瑞鷓鴣〉（《全金元詞》，頁 17）

蔡松年：「酬春當得酒如川，日典春衣也自賢。」

趙攄〈虞美人〉：「酬春當得酒如川，酒債尋常有。」

按：趙攄完全使用蔡松年「酬春當得酒如川」，蔡松年言即使典當春日所著裝之衣購置美酒亦可稱之為賢人；趙攄則改言「酒債」，可見二人皆喜飲酒。

（三）〈雨中花〉（《全金元詞》，頁 21）

蔡松年：「夢迴故國，酒前風味，一笑都還。」

段成己〈滿庭芳〉：「回頭錯，閑中風味，一笑覺都還。」

按：「一笑都還」云對於任何事皆一笑置之、一筆勾銷。

（四）〈好事近〉（《全金元詞》，頁 23）

蔡松年：「天上賜金匳，不減壑源三月。午椀春風纖手，看一時如雪。　　幽人只慣茂林前，松風聽清絕。無奈十年黃卷，向枯腸搜徹。」

元德明〈好事近〉：「夢破打門身，有客袖攜團月。喚起玉川高興，煮松檐晴雪。　　蓬萊千古一清風，人境兩超絕。覺我胸中黃卷，被春雲香徹。」

按：蔡松年之「壑源」乃茶名，元德明「團月」亦指茶，二人詠物對象相同；且二人皆以「雪」指水沸騰時之氣泡，由此云云，元德明該詞乃步蔡松年〈好事近〉之韻。

表 19　其他文人運用蔡松年詞作簡表

編號	蔡松年詞作詞牌名	詞　　文	作　家　及　作　品
			王特起〈喜遷鶯〉
1	滿江紅	老生涯，分付藥壚經卷。	再相見，把生涯分付，藥壚經卷。
			趙攄〈虞美人〉
2	瑞鷓鴣	酬春當得酒如川，日典春衣也自賢。	酬春當得酒如川，酒債尋常有。

			段成己〈滿庭芳〉
3	雨中花	夢迴故國，酒前<u>風味</u>，<u>一笑都還</u>。	回頭錯，閑中<u>風味</u>，<u>一笑覺都還</u>。
			元德明〈好事近〉
4	好事近	天上賜金匲，不減<u>壑源</u>三月。午椀春風纖手，看一時<u>如雪</u>。　幽人只慣茂林前，松風聽清絕。無奈十年<u>黃卷</u>，向枯腸搜徹。	夢破打門身，有客袖攜團<u>月</u>。喚起玉川高興，煮松櫓晴<u>雪</u>。蓬萊千古一清風，人境兩超絕。覺我胸中<u>黃卷</u>，被春雲<u>香徹</u>。

　　魏道明《蕭閑老人明秀集注》之流傳於此可見其功，當朝文人評點當朝出版之書籍或作品，乃文學史上之少見，段克己兄弟、王寂、元好問等等，化用蔡松年詞句，代表後世文人針對蔡松年之所言、所見、所聞、所寫，乃有其鑽研與愛好。

　　除詞作風格與內容影響當朝金人及南宋辛棄疾外，蔡松年出使高麗爲館妓賦詞一事亦流傳於宋金元時期，後更爲宋金院本與元雜劇之題材，如宋金院本《蔡蕭閑》、元雜劇李文蔚〈蔡蕭閑醉寫石州慢〉。況周頤云：

> 檢曲錄雜劇部，有〈陶秀實醉寫風光好〉、〈晏叔原風月鷓鴣天〉、〈張干湖誤宿女貞觀〉、〈蔡蕭閑醉寫石州慢〉、〈蕭淑蘭情寄菩薩蠻〉，皆詞事也。〔註27〕

況周頤云「詞用詩句，曲用詞事。」〔註28〕言曲多以詞事爲本，創作而成之曲，〈蔡蕭閑醉寫石州慢〉亦爲一例，可見蔡松年創作〈石州慢·高麗使還日作〉之詞乃眞確有此一事；莊一拂《古典戲曲存目彙考》云：

> 在翰林日，奉使高麗，館有侍妓，松年於使還日，爲賦〈石州慢〉詞……此劇當敘使高麗本事。〔註29〕

〔註27〕〔清〕況周頤：《蕙風詞話》，見唐圭璋：《詞話叢編》，冊5，卷1，頁4419。

〔註28〕同前註，頁4419。

〔註29〕莊一拂：《古典戲曲存目彙考》（上海：上海古籍出版社，1982年），卷4，頁225。

宋金院本、元曲及莊一拂之說法皆可證蔡松年曾出使高麗之事蹟；蔡
松年尚有出使高麗〈高麗館中〉詩二首：

> 蛤蜊風味解潮醒，松頂雲痴雨不晴。
>
> 悄悄重簾斷人語，碧壺春笋更同傾。〔註30〕
>
> 晚風高樹一襟清，人與縹瓷相照明。
>
> 謝女微吟有深致，海山星月總關情。〔註31〕

二詩描述其於高麗行館中之飲食、環境等等，由〈石州慢‧高麗使還
日作〉及〈高麗館中〉二詩可見蔡松年皆喜寫婦人情態，且其作品之
情意皆十分深摯。

　　蔡松年之於蘇軾，金後期文人及辛棄疾之於蔡松年，乃一脈相
承，各具承繼關係，於蔡松年之詞風、文句上皆有效仿之舉，雖非刻
意，然可察其北宋蘇軾詞風歷經金詞以至於南宋詞壇甚至元曲之演變
軌跡。

〔註30〕〔金〕元好問：《中州集》，卷1，頁43。

〔註31〕〔金〕元好問：《中州集》，卷1，頁43。

第七章 結 論

　　蔡松年官途順遂，然其心情起伏卻未如昇官之途般成正比，其爲官意志反因內心矛盾、挣扎之避世情懷，而逐漸消磨殆盡，由蔡松年詞作所使用之題材而論，心態由熱情轉而爲「冰」，對於世俗事物皆以冷眼旁觀，將內心眞實感受投射於外物，其冷漠心態遂造成「倦遊」之意，不願於官場爭權奪利、捲入萬丈風波之中而心懷憂患，蔡松年正熱愛飲酒，本欲以「醉酒」消弭「倦遊」且「如冰」之心，然終將非治本之計，醉醒後一切如故，環境仍未見改變，爾後蔡松年遂乃崇尙「蕭閑」之生活，其「蕭閑」之情未曾間斷，由蔡松年降金任官始，至正隆四年（西元 1159 年）離開人世結束，北宋靖康之禍實乃蔡松年一生中極大之衝擊，歷經亡國之痛，然亦受海陵王拔擢，「仕與不仕」、「隱與不隱」之矛盾與挣扎之情，時反映於其作品中。

　　蔡松年多思鄉、懷古之情，深入探討其《明秀集》詞作，多以「夢」排解「惆悵」、「故國之情」，八十六闋詞作共三十處言夢，以夢實現無法成行之理想；蔡松年亦以「陶淵明」爲模範，傾訴其「厭倦爲官」、「歸隱山林」之意圖；蔡松年以蘇軾聆聽音樂時內心之感情變化，藉以抒發內心感受，「水火不容」之「冰」與「炭」並用，強烈且相斥之意象，爲蔡松年之詞作增添深層意涵。

　　蘇軾乃北宋一大文豪，其文學之影響力毋論蔡松年有意或無意

仿效，皆可言蔡松年乃其詞風之遺緒，然蘇軾未曾經歷如蔡松年般之亡國之痛，詞作遂乃少有家國之思；再者，蘇軾不斷貶官南行奔波，如其所云：「問汝平生功業，黃州、惠州、儋州。」以功業諷其貶謫行經之處，此與蔡松年由「眞定府判官」，不斷升遷爲金朝「右丞相」之順遂官途，乃二人異處；然蘇軾面對逆境、挫折之時，其完成作品風格乃積極進取、正面豁達，且多直抒胸臆、少見婉轉之語，此爲蔡松年難以上達之境，實乃肇因於身分與經歷不同，然蔡松年並未停止學習與追隨，蘇軾豪放、曠達之詞風，可撫慰蔡松年無奈、沉痛之感；蘇軾崇慕陶淵明田園之生活態度，蔡松年亦如蘇軾熱愛陶淵明，《明秀集》隨處可見蘇軾之影，蔡松年乃深受蘇軾詞風之陶冶。

蔡松年可謂金朝詞壇之代表作家，除承繼蘇軾詞風外，亦開啓南宋辛棄疾及金中後期文人之視野；人皆言辛棄疾師法蘇軾，其詞風亦如蘇軾豪放，然辛棄疾曾受業於蔡松年，詞風亦受老師影響，雖不如蘇軾強烈，然蔡松年對辛棄疾之文學觀與寫作視角亦有其特出性；蔡松年詞作除影響南北宋外，當代詞人如元好問、王寂、段克己兄弟等等，對於蔡松年作品內容之感受與作品風格之崇仰學習，不僅藉由蔡松年詞作了解蘇軾之一生遊歷與文學貢獻，更有其代表性意義；金朝詞學史之詳盡與充實，蔡松年之功勞與成就乃無可抹滅。

本文提高蔡松年之文學地位，並關注於金詞壇之發展，以呈現北宋蘇軾詞作──金朝蔡松年詞作──南宋辛棄疾詞作，三者一脈相承之關係，誠如圖表所錄，兩宋詞壇間，蔡松年乃居關鍵且極具文學貢獻度之「金朝右丞相」。

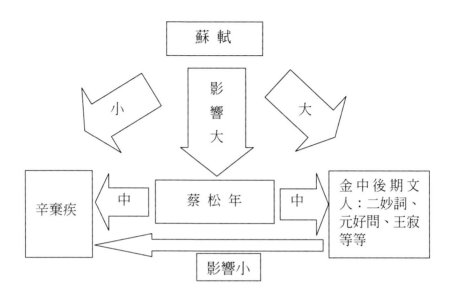

　　如圖表所云，蘇軾乃金蔡松年及金中後期文人與南宋辛棄疾文風效仿之宗，其文學價值上之時代斷限及滲透範圍極大；金初之蔡松年影響力雖未及蘇軾悠遠，然亦具特出之地位；辛棄疾吸收蘇軾、蔡松年及金中後期文人之特色，遂乃發展出風格獨樹一幟且數量豐富之詞作。

參考文獻

壹、參考書目

一、史　書

1. 〔漢〕班固，《漢書》，〔唐〕顏師古注，北京，中華書局，1962 年。
2. 〔南朝宋〕范曄，《後漢書》，〔唐〕李賢注，北京，中華書局，1965 年。
3. 〔唐〕房玄齡，《晉書》，北京，中華書局，1974 年。
4. 〔宋〕宇文懋昭，《大金國志》，臺北，藝文印書館，1970 年。
5. 〔元〕脫脫，《宋史》，北京，中華書局，1965 年。
6. 〔元〕脫脫，《金史》，北京，中華書局，1975 年。
7. 〔明〕商輅，《續資治通鑑綱目》《景印文淵閣四庫全書》本，臺北，臺灣商務印書館，1983 年。

二、史料文獻

1. 〔戰國〕韓非子，《韓非子》，楊家駱主編，臺北，世界書局，1959 年。
2. 〔宋〕宋子安，《東溪試茶錄》《文津閣四庫全書》本，北京，北京商務印書館，2005 年。
3. 〔宋〕歐陽修，《歸田錄》，北京，北京商務印書館，2005 年。
4. 〔宋〕徐夢莘，《三朝北盟會編》，臺北，臺北商務印書館，1983 年。
5. 〔宋〕李心傳，《建炎以來繫年要錄》，北京，中華書局，1988 年。

6. 〔元〕虞集，《道園學古錄》，上海，上海商務印書館，見《四部叢刊》，1919 年。

三、總集、選集及別集

（一）詞

1. 〔五代後蜀〕趙崇祚，《花間集》，五代‧歐陽烱序，臺北，新文豐出版公司《景明正德仿宋本》冊 62，1997 年。

2. 〔宋〕向子諲，《酒邊詞》，王沛霖、楊鍾賢箋注，南昌，江西人民出版社，1994 年。

3. 〔宋〕蘇軾，《蘇軾選集》，王水照選注，臺北，萬卷樓圖書有限公司，1991 年。

4. 〔宋〕蘇軾，《東坡樂府編年箋注》，石聲淮、唐玲玲箋注，臺北，華正書局，1993 年。

5. 〔金〕蔡松年，《蕭閑老人明秀集》，〔金〕魏道明注，臺北，新文豐出版公司《叢書集成三編》本冊 47，1996 年。

6. 〔金〕郝經，《陵川集》，臺北，臺灣商務印書館《景印文淵閣四庫全書》本，1983 年。

7. 〔宋〕辛棄疾，《稼軒詞編年箋注》，鄧廣銘箋注，臺北，華正書局，2007 年。

8. 〔清〕王鵬運，《四印齋所刻詞》，上海，上海古籍出版社，1989 年。

9. 〔清〕吳重憙，《九金人集》，臺北，成文出版社，1967 年。

10. 〔清〕凌廷堪，《梅邊吹笛譜》，臺北，藝文印書館，1965 年。

11. 〔清〕趙萬里，《校輯宋金元人詞》，臺北，臺聯國風出版社，1972 年。

12. 〔民國〕唐圭璋，《全金元詞》，北京，中華書局，1979 年。

13. 〔民國〕鄭騫，《續詞選》，臺北，中國文化大學出版部，1982 年。

（二）詩

1. 〔宋〕蘇軾，《蘇軾詩集》，〔清〕王文誥注，孔凡禮點校，北京，中華書局，1992 年。

2. 〔金〕元好問，《中州集》，臺北，臺灣商務印書館，1973 年。

3. 〔清〕翁方綱，《復初齋集外詩》，上海，上海古籍出版社《拜經樓詩集》本，2002 年。

（三）文

1. 〔宋〕蘇軾,《蘇軾文集》,孔凡禮點校,北京,中華書局,1986 年。
2. 〔元〕耶律楚材,《湛然居士文集》,〔元〕王鄰序,上海,上海商務印書館《四部叢刊初編縮本》,1965 年。
3. 〔清〕張金吾,《金文最》,,臺北,成文出版社,1967 年。
4. 〔清〕莊仲方,《金文雅》,,臺北,成文出版社,1967 年。

四、文學批評

（一）詞　話

1. 〔清〕徐釚,《詞苑叢談》,王百里校箋,臺北,文史哲出版社,1989 年。
2. 〔清〕賀裳,《皺水軒詞荃》,臺北,新文豐出版公司,冊 2,1988 年。
3. 〔清〕張宗橚,《詞林紀事補正》,楊寶霖補正,北京,中華書局,1959 年。
4. 〔清〕周濟,《介存齋論詞雜著》,臺北,新文豐出版公司,冊 3,1988 年。
5. 〔清〕吳衡照,《蓮子居詞話》,臺北,新文豐出版公司,冊 4,1988 年。
6. 〔清〕陳廷焯,《白雨齋詞話》,臺北,新文豐出版公司,冊 4,1988 年。
7. 〔清〕況周頤,《蕙風詞話》,臺北,新文豐出版公司,冊 5,1988 年。
8. 〔清〕陳匪石,《聲執》,臺北,新文豐出版公司,冊 5,1988 年。

（二）詩　話

1. 〔金〕朱弁,《風月堂詩話》,北京,北京商務印書館《文津閣四庫全書》,2005 年。
2. 〔金〕王若虛,《滹南詩話》,臺北,藝文印書館,1965 年。
3. 〔清〕趙翼,《甌北詩話》,上海,上海古籍出版社《續修四庫全書》,2002 年。
4. 〔清〕翁方綱,《石州詩話》,上海,上海古籍出版社《粵雅堂叢書》本,2002 年。

（三）合 論

1. 〔金〕朱弁，《曲洧舊聞》，臺北，藝文印書館，1965 年。

2. 〔元〕王惲，《秋澗集》，北京，北京商務印書館，2005 年。

3. 〔元〕謝應芳，《懷古錄》，鄭必俊校注，北京，中華書局，1993 年。

4. 〔明〕王世貞，《藝苑卮言》，臺北，新文豐出版公司，1988 年。

五、今人專書研究

（一）詞 學

1. 張子良，《金元詞述評》，臺北，華正書局，1979 年。

2. 王保珍，《東坡詞研究》，臺北，長安出版社，1986 年。

3. 吳梅，《詞學通論》，臺北，臺灣商務印書館，1988 年。

4. 吳熊和，《唐宋詞通論》，杭州，浙江古籍出版社，1989 年。

5. 黃兆漢，《金元詞史》，臺北，學生書局，1992 年。

6. 周惠泉，《金代文學論》，吉林，東北師範大學出版社，1997 年。

7. 劉鋒燾，《金代前期詞研究》，西安，陝西師範大學出版社，1998 年。

8. 苗菁，《唐宋詞體通論》，鄭州，中州古籍出版社，1998 年。

9. 胡傳志，《金代文學研究》，合肥，安徽大學出版社，2000 年。

10. 趙維江，《金元詞論稿》，北京，中國社會科學出版社，2000 年。

11. 陶然，《金元詞通論》，上海，上海古籍出版社，2001 年。

12. 丁放，《金元詞學研究》，北京，中國社會科學出版社，2002 年。

13. 劉鋒燾，《宋金詞論稿》，北京，中國社會科學出版社，2002 年。

14. 謝桃坊，《中國詞學史》，四川，巴蜀書社出版社，2002 年。

15. 施蟄存，《詞學名詞釋義》，北京，中華書局，2004 年。

（二）其 他

1. 莊一拂，《古典戲曲存目彙考》，上海，上海古籍出版社，1982 年。

2. 詹杭倫，《金代文學思想史》，成都，成都科技大學出版社，1990 年。

3. 袁濟喜，《人海孤舟──漢魏六朝士的孤獨意識》，瀋陽，河南人民出版社，1995 年。

4. 顧易生、蔣凡、劉明今，《宋金元文學批評史》，上海，上海古籍出版社，1996 年。

5. 杜澤遜，《文獻學概要》，北京，中華書局，2001 年。

6.　劉明今，《遼金元文學史案》，上海，上海古籍出版社，2004 年。

7.　王慶生，《金代文學家年譜》，南京，鳳凰出版社，2005 年。

8.　牛海蓉，《元初宋金遺民詞人研究》，北京，中國社會科學出版社，2007 年。

9.　劉浦江，《松漠之間——遼金契丹女真史研究》，北京，中華書局，2008 年。

貳、期刊論文

1.　〈三部最影響稼軒詞的作品〉，陳宗敏，花蓮，《花蓮師專學報》第 10 期，1978 年。

2.　〈金元明清詞選‧序〉，周篤文，上海，《詞學》創刊號，1981 年。

3.　〈蔡松年生平仕歷考述〉，王慶生，徐州，《徐州師範大學學報》第 1 期，1993 年。

4.　〈論金元明清詞〉，鍾振振，臺北，《第一屆詞學國際研討會論文集》，1994 年。

5.　〈論金初作家蔡松年〉，胡傳志，長春，《社會科學戰線》第 6 期，1996 年。

6.　〈乾坤清氣得來難——試論金詞的發展與詞史價值〉，張晶，上海，《學術月刊》第 5 期，1996 年。

7.　〈風雲豪氣，慷慨高歌——簡說金詞〉，王兆鵬，劉尊明，南京，《古典文學知識》第 5 期，1997 年。

8.　〈蔡松年《明秀集》初探〉，包根弟，臺北，《林炯陽先生六秩壽慶論文集》，1999 年。。

9.　〈蕭閒詞風初探〉，劉鋒燾，西安，《陝西師範大學學報》第 3 期，1999 年。

10.　〈從守節徬徨走向消釋超脫——論蔡松年文化人格的轉變〉，劉鋒燾，蘭州市，《蘭州大學學報》第 1 期，2000 年。

11.　〈蔡松年「庚戌九日，還自上都，飲酒於西崑，以『野水竹閒清，秋巖酒中綠』為韻」組詩作年考辨〉，劉鋒燾，運城，《運城高等專科學校學報》第 1 期，2000 年。

12.　〈論金詞北派風格之成因〉，王昊，洛陽，《洛陽師範學院學報》第 6 期，2001 年。

13.　〈談金代詞人的群體劃分〉，李藝，呼和浩特，《語文學刊》第 11 期，2004 年。

14. 〈金代河朔詞人群體論述〉，劉揚忠，廣州，《學術研究》第 4 期，2005 年。

15. 〈金詞分期問題爭議〉，王昊，武漢，《湖北大學學報》第 5 期，2006 年。

16. 〈試論蔡松年詞及其在金詞史之地位〉，黃志煌，臺南，《嘉南學報》第 32 期，2006 年。

17. 〈大元「國師」劉秉忠《藏春樂府》仕隱情懷析探〉，鄭和福，臺北，《東吳中文研究集刊》第 14 期，2007 年。

參、學位論文

1. 《蔡松年詞研究》，梁文櫻，高雄，高雄師範大學國文教學碩士論文，2003 年。

2. 《金詞「吳蔡體」研究》，柯正容，臺南，成功大學中文研究所碩士論文，2006 年。

3. 《金末元初稷山段氏二妙詞研究》，蔡欣容，臺南，成功大學中文研究所碩士論文，2007 年。

4. 《劉秉忠「藏春樂府」研究》，林妙玲，臺南，成功大學中文研究所碩士論文，2007 年。

5. 《宋詞取材唐傳奇之研究》，林宏達，臺北，東吳大學中文研究所碩士論文，2007 年。

6. 《蔡松年研究》，曾定華，南寧，廣西大學碩士論文，2007 年。

附錄一　蔡松年所佚之三卷篇目

　　據王鵬運《四印齋所刻詞》之卷四至卷六篇目所錄，陳列蔡松年所佚之詞牌與詞作數量。

卷四

瑞鶴仙	喜遷鶯	月華清	江神子慢
月下笛	聲聲慢	望月婆羅門二首	洞仙歌
侍香金童	行香子	臨江仙二首	定風波
南鄉子	虞美人	鷓鴣天四首	浣溪沙
武陵春	彩鸞歸	長相思	好事近
秋蕊香			

卷五

雨中花二首	永遇樂	水龍吟	石州慢二首
尉遲杯	洞仙歌	驀山溪	惱殺人
訴衷情近拍	江城子	寶鼎香	臨江仙五首
月上海棠	定風波	一翦梅四首	小重山四首
木蘭花	減字木蘭花	朝中措	

卷六

附錄二　蔡松年《明秀集》詞作編年

　　蔡松年《明秀集》唐圭璋所錄共 86 首，筆者參閱王慶生《金代文學家年譜》，配合詞題、詞序及詞文，將蔡松年詞作依成書年代簡單序列。

　　本詞作編年分成三大類，一是西元紀年，二是宋朝年號，三是金代年號，並對詞句作一簡述；編年歸納重點如下：

　　一、若詞作內含月份紀實，加以前後排列。

　　二、若無法看出時間先後，則依唐圭璋《全金元詞》著錄順序而出。

　　三、具確切時間之詞作爲第一優先排列，若僅知作品完成於某時間範圍，則以約略時間之詞作排於前，無法得知完成時間者排於後。

　　四、詞作之前列以蔡松年官位職稱，以察其關聯性。

西元 1107 年

　　北宋大觀元年，宋徽宗在位。

　　●蔡松年出生。

西元 1124 年　蔡松年 18 歲

　　北宋宣和七年，宋徽宗在位。

金朝天會二年，金太宗在位。

●宋宣和末，守燕山。松年從父來，管勾「機宜文字」。

西元 1126 年 蔡松年 20 歲

北宋靖康元年，宋欽宗在位。

金朝天會四年，金太宗在位。

●靖康之禍。

西元 1129 年 蔡松年 23 歲

北宋建炎三年，宋高宗在位。

金朝天會七年，金太宗在位。

●蔡松年作〈西江月〉（古殿蒼松偃蹇）

詞序：己酉四月暇日，冒暑遊太平寺。

譯文：己酉年四月空閒之時，冒著天氣燥熱造訪太平寺。

西元 1131 年 蔡松年 25 歲

北宋紹興元年，宋高宗在位。

金朝天會九年，金太宗在位。

●宗望軍至白河，郭藥師敗，靖以燕山府降，元帥府辟松年爲「令史」。

●蔡松年作〈念奴嬌〉（小紅破雪）

詞序：辛亥新正五日，天氣晴暖。

譯文：辛亥年農曆正月五日，天氣溫暖放晴。

●蔡松年作〈滿江紅〉（翠掃山光）

詞序：辛亥三月，春事婉娩，土風熙然。

譯文：辛亥年三月，春景溫和，在地風俗和樂。

西元 1134 年 蔡松年 28 歲

北宋紹興四年，宋高宗在位。

金朝天會十二年，金太宗在位。

●蔡松年作〈洞仙歌〉（竹籬茅舍）

　詞題：甲寅歲，從師江壖，戲作竹盧。

　譯文：在甲寅年，跟隨軍隊南征，於江邊竹林營帳旁開玩笑地寫
　下此闋。

●蔡松年作〈水龍吟〉（輭紅塵裏西山）

　詞題：甲寅歲，從師南還，贈趙肅之。

　譯文：在甲寅年，隨軍隊從南方回國，作此闋詞贈趙肅之。

按：蔡松年〈洞仙歌〉「喚起兵前倦遊興」，可知尚未出征，然卻不
想隨軍出征；〈水龍吟〉已班師回朝，因此二者比較時序，〈洞仙歌〉
較〈水龍吟〉早。

西元 1135 年 蔡松年 29 歲

北宋紹興五年，宋高宗在位。

金朝天會十三年，金熙宗在位。

●天會中，遼、宋舊有官者皆換授，松年爲「太子中允」，除「眞
　定府判官」。

●蔡松年作〈念奴嬌〉（洞宮碧海）

　詞題：乙卯歲江上，爲高德輝壽。

　譯文：乙卯年於江邊爲高德輝祝壽。

●蔡松年作〈水調歌頭〉（寒食少天色）

　詞題：乙卯高陽寒食，次崳夫韻。

　譯文：乙卯年寒食節，於高陽次邢崳夫韻而爲此闋。

按：去年〈水龍吟〉「新年有喜，洗兵和氣，春風千丈。」言於新
年正月春風吹拂大地之時，凱旋勝利歸國。因此蔡松年與金軍自江
邊退兵，較〈水調歌頭〉言寒食節之四月更早。

西元 1136 年 蔡松年 30 歲

北宋紹興六年，宋高宗在位。

金朝天會十四年，金熙宗在位。

●蔡松年作〈人月圓〉（梨雪東城又迴春）

　　詞題：丙辰晚春即事。

　　譯文：丙辰年暮春任職。

●蔡松年作〈水調歌頭〉（星河淡城闕）

　　詞題：丙辰九日，從獵涿水郡中。

　　譯文：丙辰年九日中，於涿水處打獵。

●蔡松年作〈水調歌頭〉（年時海山路）

　　詞注：欲言今日，先敘去年德輝奉命南聘，泛舟淮甸，曾逢壽
　　日。

　　譯文：今日作詞一闋，先敘述去年高德輝奉旨南下任官，泛舟於
　　淮甸之地，正好歡慶高德輝生日。

●蔡松年作〈念奴嬌〉（飛雲沒馬）

　　詞文：飛雲沒馬，轉沙場疊鼓，三年寒食。

　　譯文：在戰場上奔波三年，甚至持續轉向鼓聲大作之前線。

●蔡松年作〈水龍吟〉（待人間覓箇）

　　詞題：自鎮陽還兵府，贈離筵乞言者。

　　譯文：從鎮陽回到宮中官府，贈送離開筵席且向我討取美言佳句
　　之人

按：「東城」乃燕山府、「涿水」乃燕山之南，蔡松年天會十三年在
真定任官，天會十五年除行臺刑部郎中，因此天會十四年蔡松年仍
居鎮陽任內，〈水龍吟〉之寫作時間於〈人月圓〉、〈水調歌頭〉二
闋及〈念奴嬌〉中最晚，乃因此時戰爭已勝利，即將凱旋歸國，可
推測為天會十四年末，惜〈水龍吟〉屬殘片，多數詞句已佚，難以
知其確切時間。〈人月圓〉見詞題可知其作成於晚春；〈水調歌頭〉

（星河淡城闕）「只有西風黃菊，香似故園秋。」「西風」、「黃菊」、「秋」皆道出該闋之節令；〈水調歌頭〉（年時海山路）「醉語嚼冰雪，樽酒玉漿寒。」「冰雪」、「寒」可知節令為冬；三者寫作順序於此可知。而〈念奴嬌〉（飛雲沒馬）「轉沙場疊鼓」則正於戰場上，勝利後凱旋而歸之〈水龍吟〉乃最遲。

西元 1137 年　蔡松年 31 歲

北宋紹興七年，宋高宗在位。

金朝天會十五年，金熙宗在位。

●齊國廢，置行台尚書省於汴，松年為「行臺刑部郎中」。

西元 1138 年　蔡松年 32 歲

北宋紹興八年，宋高宗在位。

金朝天眷元年，金熙宗在位。

●蔡松年作〈水調歌頭〉（雲間貴公子）

　詞文：十年流落冰雪。

　譯文：汴京失守後，流落於冰雪覆地之北方約莫十年。

按：汴京約於西元 1126 年失守，十年流過，因此為 1136 年；再者，王慶生認為詞序言「念方問舍於蕭閑」可知蔡松年約作於卜居真定之時，「公作圃於鎮陽，號蕭閑圃。又公始寓汴都，其第有蕭閑堂，因自號蕭閑老人。」（《九金人集》，頁 1154）；因此根據王氏之推斷此作約成於 1138 年。

西元 1140 年　蔡松年 34 歲

北宋紹興十年，宋高宗在位。

金朝天眷三年，金熙宗在位。

●都元帥宗弼領行台事，伐宋，松年兼「總軍中六部事」。

●蔡松年作〈南鄉子〉（霜籟入枯桐）

詞題：庚申仲秋，陪虎茵居士，置酒小斜川。

譯文：庚申年秋天第二個月，陪伴虎茵居士梁慎修，設宴飲酒於小斜川。

●蔡松年作〈水龍吟〉（一山星月）

詞題：梁虎茵家以絳綃作荔枝，戲作。

譯文：梁慎修之家中以紅色綃絹當成荔枝，因此作此闋來戲弄他。

●蔡松年作〈滿江紅〉（端正樓空）

詞題：虎茵老人去汴二十年，重醉蠟梅於明秀峰下，謂侑觴稚秀者，有宣和玉字間風製，俾僕發揚其事。

譯文：梁慎修離開汴京二十年，今日飲酒醉於明秀峰處，言要我宣揚那具徽宗時期宮中歌妓之風韻，且年輕美麗之勸酒者。

按：〈南鄉子〉之庚申年即 1140 年；〈水龍吟〉故事背景乃梁慎修入金後，曾投靠蔡靖、蔡松年父子並居於恆陽，詞言拜訪梁慎修之家，王慶生乃推論作品完成於 1140 年；〈水調歌頭〉：「宣和癸卯，自中山廉訪移燕山廉使。明年天兵臨府，遂降於軍前。」（《九金人集》，頁 1180）宣和癸卯乃西元 1123 年，此時梁慎修自中山徙燕山，隔年（西元 1124 年）入金，若在汴京應於西元 1123 年以前；〈滿江紅〉詞題云二十年後於蔡松年家鄉明秀峰見一具宣和時期宮妓風韻之人，蔡松年於西元 1140 年至汴京，欲上京時曾短暫停留家中，此詞作約成於此時無誤；以梁慎修離開汴京二十年論，約西元 1120 年，尚未入京，無誤。

西元 1141 年　蔡松年 35 歲

北宋紹興十一年，宋高宗在位。

金朝皇統元年，金熙宗在位。

●蔡松年作〈念奴嬌〉（倦遊老眼，看黃塵堆裏）

詞題：辛酉之冬，惠然相過，頗能道退居之樂。

譯文：於辛酉年之冬天，欣喜地拜訪，此時彼此亦能言歸隱山林
　　　之樂趣。

●蔡松年作〈永遇樂〉（正始風流）

　　詞序：建安施明望，與余同僚，三年心期，最爲相得……斯言未
　　寒，又復再見秋物，念之惘然。

　　譯文：建安之施宜生，與我是深交之同事已三年餘，最爲相
　　　　　合……時間短暫，馬上又見到秋天之景物，令人失意、惆悵。

按：〈念奴嬌〉之辛酉年即西元 1141 年；〈永遇樂〉之三年乃指廢
僞齊之後三年，廢僞齊於西元 1137 年 11 月，王慶生認爲施宜生正
於汴京行臺，推測此作成於西元 1140 之後；然詞序言「斯言未寒，
又復再見秋物。」意乃過了一載，因此推測此作成於西元 1141～
西元 1142 年之間。

西元 1142 年　蔡松年 36 歲

北宋紹興十二年，宋高宗在位。

金朝皇統二年，金熙宗在位。

●宋稱臣，師還，宗弼入爲左丞相，薦松年爲「刑部員外郎」。

●蔡松年作〈瑞鷓鴣〉（東風歲月似斜川）

　　詞題：邢崑夫招游故宮之玉溪館，壬戌人日。

　　譯文：邢崑夫邀請我於壬戌年正月初七一同遊覽汴京龍德宮之玉
　　　　　溪館。

●蔡松年作〈瑞鷓鴣〉（酬春當得酒如川）

　　詞題：是日以事不克往，復用韻。

　　譯文：當天以事情繁忙不便前往告知邢崑夫，並再次使用此韻。

●蔡松年作〈念奴嬌〉（倦遊老眼，負梅花京洛）

　　詞序：僕來京洛三年，未嘗飽見春物。

　　譯文：我來汴京已三年，卻未認眞心欣賞春日美景。

●蔡松年作〈念奴嬌〉（離騷痛飲）

　　詞題：還都後諸公見追和赤壁詞，用韻者凡六人，亦復重賦。

　　譯文：在上京時，六位友人見我使用赤壁詞之〈念奴嬌〉，亦重
　　新創作一闋詞。

●蔡松年作〈石州慢〉（京洛三年）

　　詞序：歲在庚子，有五字十章……逮今已復三經，是日奔走塵
　　泥，勞生愈甚……

　　譯文：於庚子年，創作五言古詩……距離現在已經三年，整天奔
　　波勞累，身體之負荷愈漸加重。

●蔡松年作〈滿江紅〉（老境駸駸）

　　詞文：天香近，清班肅。公衮裔，千鍾祿。

　　譯文：擔任宮中之文學侍從，具顯耀之官位及優厚之俸祿。

●蔡松年作〈雨中花〉（憶昔東山）

　　詞序：僕將以窮臘去汴，平生親友，零落殆盡，復作天東之別。

　　譯文：我將於晚冬之時離開汴京，一生之親戚朋友皆已逝世，如
　　今欲與友分別前往上京。

●蔡松年作〈千秋歲〉（碧軒清勝）

　　詞文：几窗黃菊媚，天北重陽早。

　　譯文：屋內黃菊十分嬌媚，上京之重陽似乎提早來到。

●蔡松年作〈臨江仙〉（誰信金馬玉堂客）

　　詞題：雪晴過邢崑夫，用舊韻。

　　譯文：於晴天雪景之時拜訪邢崑夫。

按：〈瑞鷓鴣〉二闋乃高子文邀蔡松年於壬戌年同游故宮之作，後
闋蔡松年乃因此時已除中臺，將隨宗弼入朝，官事忙碌而謝絕之
作，時間關係前後可見；蔡松年〈念奴嬌〉言「僕來京洛三年」，
京洛乃汴都，蔡松年於西元 1140 年至汴都，西元 1142 年離開，欲
至上京，符合詞序又言「復事遠行」之意；〈念奴嬌〉言「還都後」

意乃此時身在上京，因此時間略晚上闋；〈石州慢〉詞序之「歲在
庚子，五字十章」，「五字十章」乃蔡松年所作之組詩，其詩題爲「庚
戌九日，還自上都，飲酒於西嵒，以『野水竹閒清，秋巖酒中綠』
爲韻」，庚子年爲西元 1120 年，蔡松年尚未入金，應誤，而詩題言
「還自上都」，可見此組詩成於汴京，蔡松年於汴京之三年，西元
1140 年乃爲庚申年，因此組詩成於庚申年，〈石州慢〉詞序言「逮
今已復三經」，因此後推三年即爲壬戌年；〈滿江紅〉王慶生以爲詞
中言「天香近，清班肅。公衮裔，千鍾祿」，推測此作成於上京之
時；〈雨中花〉詞序言「僕將以窮臘去汴」，可證蔡松年於本年離開
汴京；〈千秋歲〉詞言「几窗黃菊媚，天北重陽早。」西元 1140 年
及西元 1142 年皆曾至上京，西元 1140 年乃九月起行，至上京時或
爲嚴冬時節，此闋言菊花盛開、重陽之時，因此可推測爲西元 1142
年之秋天；〈臨江仙〉詞中之「誰信金馬玉堂客」，王慶生推測其爲
於上京之作，此時邢具瞻亦隨宗弼入京，「雪晴過邢嵒夫」可知爲
西元 1142 年之冬季。

●蔡松年作〈浣溪沙‧春津道中，和子文韻〉（溪雨空濛灑面涼）

●蔡松年作〈滿江紅‧和高子文春津道中〉（梁苑當時）

●蔡松年作〈漢宮春‧次高子文韻〉（雪與幽人）

●蔡松年作〈驀山溪‧和子文韻〉（人生寄耳）

●蔡松年作〈漁家傲‧和子文韻〉（浩浩春波朝復暮）

按：此五闋詞皆爲和韻、次韻之作，乃與高子文相互唱和，故推測
成於西元 1142 年至西元 1145 年間。

●蔡松年作〈水調歌頭〉（西山六街碧）

　詞序：僕以戊申之秋，始識吾季霑兄於燕市稠人中……己未五
月，復別於燕之傳舍。及其得官汴梁，僕已去彼，……

　譯文：我於戊申年（西元 1128 年）與范季霑相識於燕京市場人
多聚集之處……而於己未年（西元 1139 年）分別於燕京之送別

處。待至范季霑得官汴梁，蔡松年已離開汴梁。

按：推測此作約成於西元 1142 年之後。

西元 1143 年 蔡松年 37 歲

北宋紹興十三年，宋高宗在位。

金朝皇統三年，金熙宗在位。

● 蔡松年作〈水龍吟〉（亂山空翠尋人）

詞序：去歲收燈後，過揚於鄭氏山亭，酣觴賦詩，最爲快適。

譯文：去年正月十八日收燈後，至鄭氏山亭拜訪，飲酒作詩，怡
然自得。

按：王慶生認爲詞序：「去歲收燈後，過揚於鄭氏山亭，酣觴賦詩，
最爲快適。」乃敘述蔡松年西元 1142 年自汴京至上京之事，「去
歲」爲西元 1142 年，則「金歲」便爲西元 1143 年。

西元 1145 年 蔡松年 39 歲

北宋紹興十五年，宋高宗在位。

金朝皇統五年，金熙宗在位。

● 蔡松年作〈水龍吟〉（水村秋入江聲）

詞序：乙丑八月，得告上都，行李滯留，寄食於江壖村舍。

譯文：乙丑年八月，告假離開上都，行李延遲，暫時寄住於江邊
之村舍。

● 蔡松年作〈水龍吟〉（九秋白玉盤高）

詞文：我走天東萬里。笑歸來、山川良是。

譯文：我從萬里遙遠之處歸來，很高興山川美景人事皆依舊。

● 蔡松年作〈烏夜啼〉（一段江山秀氣）

詞文：三年不慣冰天雪，白璧借春溫。

譯文：三年過去依舊不習慣凍寒冷冽、冰天雪地之氣候，僅能藉
由文章傳遞春日之溫暖。

按：前者〈水龍吟〉詞序可知成於乙丑年八月；後者〈水龍吟〉乃言已是歸鄉路途所見之景，略晚於前〈水龍吟〉；〈烏夜啼〉詞題言「留別趙粹文」，「趙粹文於天會後，徙上京以終。」(《九金人集》，頁 1178) 推測蔡松年乃與趙粹文交游所作，而崑留別，乃〈水龍吟〉詞序所言：「得告上都」，即南還所作，後言「三年不慣冰天雪」意指經過三年，蔡松年於上京約停留三年，後遂告假南歸，故〈烏夜啼〉成於西元 1145 年。

西元 1147 年　蔡松年 41 歲

北宋紹興十七年，宋高宗在位。

金朝皇統七年，金熙宗在位。

●松年、許霖構成玨等罪狀，勸宗弼誅之，君子之黨熄焉。是歲，松年遷「左司員外郎」。

●蔡松年作〈雨中花〉(嗜酒偏憐風竹)
詞序：故自丙辰丁巳以來，三求官河內，經營三徑，遂將終焉。事與願違，俯仰一紀，勞生愈甚，弔影自憐。
譯文：所以從丙辰丁巳年來，三次求官於河內，後乃決定歸隱山林，以享晚年。然現實與理想皆不相同，時間瞬移、秒忽即逝，如今已過十二載，我的人生依舊勞苦疲累，因此不禁感覺孤寂難受。

按：「丙辰」乃西元 1136 年，勞動辛勤了十二年，此作乃成於十二年後之西元 1147 年。

西元 1148 年　蔡松年 42 歲

北宋紹興十八年，宋高宗在位。

金朝皇統八年，金熙宗在位。

●蔡松年作〈洞仙歌〉(六峯翠氣)
詞題：戊辰歲，王無競生朝。

譯文：戊辰年，王無競生日之時。

●蔡松年作〈水調歌頭〉（空涼萬家月）

詞題：閏八月望夕有作。

譯文：於閏八月之時，眼望夕陽而作。

按：〈洞仙歌〉詞題之戊辰歲，即西元 1148 年；〈水調歌頭〉之閏
八月，據陳垣《二十史閏朔表》，蔡松年生平，西元 1107 年至西元
1159 年間，共三次閏八月，為西元 1110 年、西元 1129 年、西元
1148 年，對照蔡松年年齡分別為 4 歲、23 歲、42 歲，4 歲不可能
為詞，首先排除；23 歲之時不可能如〈水調歌頭〉中所言：「莫話
舊年夢，聊賦倦遊詩。」蔡松年於西元 1131 年始赴官任職，尚毋
須回顧過去種種，且產生厭倦為官之心，因此推測為蔡松年 42 歲
之作。

西元 1149 年　蔡松年 43 歲

北宋紹興十九年，宋高宗在位。

金朝天德元年，海陵王在位。

●蔡松年作〈石州慢〉（雲海蓬萊）

詞題：高麗使還日作。

譯文：出使高麗之時所作。

按：王慶生以為按金朝慣例，出使高麗，正使正五品；蔡松年皇統
七年前乃六品刑部員外郎，天德二年後已為正四品吏部侍郎，因此
出使高麗約於西元 1149 年前後。

西元 1150 年　蔡松年 44 歲

北宋紹興二十年，宋高宗在位。

金朝天德二年，海陵王在位。

●天德初，擢「**吏部侍郎**」。

●蔡松年作〈梅花引〉（春陰薄）

詞文：春陰薄，花冥漠，金街三月初行樂。

譯文：春天氣息淡薄，花朵亦泯滅不明，北京之王府街開始享受歡樂。

●蔡松年作〈梅花引〉（清陰陌）

詞文：清陰陌，狂踪跡，朱門團扇香迎客。

譯文：涼爽之樹陰壟罩著田間小路，而紊亂之足跡、行蹤，原來是富貴人家正在喜迎著賓客。

按：前者〈梅花引〉之「金街」指北京王府街，蔡松年曾於西元1150年及西元1152年後至北京，因此約成於西元1150年後；後者〈梅花引〉亦描繪春時行樂之貌，二闋詞約成於同時。

西元 1151 年　蔡松年 45 歲

北宋紹興二十一年，宋高宗在位。

金朝天德三年，海陵王在位。

●蔡松年作〈一翦梅〉（白璧雄文冠玉京）

詞題：送珪登第後，還鎮陽。

譯文：送別蔡珪登進士後，返回鎮陽。

按：蔡珪於天德三年中進士，此作即成於該年。

西元 1152 年　蔡松年 46 歲

北宋紹興二十二年，宋高宗在位。

金朝天德四年，海陵王在位。

●蔡松年作〈聲聲慢〉（青蕪平野）

詞題：涼陘寄內。

譯文：皇帝於涼陘打獵休息之處。

按：此作年代須以蔡松年詩作〈晚夏驛騎再之涼陘觀獵，山間往來，十有五日，因書成詩〉及〈西京道中〉。〈晚夏驛騎再之涼陘觀獵，山間往來，十有五日，因書成詩〉敘述天德四年海陵王遷

都燕京，二月自上京出發，夏至涼陘打獵之事蹟；涼陘乃西京道，如〈西京道中〉所作；因此詞作〈聲聲慢・涼陘寄內〉亦於此時所完成。

西元 1153 年 蔡松年 47 歲

北宋紹興二十三年，宋高宗在位。

金朝貞元元年，海陵王在位。

●天德初，擢吏部侍郎，俄遷「戶部尚書」。

●蔡松年作〈朝中措〉（十年鼇禁謫仙人）

　　詞題：癸丑歲，無競生朝。

　　譯文：癸丑年，王無競生日之時。

●蔡松年作〈朝中措〉（玉霄琁牓陋凌雲）

　　詞文：玉霄琁牓陋凌雲，龍跳九天門。。

　　譯文：書寫宮殿牓額之時，並無書寫凌雲臺之陋態，且其風格具龍跳九天門之豪放寬闊氣象。

●蔡松年作〈水龍吟〉（太行之麓清輝）

　　詞序：癸酉歲，遂買田於蘇門之下。

　　譯文：癸酉年，我買田產置於蘇門山之山下。

按：前者〈朝中措〉言癸丑年（西元 1133 年），蔡松年贈壽詞予王無競，王慶生以為此時王無競尚未入朝，應誤。其詞言「十年鼇禁謫仙人」，王無競於皇統元年（西元 1141 年）為官，至貞元元年約 13 年，若以天干「癸」為紀年，則符合年代為西元 1143 年、西元 1153 年，王無競為官已十年，因此不為西元 1143 年，乃為西元 1153 年，即癸酉年；後者〈朝中措〉時間近於前闋，詞文言「玉霄琁牓」乃指王無競書寫宮殿牓額之事；〈水龍吟〉之癸酉歲乃西元 1153 年，且此闋詞成於該年之後，王慶生以為楊德茂於皇統末、天德初在朝，因此能與蔡松年於皇統末、天德初相交游，此作不早於皇統末年（約西元 1149 年）。

西元 1154 年　蔡松年 48 歲

北宋紹興二十四年，宋高宗在位。

金朝貞元二年，海陵王在位。

●以松年爲賀宋正旦使，使還改「吏部尚書」。

西元 1155 年　蔡松年 49 歲

北宋紹興二十五年，宋高宗在位。

金朝貞元三年，海陵王在位。

●尋拜「參知政事」。是年，自「崇德大夫進銀青光祿大夫」。

西元 1156 年　蔡松年 50 歲

南宋紹興三十年，宋高宗在位。

金朝正隆元年，海陵王在位。

●遷「尚書右丞」。未幾，爲「左丞」，封「郜國公」。

西元 1159 年　蔡松年 53 歲

南宋紹興二十九年，宋高宗在位。

金朝正隆四年，海陵王在位。

●進拜「右丞相」，加儀同三司，封「衛國公」。

●蔡松年薨，年五十三。海陵悼惜之，奠於其第，命作祭文以見意。加封「吳國公」，諡文簡。。

　　參閱王慶生《金代文學家年譜》，雖非完整對蔡松年《明秀集》編年，然助益頗大，尤以對照蔡松年詩作或引用古文之例具獨特之解讀；統計蔡松年《明秀集》中可編年詞作共計 48 首，占《明秀集》詞作一半以上，詞作之時間、地域多於詞序探尋出脈絡，且於詞文中得知蔡松年隨年歲之增長，內心感受亦隨環境、遭遇等等外在因素而浮動。

附錄三　詞牌統計

詞 牌 名	數 量	詞 牌 名	數 量	詞 牌 名	數 量
念奴嬌	12	梅花引	2	菩薩蠻	1
水調歌頭	10	鷓鴣天	2	尉遲杯	1
滿江紅	7	好事近	1	月華清	1
水龍吟	7	永遇樂	1	漢宮春	1
浣溪紗	4	人月圓	1	望月婆羅門	1
朝中措	3	點絳唇	1	聲聲慢	1
雨中花	3	江城子	1	西江月	1
驀山溪	3	江神子慢	1	相見歡	1
減字木蘭花	2	南鄉子	1	怕春歸	1
洞仙歌	2	滿庭芳	1	漁家傲	1
石州慢	2	千秋歲	1	一翦梅	1
瑞鷓鴣	2	烏夜啼	1	失調名	1
臨江仙	2	小重山	1		

按：蔡松年《明秀集》具詞調名共 85 首，失調名 1 首，共 86 首。

附錄四　蔡松年詞作之夢

蔡松年詞作之夢略可分爲惆悵之夢、清新之夢、驚異之夢。

詞　牌	詞　文	備　註
〈水調歌頭〉	曉夢梅花消息	惆悵之夢
〈水調歌頭〉	莫話舊年夢	惆悵之夢
〈滿江紅〉	清夢斷、歲華良事	惆悵之夢
〈念奴嬌〉	鏡裏流年春夢過	惆悵之夢
〈石州慢〉	往事夢魂無迹	惆悵之夢
〈洞仙歌〉	夢醒來，誤喜收得閒身	惆悵之夢
〈臨江仙〉	夢裏秋江當眼碧	清新之夢
〈菩薩蠻〉	秋夢浪翻江	驚異之夢
〈滿江紅〉	春江夢、蒲萄綠偏	清新之夢
〈念奴嬌〉	淡淡長空今古夢	惆悵之夢
〈水龍吟〉	別夢春江漲雪	惆悵之夢
〈水龍吟〉	夢驚萬壑松風冷	驚異之夢
〈水龍吟〉	教人夢好	美好之夢
〈江神子慢〉	廬山夢舊清絕	美好之夢
	風外天花無夢也	清新之夢
〈尉遲杯〉	夢似花飛	惆悵之夢
〈驀山溪〉	夢覺古揚州	惆悵之夢
〈鷓鴣天〉	誰憐夢好春如水	惆悵之夢
〈鷓鴣天〉	醉魂應逐淩波夢	半醒之夢

　　蔡松年言夢之詞作共 30 闋，合計 31 處言夢，誠如附錄所整理，歸結爲「惆悵之夢」11 處、「清新之夢」3 處、「美好之夢」2 處、「驚異之夢」2 處、「半醒之夢」1 處；前所言之「思鄉之夢」9 處、「歸隱之夢」3 處、可見蔡松年「惆悵」與「思鄉」之情多發於夢境之中，以告慰其現實礙於身分且無法實現之缺憾。

附錄五 蔡松年詞句使用「酒醉」之統計

詞　牌	詞　　文	備　　註
〈水調歌頭〉	我有一峰明秀，尚戀三升春酒，辜負綠蓑衣。	我喜愛明秀峰，然爲飲酒得持續爲官，辜負了原本欲歸隱田園之情。
〈水調歌頭〉	世間物，唯有酒，可忘憂。	世間只有酒，可以忘卻憂愁煩惱。
〈水調歌頭〉	京洛花浮酒市，初把兩螯風味，橙子半青時。	菊花綻放於帝都酒市間，季節物之蟹與橙，十分美味。
〈水調歌頭〉	1、倦遊客，一樽酒，便忘憂。 2、擬窮醉眼何處，還有一層樓。 3、不用悲涼今昔，好在西山寒碧，金屑酒光浮。 4、老境玩清世，甘作醉鄉侯。	1、厭倦爲官之人，僅需一壺酒，便可忘卻憂愁。 2、酒醉後矇矓之眼，更可望向更高之處。 3、毋須爲過去與現在之轉變悲傷，幸好尚有隱居一途，免除爲官之恐懼。 4、抱持年老之軀遊於塵世之中，寧沉浸於酒醉之中。
〈水調歌頭〉	1、西山六街碧，嘗憶酒旗秋。 2、自爾一觴一詠，領略人間奇勝，無此會心流。 3、小驛高槐晚，綠酒照離憂。 4、酒前豪氣千丈，不減昔時不。	1、帝都熱鬧之大街與酒市，突然想起酒旗之來由。 2、與您飲酒歌詠，領會人間美景，再也無人如我們更情投意合。 3、於驛站、高槐之處，以美酒彰顯送別之離愁 4、飲酒之豪邁氣度，能與當年相同嗎？

〈水調歌頭〉	醉墨薔薇露，灑遍酒家樓。	醉時以薔薇之露水所作之詩畫，名聲傳遍飲酒、歌舞之青樓。
〈水調歌頭〉	1、年時海山國，今日酒如川。 2、醉語嚼冰雪，樽酒玉漿寒。 3、世間樂，斷無似，酒中閑。	1、昔日遼陽海山之國，今日有酒如河川之廣。 2、醉酒談天，杯中之酒亦如天氣般冷冽。 3、世間樂趣，別無他法，飲酒以得悠閒。
〈念奴嬌〉	放眼南枝，忘懷樽酒，及此青青髮。	趁著尚爲濃黑之髮之時，縱眼向南方觀之，忘懷於酒醉中。
〈念奴嬌〉	1、月魄澄秋，花光焗夜，還共西風酒。 2、酒前豪氣，切雲千丈依舊。	1、於清秋充滿燦爛花朵之月夜，共同乘著西風飲酒。 2、飲酒前之恢弘氣度，依舊如青雲般高聳。
〈念奴嬌〉	1、感時懷古，酒前一笑都釋。 2、醉裏誰能知許事，俯仰人間今昔。	1、感今懷古之情，飲酒後一笑置之，消逝無蹤。 2、最後如何能馬上得知今昔之事？
〈念奴嬌〉	1、藥籠功名，酒壚身世，不得文章力。 2、疇昔得意忘形，野梅溪月，有酒還相覓。 3、痛飲酣歌悲壯處，老驥誰能伏櫪。	1、雖曾任酒政及藥局官，然其皆是以門第入仕，因而無法藉由文章才氣而改變境遇。 2、過去因高興便忘了一切，只要有酒，梅花、溪月之景皆可拋棄。 3、飲酒高歌，誰能如我年事已高，依舊具豪情悲壯之志向？
〈念奴嬌〉	一杯爲壽，酒腸先醉江橋。	爲您祝壽敬您一杯酒，然尚未飲下卻已醉倒江南橘酒之中。
〈雨中花〉	嗜酒偏憐風竹，晉客神清，多寄虛玄。	我愛飲酒與風竹，猶如魏晉之文人般神韻清高，喜談論玄虛之理。
〈石州慢〉	京洛三年，花滿酒家，浮動金碧。	於汴都三載，菊花開滿酒市之間。
〈臨江仙〉	酒樽風味在，借我醉時看。	風味乃言橙之氣味，橙宜酒，最適合於酒醉之時欣賞。
〈小重山〉	摩娑明秀酒中閑。浮香底，相對把魚竿。	撫摸著明秀峰之美景，沉浸於酒醉之樂中，梅花香氣四溢，我與您一同享受隱居之生活。

〈減字木蘭花〉	山蟠<u>酒</u>綠。天上玉盤窺醉玉。	山勢蜿蜒，酒色澄綠，天空之明月也與我們酒醉欲倒。
〈減字木蘭花〉	春前雪夜。<u>醉玉</u>崢嶸花上下。	春日來臨之前下雪之夜晚，吾以醉眼見凜冽之雪花飄落而下。
〈瑞鷓鴣〉	但知有<u>酒</u>能無事，便是新年勝故年。	若能有美酒且無事，今年即已勝過去年。
〈瑞鷓鴣〉	酬春當得<u>酒</u>如川，日典春衣也自賢。	酬應春日需準備大量美酒，即使天天典當春衣亦是賢人之作為。
〈浣溪沙〉	誰道鄴侯功業晚，莫教文舉<u>酒樽</u>疏，他年玉頰秀芙蕖。	事業晚成，無所憂愁，清秀之臉龐歷經時間流轉必定保如荷花般紅潤。
〈人月圓〉	不堪禁<u>酒</u>，百重堆按，滿馬京塵。	無法忍受禁止飲酒，累積之文書堆滿案頭，還得應付世俗利祿之事。
〈菩薩蠻〉	1、批雲撥雪鵝兒<u>酒</u>，澆公枯燥談天口。 2、<u>醉</u>裏好微言。君平莫下簾。	1、以鵝黃酒即好酒來滋潤您因談天而感乾燥之口。 2、醉中所言之精深微妙之論，您可傳授於他人。
〈水調歌頭〉	客中<u>壽酒</u>，醉眼不見一枝梅。	雖是為客人祝壽，然暢飲至不醒人事，看不見一枝梅。
〈水調歌頭〉	1、身閑勝日，都在花影<u>酒壚</u>中。 2、<u>醉</u>眼盡空碧，風袖障歸鴻。	1、悠閑與親友相聚之日，接魚賞花飲酒中度過。 2、醉眼所見皆為澄碧天空，揮動衣袖欲留住歸家之雁。
〈滿江紅〉	梁苑當時，春如水、花明<u>酒洌</u>。	汴都當年之春，湖水清明，花朵盛開，美酒清澈。
〈念奴嬌〉	1、<u>醉</u>帖蛟騰，豪篇玉振，不受春埋沒。 2、冰簟<u>壽酒</u>光風，宮衣縹緲，猶帶嬰香濕。	1、醉理所揮灑之毛筆字如蛟龍般飛騰，篇章壯闊、文詞動人，不受富貴而埋沒。 2、躺臥於涼蓆上，有美酒相伴，散發出高節氣息，宮女之衣因醉眼顯得若隱若現，其仍帶有香嬰之氣味。
〈念奴嬌〉	1、千里相思，欣然命駕，<u>醉</u>倒張圓月。 2、<u>酒鄉</u>堪老，紫雲莫笑狂客。	若思年我，必要駕著千里欣喜著來看我，一同醉倒於此處如張園般之美景。
〈念奴嬌〉	<u>酒鄉</u>堪老，紫雲莫笑狂客。	情願於醉鄉之中老去，還望您別取笑我如此之癡狂。

〈雨中花〉	夢迴故國，<u>酒前</u>風味，一笑都還。	夢中回到故國，飲酒談笑間，如同回到東晉風流賢士之時代。
〈水龍吟〉	1、論文<u>把酒</u>，燈殘月淡，春風最早。 2、<u>傳酒</u>傳歌，後來雙秀，也應俱好。	1、燈滅後，應用微弱之月光，飲酒品文，並享受春日涼風。 2、彼此勸酒唱歌，雙雙皆成為後來之秀，乃為好事一樁。
〈水龍吟〉	1、趁鵝兒<u>新酒</u>，蒪雲漉雪，一年好、君須記。 2、聽穿雲聲裏，驚人秀句，卷澄<u>江醉</u>。	1、喝著濾過酒渣之鵝黃酒，一年之中如此秋日美景，您須謹記於心。 2、聆聽激越之歌聲，美妙之文句使我醉倒其中。
〈水龍吟〉	1、紅袖橫斜<u>醉眼</u>，酒腸傾、九江銀浪。 2、待<u>酒酣</u>、妙續珠簾句法，作穿雲唱。	1、斜著醉眼觀賞身旁美女，開懷飲著酒，酒量如同江河一般大。 2、等到酒酣耳熱之際，再以詩文助興，並聆聽悅耳之歌聲。
〈水龍吟〉	但閑窗<u>酒病</u>，東風曉枕，箇中時要。	以手當枕悠閒臥於窗旁，雖因飲酒過量而生病，然亦需以酒掃除憂思，病酒乃當事之要害。
〈江神子慢〉	而今老、但覓<u>茶酒</u>禪榻。寄閑寂。	我年老矣，只好尋找禪院中之茶煙，以寄託我悠閒寂寥之內心。
〈尉遲杯〉	覺情隨、曉馬東風，<u>病酒</u>餘香相伴。	發覺此情感已隨早晨之馬與東風遠去，僅有酒病與花香與我相伴。
〈驀山溪〉	清明綠野，玉色明<u>春酒</u>。	綠色草地清新明亮，新釀知酒色澤澄澈。
〈鷓鴣天〉	1、解語宮花出畫檐。<u>酒尊</u>風味為花甜。 2、春漫漫，<u>酒厭厭</u>。	1、美女走出畫飾屋簷後，美酒之滋味更加香甜。 2、春日漫長，因飲酒而精神渙散、呈病懨懨貌。
〈梅花引〉	浮<u>生酒</u>浪分餘瀝。嬌甚春愁生遠碧。	一生於眾酒間度過，喝了些許剩酒，雖有嬌媚之容，然兩眉間仍呈現無比愁容。
〈梅花引〉	蠟燈<u>春酒</u>風光夕。錦浪龍鬚花六尺。	蠟燭、春酒在這一刻纏綿悱惻，如玉錦般美麗之被與草蓆無限地溫存；暗指翻雲覆雨之事。

附錄六　蔡松年承繼蘇軾詞風引用 之詞句及彙整

一、〈水調歌頭〉（《全金元詞》，頁 7）

　　蔡松年：「十年流落冰雪，香<u>靉紫貂裘</u>。」

　　蘇軾〈滿庭芳〉：「<u>香靉</u>雕盤，寒生冰箸，畫堂別是風光。」

二、〈水調歌頭・閏八月望夕有作〉（《全金元詞》，頁 7）

　（一）蔡松年：「<u>兩螯</u>風味。」

　　　　蘇軾〈老饕賦〉：「嘗項上一臠，嚼霜前之<u>兩螯</u>。」

　（二）蔡松年：「<u>橙子半青時</u>。」

　　　　蘇軾〈與毛令方尉遊西菩提寺二首〉：「黑黍黃麥初熟後，<u>朱柑綠橘半甜時</u>。」

三、〈水調歌頭・丙辰九日，從獵涿水道中〉（《全金元詞》，頁 7～8）

　（一）蔡松年：「黃雲南卷<u>千騎</u>，曉獵冷<u>貂裘</u>。」

　　　　蘇軾〈江城子〉：「錦帽<u>貂裘</u>，<u>千騎</u>卷平岡。」

　（二）蔡松年：「<u>不用悲涼今昔</u>，好在西山寒碧。」

　　　　蘇軾〈八聲甘州〉：「<u>不用思量今古</u>，俯仰昔人非。」

　（三）蔡松年：「<u>老境玩清世</u>，甘作醉鄉侯。」

1、蘇軾〈甘蔗〉:「老境於吾漸不佳,一生拗性舊秋崖。」

2、蘇軾:〈喬將行,烹鵝鹿出刀劍以飲客,以詩戲之〉:「便可先呼報恩子,不妨仍待醉鄉侯。」

四、〈水調歌頭・鎮陽北潭・追賀老坡韻〉(《全金元詞》,頁 8)

(一)蔡松年:「老生涯,向何處,覓莵裘。」

　　蘇軾〈賀子由四首・韓太祝送遊太山〉:「聞道逢春思濯錦,更需到處覓莵裘。」

(二)蔡松年:「但得白衣青眼,不要問囚推按,此外百無憂。」

　　蘇軾〈虔州八境圖八首〉:「坐看奔湍繞石樓,使君高會百無憂。」

五、〈水調歌頭・虎茵居士梁慎修生朝〉(《全金元詞》,頁 8)

(一)蔡松年:「一夜蓬萊清淺,卻守平生黃卷。」

　　蘇軾〈乞數珠一首贈南禪湜老〉:「是從海上回,蓬萊又清淺。」

(二)蔡松年:「瘦筇枝,輕鶴背,醉為家。」

　　蘇軾〈次韻袁公濟謝芎椒詩〉:「羨君清瘦眞仙骨,更助飄飄鶴背軀。」

(三)蔡松年:「賦就五噫曲,金狄看年華。」

　　蘇軾〈贈梁道人〉:「採藥壺公處處過,笑看金狄手摩娑。」

六、〈水調歌頭・浩然生朝,作步虛語,為金石壽〉(《全金元詞》,頁 8~9)

(一)蔡松年:「思君領略風味,笙鶴渺三山。」

　　蘇軾〈十月十四日以病在告獨酌〉:「泠然心境空,彷彿來笙鶴。」

(二)蔡松年:「醉語嚼冰雪,樽酒玉漿寒。」

　　1、蘇軾〈劉莘老〉:「邂逅成一歡,醉語出天眞。」

　　2、蘇軾〈次韻周邠寄雁蕩山圖二首〉:「眼明小閣浮煙翠,齒冷新語嚼雪風。」

(三)蔡松年:「冷泉高竹幽棲,佳處約淇園。」

　　蘇軾〈題過所畫枯木竹石三首〉:「惟有長身六君子,依依猶得

似<u>淇園</u>。」

七、〈滿江紅・安樂嵓夜酌，有懷恆陽家山〉（《全金元詞》，頁9）

（一）蔡松年：「牛嶺雲根，溪光淺、<u>冰輪</u>新浴。」

　　　蘇軾〈宿九仙山〉：「夜牛老僧呼客起，雲峰缺處擁<u>冰輪</u>。」

（二）蔡松年：「愛夜泉、<u>徽外兩三聲</u>，<u>琅然</u>曲。」

　　　蘇軾〈醉翁操〉：「<u>琅然</u>。清圜。誰彈？……翁今爲飛仙，此意在人間，試聽<u>徽外三兩弦</u>。」

（三）蔡松年：「<u>萬事付</u>，金荷酸。」

　　　蘇軾〈病中聞子由得告不赴商州三首〉：「<u>萬事悠悠付杯酒</u>，流年冉冉入霜髭。」

（四）蔡松年：「<u>好在</u>斜川三尺玉，暮涼白鳥歸喬木。」

　　　蘇軾〈滿庭芳〉：「<u>好在</u>堂前細柳，應念我，莫翦柔柯。」

八、〈滿江紅・細君生朝〉（《全金元詞》，頁9）

（一）蔡松年：「<u>春色三分</u>，壺觴爲、生朝自勸。」

　　　蘇軾〈水龍吟〉：「<u>春色三分</u>，二分塵土，一分流水。」

（二）蔡松年：「清夢斷、歲華<u>良是</u>，此身流轉。」

　　　蘇軾〈題毛女眞〉：「霧須風鬢木葉衣，山川<u>良是</u>昔人非。」

（三）蔡松年：「老生涯，分付<u>藥爐經卷</u>。」

　　　蘇軾〈朝雲〉：「<u>經卷藥爐</u>新活計，舞山歌扇舊因緣。」

九、〈滿江紅・伯平舍人親友，得意西歸〉（《全金元詞》，頁9）

（一）蔡松年：「老境駸駸，<u>歸夢繞</u>、白雲茅屋。」

　　　蘇軾〈滿庭芳〉：「家何在？因君問我，<u>歸夢繞</u>松杉。」

（二）蔡松年：「笑年來遊戲，寄身<u>糟麴</u>。」

　　　蘇軾〈次韻子由種杉竹〉：「<u>糟麴</u>有神薰不醉，雪霜誇健巧相沾。」

十、〈念奴嬌〉（《全金元詞》，頁10）

（一）蔡松年：「離騷痛飲，<u>笑人生佳處，能消何物</u>。」

　　蘇軾〈永和清都觀道士，童顏髮，問其年，生於丙子，蓋與予
　　同，求此詩〉：「自笑餘生消底物，半篙清漲百攤空。」
（二）蔡松年：「夷甫當年成底事，空想嵬嵬玉璧。」
　　蘇軾〈滿江紅〉：「不獨笑、書生成底事，曹公黃祖俱飄忽。」
（三）蔡松年：「五畝蒼煙，一邱寒碧，歲晚憂風雪。」
　　蘇軾〈送曾仲錫通判如京師〉：「邊城歲暮多風雪，強壓春醪與
　　君別。」
（四）蔡松年：「嵬隗胸中冰與炭，一酌春風都滅。」
　　蘇軾〈水調歌頭〉：「煩子指尖風雨，置我腸中冰炭，起坐不能
　　平。」

十一、〈念奴嬌〉（《全金元詞》，頁10）
　　蔡松年：「紫芝仙骨，笑談猶帶山色。」
（一）蘇軾〈定風波〉：「萬里歸來顏愈少。微笑。笑時猶帶嶺梅香。」
（二）蘇軾〈送淵師歸徑山〉：「我昔嘗為徑山客，至今詩筆餘山色。」

十二、〈念奴嬌・送范季霈還雲門〉（《全金元詞》，頁10）
（一）蔡松年：「范侯別久，愛孤松老節，癯而實茂。」
　　蘇軾〈與蘇轍書〉：「吾於詩人無愛所甚好，獨好淵明之詩。淵
　　明作詩不多，然其詩質而實綺，癯而實腴。」
（二）蔡松年：「留得驚人三昧語，珠璧騰輝宇宙。」
　　蘇軾〈近以月石硯屏獻范子功〉：「故將屏硯送兩范，要使珠璧
　　棲窗櫺。」
（三）蔡松年：「頓紅塵裏，為予千里回首。」
　　蘇軾〈次韻蔣穎叔、錢穆父從駕景靈宮二首〉：「半白布修垂領
　　髮，軟紅猶戀屬車塵。」

十三、〈念奴嬌・九日作〉（《全金元詞》，頁10～11）
（一）蔡松年：「客子秋多茅舍外，滿眼秋嵐欲滴。」
　　蘇軾〈書□公詩後・序〉：「見壁上有幅紙題詩云：『滿院秋光

濃欲滴，老僧倚仗青松側。』」

（二）蔡松年：「感時懷古，酒前一笑都釋。」

蘇軾〈浣溪沙〉：「良辰樂事古難全，感時懷舊古淒涼。」

（三）蔡松年：「醉裏誰能知許事，俯仰人間今昔。」

蘇軾〈西江月〉：「酒闌不必看茱萸，俯仰人間今古。」

（四）蔡松年：「三弄胡牀，九層飛觀，喚取穿雲笛。」

蘇軾〈水龍吟・序〉：「余過臨淮，而湛然先生梁公在焉。童顏清徹，如二三十許人，然人亦有自少見之者。善吹鐵笛，嘹然有穿雲裂石之聲。」

（五）蔡松年：「涼蟾有意，為人點破空碧。」

蘇軾〈曉至巴河口迎子由〉：「孤舟如鳧鷖，點破千頃碧。」

十四、〈念奴嬌〉（《全金元詞》，頁11）

（一）、蔡松年：「九江秀色，看飄蕭神氣，長身玉立。」

蘇軾〈題過所畫枯木竹石〉三首：「惟有長身六君子，依依猶得似淇園。」

（二）、蔡松年：「放浪江南山水窟，筆下雲南堆積。」

1、蘇軾〈將之湖州戲贈莘老〉：「餘杭白是山水窟，側聞無興更清絕。」

2、蘇軾〈宋淵師歸徑山〉：「我昔嘗為徑山客，至今詩筆餘山色。」

十五、〈念奴嬌・乙卯歲江上，為高德輝壽〉（《全金元詞》，頁11）

（一）蔡松年：「洞宮碧海，化神山玉立，東方仙窟。」

蘇軾〈登州海市〉：「東方雲海空復空，群仙出沒空明中。」

（二）蔡松年：「憂喜相尋皆物外。」

1、蘇軾〈滿江紅〉：「憂喜相尋，風雨過、一江春綠。」

2、蘇軾〈張近幾仲有龍尾子石硯，以銅劍易之〉：「蒯緱玉具皆外物，視草草玄無等差。」

（三）蔡松年：「邱壑風流，稻梁卑辱，莫愛高官職。」

　　1、蘇軾〈滿江紅〉：「文君婿知否，笑君卑辱。」

　　2、蘇軾〈辛丑十一月十九日，既與子由別於鄭州西門之外，
　　　馬上賦詩一篇寄之〉：「君知此意不可忘，甚勿苦愛高官職。」

十六、〈雨中花〉（《全金元詞》，頁 11～12）

（一）蔡松年：「使清泉白石，聞我心曲，庶幾他日。」

　　蘇軾〈跋子由栖賢堂後記後〉：「僕當爲書之，刻石堂上，且欲
　　與廬山結緣，他日入山，不爲生客也。」

（二）蔡松年：「寄謝五君精爽，摩娑森碧琅玕。」

　　蘇軾〈送千乘千能兩姪還鄉〉：「汝歸蒔松菊，環以青琅玕。」

十七、〈永遇樂〉（《全金元詞》，頁 12）

（一）蔡松年：「正始風流，氣吞餘子，此道如線。」

　　1、蘇軾〈蘇子容母陳夫人挽詞〉：「蘇陳甥舅眞冰玉，正始風
　　　流起頹俗。」

　　2、蘇軾〈和王〉二首：「氣吞餘子無全目，詩到諸郎尙絕倫。」

（二）、蔡松年：「高人一笑，春風卷地，只有大江如練。」

　　蘇軾〈南鄉子〉：「一陣東風來卷地，吹迴。落照江天一半開。」

十八、〈水龍吟〉（《全金元詞》，頁 12～13）

（一）蔡松年：「望青帘盡是，長腰玉粒，君莫問、相醿價。」

　　蘇軾〈和文與可洋州園地〉之十二：「勸君多擷長腰米，消破
　　亭中萬斛泉。」

（二）蔡松年：「佳世還丹，坐禪方丈，草堂蓮社。」

　　蘇軾〈送范景仁游洛中〉：「憂時雖早白，佳世有還丹。」

十九、〈石州慢〉（《全金元詞》，頁 13）

（一）蔡松年：「天東今日，枕書兩眼昏花，壺觴不果酬佳節。」

　　1、蘇軾〈和陶擬古〉九首：「主人枕書臥，我夢平生友。」

　　2、蘇軾〈周教授索枸杞，因以詩贈，錄呈廣倅蕭大夫〉：「短
　　　檠照字細如毛，怪得<u>昏花懸兩目</u>。」

　　3、蘇軾〈南鄉子〉：「<u>佳節若爲酬</u>，但把<u>清尊斷</u>送秋。」

（二）蔡松年：「上園親友，歲時<u>陶寫</u>歡情，<u>糟牀</u>曉溜東籬側。」

　　1、蘇軾〈游東西巖〉：「正賴絲與竹，<u>陶寫</u>有餘歡。」

　　2、蘇軾〈和陶九日閑居〉：「鮮鮮霜菊艷，溜溜<u>糟床</u>聲。」

二十、〈**滿庭芳**〉（《全金元詞》，頁 13）

（一）蔡松年：「<u>世間</u>清境，冰鑑月來時。」

　　蘇軾〈次韻孔毅父集古人具見贈五首〉：「<u>世間</u>好句世人共，明
　　月自滿千家墀。」

（二）蔡松年：「我久<u>紛華戰勝</u>，求<u>五畝</u>、<u>鶴骨</u>應肥。」

　　1、蘇軾〈徑山道中次韻答周長官兼贈蘇寺丞〉：「年來<u>戰紛華</u>，
　　　漸覺夫子勝。欲求<u>五畝</u>宅，撒掃樂清靜。」

　　2、蘇軾〈壽星院寒碧軒〉：「道人絕粒對寒碧，爲問<u>鶴骨</u>何緣
　　　肥？」

（三）蔡松年：「青篷底，垂竿照影，都<u>洗</u>向來非。」

　　蘇軾〈送春〉：「憑君借取法界觀，　<u>洗人間萬事非</u>。」

（四）蔡松年：「作箇江村籬落，野梅烱、<u>沙路無泥</u>。」

　　蘇軾〈浣溪沙〉：「山下蘭芽短浸溪，松間<u>沙路竟無泥</u>。」

二十一、〈**漢宮春・次高子文韻**〉（《全金元詞》，頁 14）

（一）蔡松年：「端好在，垂鞭信馬，小橋南畔<u>煙村</u>。」

　　蘇軾〈僧清順作垂雲亭〉：「蔥蔥城郭麗，淡淡<u>煙村</u>遠。」

（二）蔡松年：「呵手<u>凍吟</u>未了，爛銀鉤呼我，玉粒晨饋。」

　　蘇軾〈江神子〉：「孤坐<u>凍吟</u>誰伴我，病目，捻妝。」

二十二、〈**望月婆羅門・送陳詠之自遼陽還汴水**〉（《全金元詞》，
　　　　頁 14）

（一）蔡松年：「<u>妙齡秀發</u>，韻清冰玉洗羅紈。」

蘇軾〈祭魏國含令公文〉：「妙齡秀發，秉筆入世。」

（二）蔡松年：「一峰明秀，為傳語、扶月碧欄杆。」

蘇軾〈如夢令〉：「俯為人間一切，為向東坡傳語。」

二十三、〈洞仙歌・甲寅歲，從師江壖，戲作竹廬〉（《全金元詞》，
　　　　頁14）

（一）蔡松年：「地牀深穩坐、春入蒲團。」

蘇軾〈絕句三首〉：「此身分付一蒲團，靜對蕭蕭竹數竿。」

（二）蔡松年：「天憐我，教養疏慵野性。」

蘇軾〈送路都曹〉：「我亦倦遊者，君恩繫疏慵。」

（三）蔡松年：「雪坡孤月上，冰谷悲鳴。」

蘇軾〈正月二十日，往歧亭，郡人潘、古、郭三人送余於女王
城東禪莊院〉：「稍聞決決流冰谷，盡放青春沒燒痕。」

（四）蔡松年：「松竹蕭蕭夜初靜。夢醒來，誤喜收得閑身。」

蘇軾〈縱筆三首〉：「小兒誤喜朱顏在，一笑哪知是酒紅。」

二十四、〈驀山溪・和子文韻〉（《全金元詞》，頁14）

蔡松年：「閑命駕，小開樽，林下歌奇語。」

蘇軾〈水龍吟〉：「清淨無為，坐忘遺照，八篇奇語。」

二十五、〈驀山溪〉（《全金元詞》，頁15）

（一）蔡松年：「茅簷夜久，仍送雨疏疏。」

蘇軾〈杜界送魚〉：「醉眼朦朧覓歸路，松江煙雨晚疏疏。」

（二）蔡松年：「掉舡篷底，閑殺煙蓑輩。」

蘇軾〈書晁說之〈考牧圖〉後〉：「煙蓑雨笠長林下，老去而今
空見畫。」

（三）蔡松年：「老眼倦紛華，宦情與、秋光似紙。」

蘇軾〈送路都曹・并引〉：「乖崖公在蜀，有路曹參軍老病廢
事，公責之日：『胡不歸？』明日，參軍求去，且以詩留別。
其略曰：『秋光都似宦情薄，山色不如歸意濃。』公驚謝之，

　　　　日：『吾過矣，同僚有詩人而吾不知。』因留而慰薦之。」

二十六、〈漁家傲・和子文韻〉（《全金元詞》，頁15）

（一）蔡松年：「浩浩春波朝復暮，悠悠倦客傷歧路。」

　　　　蘇軾〈蝶戀花〉：「倦客塵埃何處洗，眞君堂下寒泉水。」

（二）蔡松年：「閑中趣。春風何待鱸魚去。」

　　　　蘇軾〈蝶戀花〉：「尊酒不空田百畝，歸來分得閑中趣。」

二十七、〈臨江仙・故人自三韓回，作此寄之〉（《全金元詞》，頁15）

（一）蔡松年：「擣香鱸蟹勸加飧。」

　　　　1、蘇軾〈十拍子〉：「玉粉旋烹茶乳，金虀新擣澄香。」

　　　　2、蘇軾〈金澄徑〉：「金澄縱復里人知，不見鱸魚價自低。須
　　　　　　是松江煙雨裏，小船燒薤擣香虀。」

（二）蔡松年：「木奴空斌媚，未許鬭甘酸。」

　　　　蘇軾〈中山松醪賦〉「知甘酸之易壞，笑涼州之葡萄。」

（三）蔡松年：「聞道雞林珍貢至，侯門玉指金盤。」

　　　　蘇軾〈食甘〉：「露葉霜枝剪寒碧，金盤玉指破芳辛。」

（四）蔡松年：「六年冰雪眼常寒。」

　　　　蘇軾〈續麗人行〉：「杜陵飢客眼長寒，蹇驢破帽隨金鞍。」

二十八、〈臨江仙・雪晴過邢嵓夫，用舊韻〉（《全金元詞》，頁15）

（一）蔡松年：「誰言玉堂金馬客，也隨林下家風。」

　　　　蘇軾〈題王逸少帖〉：「謝家夫人澹豐容，蕭然自有林下風。」

（二）蔡松年：「衰顏無處避，只可屢潮紅。」

　　　　蘇軾〈西江月〉：「雲鬢風前綠卷，玉顏醉裡潮紅。」

二十九、〈朝中措〉（《全金元詞》，頁16）

（一）蔡松年：「玉屏松雪冷龍麟，閑閱倦遊人。」

　　　　蘇軾〈風水洞二首和李節推〉：「細細龍麟生亂石，團團羊角轉
　　　　空巖。」

（二）蔡松年：「三年俗駕，千鍾厚祿，心負天眞。」

蘇軾〈次韻子由書王晉卿畫山水二首〉：「山人昔與雲俱出，俗駕今隨水不回。」

三十、〈朝中措・癸丑歲，無競生朝〉（《全金元詞》，頁16）

蔡松年：「紫詔十行寬大，白麻三代溫淳。」

蘇軾〈春帖子詞皇帝閣六首〉：「數行寬大詔，四海發生心。」

三十一、〈朝中措〉（《全金元詞》，頁16）

蔡松年：「玉霄琁牓陋凌雲，龍跳九天門。」

蘇軾〈水龍吟〉：「向玉霄東望，蓬萊晻靄，有雲駕，驂風馭。」

三十二、〈南鄉子〉（《全金元詞》，頁16）

（一）蔡松年：「霜籟入枯桐，山壓江城秀藹濃。」

蘇軾〈次韻范淳父送秦少章〉：「瘦馬識駿耳，枯桐得雲和。」

（二）蔡松年：「十丈冰花好射風。」

1、蘇軾〈再和潛師〉「江南無雪春瘴生，爲散冰花除熱惱。」

2、蘇軾〈永遇樂〉：「明月如霜，好風如水，清景無限。」

（三）蔡松年：「銀浪三江都一吸，春融。」

1、蘇軾〈洞庭春色賦〉「盡三江於一吸，吞魚龍之神奸。」

2、蘇軾〈常潤道中有懷錢塘寄述古〉：「浮玉山頭日日風，湧金門外已春融。」

（四）蔡松年：「曉病眉尖翠掃空。」

蘇軾〈秀州報本禪院鄉僧文長老方丈〉：「每逢蜀叟談終日，便覺蛾眉翠掃空。」

三十三、〈瑞鷓鴣・邢岊夫招游故宮之玉溪館，壬戌人日〉（《全金元詞》，頁16～17）

蔡松年：「東風歲月似斜川，蕭散心情媿對賢。」

蘇軾〈湯村開運鹽河雨中督役〉：「居官不任事，蕭散羨長卿。」

三十四、〈瑞鷓鴣・是日以事不客往，復用韻〉（《全金元詞》，頁 17）
　　　　蔡松年：「酬春當得酒如川，日典春衣也自賢。」
　　　　蘇軾〈戲書吳江三賢畫像三首〉：「不須更說知機早，直為鱸魚也自賢。」

三十五、〈千秋歲・起晉對菊小酌，有懷溪山酒隱〉（《全金元詞》，頁 17）
　（一）蔡松年：「蒼江半璧山傳照。几窗黃菊媚，天北重陽早。」
　　　　蘇軾〈眾妙堂廣州何道士〉：「餘光照我玻璃盆，倒射窗几清而溫。」
　（二）蔡松年：「金醫小，秋光秀色明霜曉。」
　　　　蘇軾〈孫莘老寄墨四首〉：「此中有何好，秀色紛滿眼。」
　（三）蔡松年：「淵明千載意，松偃斜川道。」
　　　　蘇軾〈過高郵寄孫君孚〉：「故園在何處，已偃手種松。」

三十六、〈浣溪沙・季霑壽日〉（《全金元詞》，頁 17）
　　　　蔡松年：「天上仙人亦讀書，鳳麟形相不枯癯，十年傲雪氣凌虛。」
　（一）蘇軾〈寓居合江樓〉：「樓中老人日清新，天上豈有癡仙人。」
　（二）蘇軾〈送鄭戶曹賦席上果得榿子〉：「願君如此木，凜凜傲霜雪。」

三十七、〈浣溪沙〉（《全金元詞》，頁 17）
　　　　蔡松年：「壽骨雲門白玉山，山光千丈落毫端。」
　　　　蘇軾〈和致仕張郎中春晝〉：「不禱自安緣壽骨，苦藏難沒是詩名。」

三十八、〈浣溪沙・春津道中，和子文韻〉（《全金元詞》，頁 17）
　　　　蔡松年：「溪雨空濛灑面涼，暮春初見柳梢黃，綠陰空憶送春忙。」

（一）蘇軾〈同柳子玉游鶴林招隱醉歸呈景純〉：「花時臘酒照人光，歸路春風灑面涼。」

（二）蘇軾〈正月二十六日，偶與數客野步嘉祐僧舍東南野人家，雜花盛開，扣門求觀。主人林氏嫗出應，白髮青裙，少寡，獨居三十年矣。感嘆之餘作詩紀之〉：「縹帶湘枝出絳房，綠陰青子送春忙。」

三十九、〈西江月〉（《全金元詞》，頁18）

（一）蔡松年：「古松陰間，聞破茶聲，意頗欣愜。」
　　蘇軾〈九日閑居〉：「九日獨何日，欣然愜平生。」

（二）蔡松年：「茶聲破睡午風陰，不用涼泉石枕。」
　　蘇軾〈歸宜興留題竹西寺〉：「暫借藤牀與瓦枕，莫教孤負竹風涼。」

四十、〈菩薩蠻‧攜酒過分定張子華〉（《全金元詞》，頁18）
　　蔡松年：「披雪撥雲鵝兒酒，澆公枯燥談天口。」

（一）蘇軾〈真一酒〉：「撥雲披雲得乳泓，蜜蜂又欲醉先生。」

（二）蘇軾〈洞庭春色〉：「須君灩海杯，澆我談天口。」

四十一、〈點絳唇〉（《全金元詞》，頁18）
　　蔡松年：「明高燭，醉魂清淑，吸盡江山綠。」

（一）蘇軾〈海棠〉：「只恐夜深花睡去，故燒高燭照紅妝。」

（二）蘇軾〈書林逋詩後〉：「吳儂生長胡山曲，呼吸胡光飲山綠。」

四十二、〈相見歡〉（《全金元詞》，頁18）

（一）蔡松年：「列蜜炬，風谷悲鳴，爐香蓊於言穴。」
　　蘇軾〈台頭寺步月得人字〉：「泹泹爐香初泛夜，離離花影欲搖春。」

（二）蔡松年：「人如鵠、琴如玉、月如霜。」
　　1、蘇軾〈別子由三首〉：「遙想茅軒照水開，兩翁相對清如

　　　　鵠。」

　　2、蘇軾〈遷居之夕聞鄰舍兒誦書欣然而作：「可以侑我醉，琅
　　　　然<u>如玉琴</u>。」

　　3、蘇軾〈永遇樂〉：「<u>明月如霜，好風如水</u>，清景無限。」

四十三、〈烏夜啼・留別趙粹文〉（《全金元詞》，頁 18）

（一）蔡松年：「三年不慣<u>冰天雪</u>，白璧借<u>春溫</u>。」
　　　　蘇軾〈送魯元翰少卿知衛州〉：「時於<u>冰雪</u>中，笑語作<u>春溫</u>。」

（二）蔡松年：「宦路常難聚首，別期先以<u>銷魂</u>。」
　　　　蘇軾〈子由將赴南都……以慰子由云〉：「<u>別期</u>漸近不堪聞，風
　　　　雨蕭蕭已<u>斷魂</u>。」

（三）蔡松年：「與君<u>兩鬢猶青</u>在，梅竹老夷門。」
　　　　蘇軾〈送家安國教授歸成都〉：「別君十二載，<u>坐失兩鬢青</u>。」

四十四、〈水調歌頭・高德輝生朝〉（《全金元詞》，頁 18～19）

（一）蔡松年：「年時海山路，寒碧<u>亂清淮</u>。」
　　　　蘇軾〈詞九首・歸來引〉：「<u>亂清淮</u>而俯鑑兮，驚昔容之是非。」

（二）、蔡松年：「<u>藍橋</u>得道，鶴骨端自見<u>雲來</u>。」
　　　　1、蘇軾〈和雜詩十一首〉：「<u>藍橋</u>近得道，常苦世偏祖。」
　　　　2、蘇軾〈坤成節功德疏文〉：「坐俟<u>雲來</u>之養，受祿無疆；屢
　　　　　　觀甲子之周，與民同樂。」

（三）蔡松年：「我有<u>雲山</u>後約，不得夜燈親酌，傾倒好情懷。」
　　　　蘇軾〈秋興〉：「報國無成空白首，退更何處有名田。黃雞白酒
　　　　<u>雲山約</u>，此時當計已浩然。」

（四）蔡松年：「為寫<u>芳鮮</u>句，扶起玉山頹。」
　　　　蘇軾〈送鄭戶曹〉：「游遍錢塘湖上山，歸來文字帶<u>芳鮮</u>。」

四十五、〈水調歌頭・乙卯高陽寒食〉（《全金元詞》，頁 19）

（一）蔡松年：「秀野碧城西畔，獨有斗南溫輭，<u>雪陣</u>暖輕紅。」
　　　　蘇軾〈南歌子〉：「苕岸霜花盡，江湖<u>雪陣</u>平。」

（二）蔡松年：「心期偶得，一念千劫莫形容。」

蘇軾〈芙蓉城〉：「俗緣千劫磨不盡，翠被冷落淒余馨……從渠一年三千齡，下作人間尹與邢。」

四十六、〈滿江紅〉（《全金元詞》，頁19）

（一）蔡松年：「端正樓空，琵琶冷、月高絃索。」

蘇軾〈老人行〉：「美人如花弄絃索，只恨尊前明月落。」

（二）蔡松年：「縹緲餘情無寄託，一隻梅綠橫冰萼。」

蘇軾〈罷徐州，往南京，馬上走筆寄子由五首〉：「暫別復還見，依然有餘情。」

（三）蔡松年：「對淡雲、新月熌疏星，都如昨。」

1、蘇軾〈芙蓉城〉：「中有一人長眉青，熌如微雲淡疏星。」

2、蘇軾〈生日，蒙劉景文以古畫松鶴為壽，且貺佳篇，次韻為謝〉：「高標忽在眼，清夢了如昨。」

四十七、〈滿江紅·和高子文春津道中〉（《全金元詞》，頁19）

（一）蔡松年：「寒食夜、翠屏入照，海棠紅雪。」

蘇軾〈寒食帖〉：「臥聞海棠花，泥汙燕支雪。」

（二）蔡松年：「花徑酒壚身自在，都憑細解丁香結。」

蘇軾〈題文與可墨竹〉：「斯人定何人，游戲身自在。」

四十八、〈滿江紅〉（《全金元詞》，頁19～20）

（一）蔡松年：「入手黃金還散盡，短簑醉舞青冥窄。」

1、蘇軾〈回先生過湖州東林沈氏，飲醉，以石榴皮書其家東老菴之壁云：「西嶺已富猶不足，東老雖貧樂有餘。白酒釀來因好客，黃金散盡為收書。」西蜀和仲，聞而次其韻三首〉

2、蘇軾〈漁父〉：「漁父醉，簑衣舞。」

（二）蔡松年：「驚人字，蛟蛇活。借造物，驅春色。間別來揮灑，幾多珠璧。」

1、蘇軾〈洞庭春色〉:「賢王文字飲,醉筆蛟蛇走。」

2、蘇軾〈次韻秦少游王仲至元日立春三首〉:「好遣秦郎供帖子,盡驅春色入毫端。」

(三)蔡松年:「看歸來,都卷五湖光,杯中吸。」

蘇軾〈書林逋詩後〉:「無儂生長湖山曲,呼吸湖光飲山綠。」

四十九、〈滿江紅〉(《全金元詞》,頁20)

蔡松年:「老驥天山非我事,一蓑煙雨違人願。」

蘇軾〈定風波〉:「竹杖芒鞋輕勝馬,誰怕?一蓑煙雨任平生。」

五十、〈念奴嬌‧浩然勝友生朝〉(《全金元詞》,頁20～21)

(一)蔡松年:「醉帖蛟騰,豪篇玉振。」

1、蘇軾〈孫莘老寄墨〉:「便有好事人,敲門求醉帖。」

2、蘇軾〈送孫勉〉:「更被髯將軍,豪篇來督戰。」

(二)蔡松年:「冷雲幽處,月波無際都吸。」

蘇軾〈月夜與客杏花下〉:「山城酒薄不堪飲,勸君且吸杯中月。」

五十一、〈念奴嬌‧別仲亨〉(《全金元詞》,頁21)

(一)蔡松年:「燕代三年談笑間,初識芝蘭白璧。」

蘇軾〈赤壁賦〉:「談笑間,檣櫓灰飛煙滅。」

(二)蔡松年:「明日相背關河,魏家宮闕,西望千山赤。」

蘇軾〈歧亭五首〉:「故鄉在何許,西望千山赤。」

(三)蔡松年:「千里相思,欣然命駕,醉倒張園月。」

蘇軾〈送周朝議守漢州〉:「猶堪作水橫,供張園林美。」

五十二、〈念奴嬌〉(《全金元詞》,頁21)

(一)蔡松年:「華屋金盤,哀絃清瑟。」

蘇軾〈寓居定惠院之東,雜花滿山,有海棠一株,土人不知其貴也〉:「自然富貴出天姿,不待金盤薦華屋。」

(二)蔡松年:「拄杖敲門尋水竹,不問禪坊幽宅。」

1、蘇軾〈寓居定惠院之東，雜花滿山，有海棠一株，土人不知其貴也〉：「不問人家與僧舍，<u>拄杖敲門</u>看修竹。」

2、蘇軾〈和陶移居二首〉：「昔我初來時，水東有<u>幽宅</u>。」

（三）蔡松年「醉墨烏絲，新聲<u>翠袖</u>，不可無吾一。」

蘇軾〈王晉叔所藏畫跋尾・芍藥〉：「倚竹佳人<u>翠袖</u>長，天寒猶著薄羅裳。」

五十三、〈念奴嬌〉（《全金元詞》，頁20）

（一）蔡松年：「<u>雲海茫茫</u>人換世，幾度<u>梨花寒食</u>。」

1、蘇軾〈水龍吟〉：「古來<u>雲海茫茫</u>，道山絳闕知何處？」

2、蘇軾〈送表弟程六之楚州〉：「功成頭白早歸來，共藉<u>梨花作寒食</u>。」

（二）蔡松年：「花蕚霓裳，沈香水調，<u>一串驪珠</u>濕。」

蘇軾〈菩薩蠻〉：「遺響下清虛，<u>纍纍一串珠</u>。」

（三）蔡松年：「九天飛上，叫雲遏斷<u>箏笛</u>。」

蘇軾〈聽賢師琴〉：「歸家且覓千斛水，淨洗從前<u>箏笛</u>耳。」

（四）蔡松年：「<u>萬戶</u>糟邱，西山爽氣，差慰人岑寂。」

蘇軾〈王氏生日致語口號〉：「<u>萬戶</u>春風爲子壽，坐看滄海起揚塵。」

（五）蔡松年：「六年今古，只應<u>花鳥相識</u>。」

蘇軾〈常潤道中，有懷錢塘，寄述古五首〉：「二年<u>魚鳥渾相識</u>，三月鶯花付與公。」

（六）蔡松年：「莫忘家山桑海變，唯有<u>孤雲落日</u>。」

1、蘇軾〈詹守攜酒見過，用前韻作詩，聊復和之〉：「<u>孤雲落日</u>西南望，長羨歸鴉自識村。」

2、蘇軾〈虔州八境圖八首〉：「倦客登臨無限思，<u>孤雲落日</u>是長安。」

（七）蔡松年：「<u>玉色橙香</u>，宮黃花露，一醉無南北。」

蘇軾〈洞庭春色〉：「今年洞庭春，<u>玉色</u>疑非酒。」

五十四、〈雨中花〉（《全金元詞》，頁 21～22）

（一）蔡松年：「憶昔<u>東山</u>，<u>王謝</u>感慨，離情多在中年。<u>正賴哀絃清</u><u>唱，陶寫餘歡</u>。」

蘇軾〈游東西巖〉：「<u>謝公</u>含雅量，世運屬艱難。況復情所鍾，感慨萃中年。<u>正賴絲與竹</u>，<u>陶寫有餘歡</u>。嘗恐兒輩覺，坐令高趣闌。」

（二）蔡松年：「傳語<u>明年曉月</u>，梅梢莫轉銀盤。」

蘇軾〈陽關曲〉：「此生此夜不長好，<u>明月明年</u>何處看？」

五十五、〈雨中花・送趙子堅再赴遼陽幕〉（《全金元詞》，頁 21～22）

（一）蔡松年：「化鶴城高，山蟠遼海，參天<u>古木蒼煙</u>。」

蘇軾〈游東西巖〉：「空餘行樂處，<u>古木錯蒼煙</u>。」

（二）蔡松年：「<u>人半醉</u>、竹西歌吹，催度新篇。」

蘇軾〈臨江仙〉：「坐中<u>人半醉</u>，簾外雪將深。」

五十六、〈水龍吟〉（《全金元詞》，頁 22）

（一）蔡松年：「星斗<u>撐腸</u>，霧雲翻紙，詞源傾倒。」

蘇軾〈試院煎茶〉：「不願<u>撐腸</u>拄腹文字五千卷，但願一甌常及睡足日高時。」

（二）蔡松年：「自騎鯨人去，<u>流年四百</u>，知此樂、人閒少。」

蘇軾〈百步洪二首・序〉：「王定國訪余於彭城。一日，棹小舟，與顏長道攜盼、英、卿三子游泗水，北上聖女山，南下百步洪，吹笛飲酒，乘月而歸。余時以事不得往，夜著羽衣，佇立於黃樓上，相視而笑，以爲李太白死，世間無此樂<u>三百</u><u>餘年矣</u>。」

（三）蔡松年：「別夢春江漲雪，記雨花、<u>一聲雲杪</u>。」

蘇軾〈水龍吟〉：「嚼徵含官，泛商流羽，<u>一聲雲杪</u>。」

（四）蔡松年：「新詩寄我，<u>垂天</u>才氣，淩波詞調。」

蘇軾〈水龍吟〉：「待<u>垂天</u>賦就，騎鯨路穩，約相將去。」

五十七、〈水龍吟〉（《全金元詞》，頁22）

　　蔡松年：「准擬餘年，箇中心賞，追隨<u>名勝</u>。」

　　蘇軾〈書諸公送鼂繹先生詩後〉：「鼂繹先生既歿三十餘年，軾
　　始從其子復游，雖不識其人，而得其爲人。先生爲閬中主簿，
　　以詩餞行者，凡二十餘人，皆一時豪傑<u>名勝</u>之流。」

五十八、〈水龍吟〉（《全金元詞》，頁22～23）

（一）蔡松年：「女手香纖，<u>一山黃菊</u>，半青橙子。」

　　蘇軾〈次韻謝子高讀《淵明傳》〉：「　<u>一山黃菊</u>平生事，無酒
　　令人意缺然。」

（二）蔡松年：「趁鵝兒新酒，篘雲鹿雪，<u>一年好</u>，<u>君須記</u>。」

　　蘇軾〈贈劉景文〉：「<u>一年好景君須記</u>，最是橙黃橘綠時。」

五十九、〈水龍吟・甲寅歲，從詩南還，贈趙蕭之〉（《全金元詞》，
　　　　　頁23）

（一）蔡松年：「<u>紅袖橫斜</u>醉眼，酒腸傾、九江銀浪。」

　　蘇軾〈聚星堂雪〉：「恨無翠<u>袖點橫斜</u>，祗有微燈照明滅。」

（二）蔡松年：「相通<u>鼻觀</u>，春扶手藉，教人夢好。」

　　蘇軾〈西江月〉：「公子眼花亂發，老夫<u>鼻觀</u>先通。」

六十、〈好事近〉（《全金元詞》，頁23）

　　蔡松年：「天上賜金匲，不減<u>壑源</u>三月。」

　　蘇軾〈次韻曹輔寄<u>壑源</u>〔註1〕試焙新芽〉：「仙山靈草濕行雲，

〔註1〕　〔宋〕宋子安《東溪試茶錄》：「今北苑焙風氣亦殊，先春朝隮常雨，
　　　　霽則霧露昏蒸，晝午猶寒，故茶宜之。茶宜高山之陰，而喜日陽之
　　　　早，自北苑鳳山南直苦竹園頭，東南屬張坑頭，皆高遠先陽處，歲
　　　　發常早，芽極肥乳，非民間所比；次出壑源嶺，高土決地，茶味甲
　　　　於諸焙。丁謂亦云：『鳳山高不百丈，無危室絕崦，而崗阜環抱，
　　　　氣勢柔秀，宜乎嘉植靈卉之所發也。又以建安茶品甲於天下，疑山
　　　　川至靈之卉，天地始和之氣，盡此茶矣。又論石乳出壑嶺，斷崖缺

洗遍香肌粉未勻。明月來投玉川子，清風吹破武林春。要知冰
雪心腸好，不是膏油首面新。戲作小詩君一笑，從來佳茗似佳
人。」

六十一、〈石州慢・高麗使還日作〉（《全金元詞》，頁24）

　　蔡松年：「雲海蓬萊，<u>風霧鬢鬟</u>，不假梳掠。」

　　蘇軾〈洞庭春色賦〉：「攜家人而往游，勒<u>雲鬢與風鬟</u>。」

六十二、〈驀山溪〉（《全金元詞》，頁24～25）

　　蔡松年：「鬢絲禪榻，夢覺古揚州，<u>瑤臺路</u>，返魂香，好在啼
妝瘦。」

　　蘇軾〈劉孝叔會虎丘，時王規父齋素祈雨，不至二首〉：「歸去
<u>瑤臺路</u>，還應月下逢。」

六十三、〈江城子〉（《全金元詞》，頁25）

　　蔡松年：「<u>想見</u>玉徽，風度更清新。」

　　蘇軾〈書韓幹牧馬圖〉：「南山之下，汧渭之間，<u>想見</u>開元天寶
年，八坊分屯隘秦川。」

編號	蔡松年詞作詞牌名	詞　文	蘇　軾	備　註
1	水調歌頭	十年流落冰雪，<u>香霧</u>紫貂裘。	<u>香霧</u>雕盤，寒生冰箸，畫堂別是風光。	「香霧」皆指香煙繚繞貌。

石之間，蓋草木之仙骨。』丁謂之記，錄建溪茶事詳備矣。至於品
載，止云北苑壑源嶺，及總記官私諸焙千三百三十六耳。近蔡公亦
云，唯北苑鳳凰山連屬諸焙所產者味佳，故四方以建茶為目，皆曰
北苑。建人以近山所得，故謂之壑源。好者亦取壑源口南諸葉，皆
云彌珍絕，傳致之間，識者以色味品第，反以壑源為疑，今書所異
者，從二公紀土地勝絕之目，具疏園隴百名之異，香味精麤之別，
庶知茶於草木為靈最矣。去畝步之間，別移其性，又以佛嶺葉源沙
溪附見以質二焙之美，故曰「東溪試茶錄」。見《文津閣四庫全書・
子部藝術・譜錄》（北京：北京商務印書館，2005年），頁641～642。

2	水調歌頭	1、<u>兩螯</u>風味。 2、<u>橙子半青時</u>。	1、嘗項上一臠，嚼霜前之<u>兩螯</u>。 2、黑黍黃麥初熟後，<u>朱柑綠橘半甜</u>時。	1、「螯」即是蟹，乃時令美味。 2、蔡松年言「半青」，蘇軾言「半甜」，意義相近，主皆描述時令美味之柑橘即將成熟。
3	水調歌頭	1、黃雲南卷<u>千騎</u>，曉獵冷<u>貂裘</u>。 2、<u>不用悲涼今昔</u>，好在西山寒碧。 3、<u>老境</u>玩清世，甘作<u>醉鄉侯</u>。	1、錦帽<u>貂裘</u>，<u>千騎</u>卷平岡。 2、<u>不用思量今古</u>，俯仰昔人非。 3-1、<u>老境</u>於吾漸不佳，一生拗性舊秋崖。 3-2、便可先呼報恩子，不妨仍待<u>醉鄉侯</u>。	1、「貂裘」指珍貴毛皮編織而成之衣物；「千騎」指軍容之龐大；二者合用乃敘述軍隊皆身穿毛衣，肇因於天氣寒冷。 2、蔡松年同意蘇軾不必為過去人事悲傷之看法，因此化用之。 3-1、「老境」意指年老之時。 3-2、「醉鄉侯」指稱喜飲酒之人。
4	水調歌頭	1、老生涯，向何處，覓<u>菟裘</u>。 2、但得白衣青眼，不要問囚推按，此外<u>百無憂</u>。	1、聞道逢春思濯錦，更需到處覓<u>菟裘</u>。 2、坐看奔湍繞石樓，使君高會<u>百無憂</u>。	1、「菟裘」乃地名，今山東省泗水縣，借指隱居之地。 2、「百無憂」乃無所憂愁，意指不願為官，閒適生活，則無所憂慮。
5	水調歌頭	1、一夜<u>蓬萊清淺</u>，卻守平生黃卷。 2、瘦蛩枝，輕<u>鶴背</u>，醉為家。 3、賦就五噫曲，<u>金狄</u>看年華。	1、是從海上回，<u>蓬萊又清淺</u>。 2、羨君清瘦真仙骨，更助飄飄<u>鶴背</u>軀。 3、採藥壺公處處過，笑看<u>金狄</u>手摩娑。	1、「蓬萊」指仙境之地，蔡松年暗指北宋亡國；蘇軾則單指海外仙境之地。 2、言修道成仙所騎乘之鶴背處，直指成仙之意。 3、「金狄」即佛教、佛理，蘇軾對佛教亦有參悟，亦曾與學佛之高士來往。
6	水調歌頭	1、思君領略風味，<u>笙鶴</u>渺三山。 2、醉語嚼冰雪，樽酒玉漿寒。 3、冷泉高竹幽樓，佳處約<u>淇園</u>。	1、泠然心境空，彷彿來<u>笙鶴</u>。 2-1、邂逅成一歡，<u>醉語</u>出天真。 2-2、眼明小閣浮煙翠，齒冷新語<u>嚼雪</u>風。 3、惟有長身六君子，依依猶得似<u>淇園</u>。	1、「笙鶴」意近「鶴背」，皆指仙人。 2-1、「醉語」乃飲酒談天。 2-2、「嚼」乃具生動之感，將冰雪等自然景物化為嘴中之物，借以寫實地形容天氣。 3、「淇園」借指隱居之處。

7	滿江紅	1、半嶺雲根，溪光淺、冰輪新浴。 2、愛夜泉、徽外兩三聲，琅然曲。 3、萬事付，金荷釀。 4、好在斜川三尺玉，暮涼白鳥歸喬木。	1、夜半老僧呼客起，雲峰缺處擁冰輪。 2、琅然。清圓。誰彈？……翁今為飛仙，此意在人間，試聽徽外三兩弦。 3、萬事悠悠付杯酒，流年冉冉入霜髭。 4、好在堂前細柳，應念我，莫翦柔柯。	1、「冰輪」言皎潔之月亮。 2、「徽外兩三聲」、「琅然」言聲音之清脆、響亮，皆化外之音；唯有閒適生活，始可聽見美妙之聲。 3、蔡松年效法蘇軾，將遭遇到苦惱、不如意之事，交與美酒，一飲盡忘。 4、「好在」即口語中「幸好」，亦有「問訊」之意。
8	滿江紅	1、春色三分，壺觴為、生朝自勸。 2、清夢斷、歲華良是，此身流轉。 3、老生涯，分付藥爐經卷。	1、春色三分，二分塵土，一分流水。 2、霧須風鬢木葉衣，山川良是昔人非。 3、經卷藥爐新活計，舞山歌扇舊因緣。	1、「春色」乃春日之景。 2、「良是」意為確實是如此。 3、「藥爐經卷」乃平時所服用之藥及所閱讀知書籍；蔡松年借用蘇軾贈給妻子朝雲之詞句，亦借用蘇軾文句以寫給蔡松年之妻。
9	滿江紅	1、老境駸駸，歸夢繞、白雲茅屋。 2、笑年來遊戲，寄身糟麴。	1、家何在？因君問我，歸夢繞松杉。 2、糟麴有神薰不醉，雪霜誇健巧相沾。	1、「歸夢」，思鄉之夢。 2、「糟麴」泛指酒類，蔡松年將愁苦之情寄託於酒；蘇軾則論酒不畏霜寒，乃極優之物。
10	念奴嬌	1、離騷痛飲，笑人生佳處，能消何物。 2、夷甫當年成底事，空想嵓嵓玉璧。 3、五畝蒼煙，一邱寒碧，歲晚憂風雪。 4、覷陙胸中冰與炭，一酌春風都滅。	1、自笑餘生消底物，半篙清漲百攤空。 2、不獨笑、書生成底事，曹公黃祖俱飄忽。 3、邊城歲暮多風雪，強壓春醪與君別。 4、煩子指尖風雨，置我腸中冰炭，起坐不能平。	1、「笑」之意實具無奈之感，無奈地感嘆，能夠享受人生多少事物。 2、「成底事」即過去之人事物，究竟成就了何事？意即奔波於官場之中，究竟得到了什麼？ 3、「風雪」即憂患、戰亂等等使心不安定之事。 4、「冰炭」乃衝突之二物，二者合置乃指矛盾之情。

11	念奴嬌	紫芝仙骨，<u>笑談猶帶山色</u>。	1-1、萬里歸來顏愈少。微笑。<u>笑時猶帶嶺梅香</u>。 1-2、我昔嘗爲徑山客，至今詩筆餘<u>山色</u>。	1-1、「猶帶」意爲依舊有著某物，蔡松年言有著山色；蘇軾言有著嶺南梅花之香氣。 1-2、蔡松年與蘇軾所用「山色」之意同。
12	念奴嬌	1、范侯別久，愛孤松老節，<u>癯而實茂</u>。 2、留得驚人三昧語，<u>珠璧騰輝</u>宇宙。 3、<u>頓紅塵裏</u>，爲予千里回首。	1、吾於詩人無愛所甚好，獨好淵明之詩。淵明作詩不多，然其詩質而實綺，<u>癯而實腴</u>。 2、故將屏硯送兩范，要使<u>珠璧</u>棲窗櫺。 3、半白布修垂領髮，<u>軟紅猶戀屬車塵</u>。	1、蔡松年用以形容松樹，實暗指人品如松般高節；蘇軾則用以形容淵明之作，綺麗富內涵。 2、「珠璧」即閃耀光輝貌。 3、「頓紅塵」指俗世、塵世。
13	念奴嬌	1、客子秋多茅舍外，滿眼秋嵐<u>欲滴</u>。 2、<u>感時懷古</u>，酒前一笑都釋。 3、醉裏誰能知許事，<u>俯仰人間今昔</u>。 4、三弄胡牀，九層飛觀，喚取<u>穿雲笛</u>。 5、涼蟾有意，爲人<u>點破空碧</u>。	1、見壁上有幅紙題詩云：「滿院<u>秋光濃欲滴</u>，老僧倚仗青松側。」 2、良辰樂事古難全，<u>感時懷舊古淒涼</u>。 3、酒闌不必看茱萸，<u>俯仰人間今古</u>。 4、余過臨淮，而湛然先生梁公在焉。童顏清徹，如二三十許人，然 5、人亦有自少見之者。善吹鐵笛，嘹然有<u>穿雲裂石</u>之聲。孤舟如梟鷥，<u>點破千頃碧</u>。	1、「欲滴」使用之手法乃將景色深刻描繪，蔡松年之「秋嵐」、蘇軾之「秋光」言欲滴意爲「濃郁」、「深厚」。 2、「感時」，對現實遭遇多感無奈、悲涼。 3、「俯仰」即秒瞬之間，意即人世間今昔發生之事物皆一瞬即逝。 4、「穿雲」意指笛聲之清脆響亮可如蘇軾所言穿透雲霄、透裂巨石，即笛音之優美。 5、「點破」乃劃破，「空碧」爲澄淨之天空；蔡松年言明月劃破澄淨之夜空，蘇軾言獨舟如梟鷥飛過般，劃破一望無際之天空。
14	念奴嬌	1、九江秀色，看飄蕭神氣，<u>長身</u>玉立。	1、惟有<u>長身</u>六君子，依依猶得似淇園。	1、「長身」乃對外貌之形容。 2-1、「山水窟」借指江南山水之風光。

		2、放浪江南山水窟，筆下雲南堆積。	2-1、餘杭自是山水窟，側聞無興更清絕。 2-2、我昔嘗爲徑山客，至今詩筆餘山色。	2-2、蔡松年、蘇軾皆以手中之比寫下生動之景。
15	念奴嬌	1、洞宮碧海，化神山玉立，東方仙窟。 2、憂喜相尋皆物外。 3、邱壑風流，稻粱卑辱，莫愛高官職。	1、東方雲海空復空，群仙出沒空明中。 2-1、憂喜相尋，風雨過、一江春綠。 2-2、蒯緱玉具皆外物，視草草玄無等差。 3-1、文君婿知否，笑君卑辱。 3-2、君知此意不可忘，甚勿苦愛高官職。	1、「東方」言東方之仙境，多用以形容神仙出沒之處。 2-1、「憂喜相尋」指憂愁、喜悅之事接踵而來；蘇軾該詞運用董鉞夫婦之典〔註2〕，比喻人世間無論是榮華富貴抑或挫折困苦，皆如夢般一瞬消失，蘇軾指董鉞夫婦雖遭逢打擊，然卻能處之如一江春水般平靜無痕。 2-2、「物外」、「外物」意乃身外之物，非意指塵世以外。 3-1、「卑辱」乃卑賤低下之意。 3-2、「高官職」即官品較高之職位；蔡松年贈友高德輝，勸其勿因食祿而追求高官；蘇軾乃勸戒弟蘇轍，要其牢記於心。
16	雨中花	1、使清泉白石，聞我心曲，庶幾他日。 2、寄謝五君精爽，摩娑森碧琅玕。	1、僕當爲書之，刻石堂上，且欲與廬山結緣，他日入山，不爲生客也。 2、汝歸蒔松菊，環以青琅玕。	1、「他日」言未來之日，亦含有約定再見之意。 2、「琅玕」意乃青翠之竹；借指隱居地之環境。

〔註2〕見蘇軾，〈滿江紅・序〉：「董毅夫名鉞，自梓漕得罪，罷官東川，歸鄱陽，過東坡於齊安。怪其豐暇自得。余問之。曰：『吾再娶柳氏，三日而去官。無固不戚戚焉。而憂柳氏不能忘懷余進退也。已而欣然，同憂患若處富貴，吾是以益安焉。』命其侍兒歌其所作〈滿江紅〉。嗟嘆之不足，乃次其韻。」石聲淮、唐玲玲箋注，《東坡樂府編年箋注》，頁201。

17	永遇樂	1、<u>正始風流</u>，<u>氣吞餘子</u>，此道如線。 2、高人一笑，<u>春風卷地</u>，只有大江如練。	1-1、蘇陳甥舅眞冰玉，<u>正始風流</u>起頹俗。 1-2、<u>氣吞餘子</u>無全目，詩到諸郎尙絕倫。 2、一陣東風來<u>卷地</u>，吹迴。落照江天一半開。	1-1、「<u>正始</u>」乃魏廢帝曹芳之年號，此時談玄言虛之風興起，後人多以「正始風流」言此清談之風。 1-2、「氣吞餘子」論氣勢足以吞過數人。 2、「春風卷地」意爲春日和暖之微風吹拂過整片大地。
18	水龍吟	1、望青帝盡是，<u>長腰玉粒</u>，君莫問、相醪價。 2、<u>佳世還丹</u>，坐禪方丈，草堂蓮社。	1、勸君多撿<u>長腰米</u>，消破亭中萬斛泉。 2、憂時雖早白，<u>住世有還丹</u>。	1、趙次公注：「長腰米，漢上米之絕好者。」「長腰玉粒」即指絕好之米粒。 2、「佳世」即「住世」，同指現實生活之世界，「佳世還丹」乃言道家煉丹之事；蘇軾言住世有還丹，意謂塵世中仍有道家可逃脫現實羈絆。
19	石州慢	1、天東今日，<u>枕書兩眼昏花</u>，<u>壺觴</u>不果<u>酬佳節</u>。 2、上園親友，歲時陶寫歡情，<u>糟牀</u>曉溜東籬側。	1-1、主人<u>枕書</u>臥，我夢平生友。 1-2、短檠照字細如毛，怪得<u>昏花</u>懸<u>兩目</u>。 1-3、<u>佳節</u>若爲<u>酬</u>，但把清尊斷送秋。 2-1、正賴絲與竹，陶寫有餘歡。 2-2、鮮鮮霜菊艷，溜溜<u>糟床聲</u>。	1-1、「枕書」即以書爲伴。 1-2、「兩眼昏花」意即用眼過度，暈頭轉向。 1-3、「酬佳節」指以酒酬賞佳節；蔡松年以酒歡迎秋節到來，蘇軾則以酒推送秋天。 2-1、「陶寫」乃陶冶其性情。 2-2、「糟牀」之意乃榨酒器具；可代稱美酒。
20	滿庭芳	1、<u>世間</u>清境，冰鑑月來時。 2、我久<u>紛華戰勝</u>，求<u>五畝</u>、<u>鶴骨</u>應肥。 3、青篷底，垂竿照影，都<u>洗向來非</u>。 4、作箇江村籬落，野梅焖、<u>沙路無泥</u>。	1、世間好句世人共，明月自滿千家埠。 2-1、年來<u>戰紛華</u>，漸覺夫子勝。欲求<u>五畝</u>宅，撒埽樂清静。 2-2、道人絕粒對寒碧，爲問<u>鶴骨</u>何緣肥？	1、「世間」，俗世、俗塵、社會。 2-1、「紛華戰勝」，借指對富貴、繁華之取捨；「五畝」即隱居之意。 2-2、「鶴骨」，「鶴」乃仙人之意，「鶴骨」指修道仙人之骨氣、風韻。 3、「洗向來非」言過去之是非對錯皆以洗淨、淡忘。

			3、憑君借取法界觀，一洗人間萬事非。 4、山下蘭芽短浸溪，松間沙路竟無泥。	4、「沙路無泥」指路上沙塵、泥濘皆消失；暗指官路或人生路途中之阻礙皆已淨空。
21	漢宮春	1、端好在，垂鞭信馬，小橋南畔煙村。 2、呵手凍吟未了，爛銀鉤呼我，玉粒晨饡。	1、蔥蔥城郭麗，淡淡煙村遠。 2、孤坐凍吟誰伴我，病目，捻妝。	1、「煙村」即煙霧瀰漫之小村落，借指偏遠不明之村莊。 2、「凍吟」，於寒冷之天氣中吟詩念書。
22	望月婆羅門	1、妙齡秀發，韻清冰玉洗羅紈。 2、一峰明秀，為傳語、扶月碧欄杆。	1、妙齡秀發，秉筆入世。 2、俯為人間一切，為向東坡傳語。	1、「妙齡秀發」言年紀之輕且神采飛揚。 2、「為傳語」即為我傳話。
23	洞仙歌	1、地牀深穩坐、春入蒲團。 2、天憐我，教養疏慵野性。 3、雪坡孤月上，冰谷悲鳴。 4、松竹蕭蕭夜初靜。夢醒來，誤喜收得閑身。	1、此身分付一蒲團，靜對蕭蕭竹數竿。 2、我亦倦遊者，君恩繫疏慵。 3、稍聞決決流冰谷，盡放青春沒燒痕。 4、小兒誤喜朱顏在，一笑哪知是酒紅。	1、「蒲團」乃一圓形墊子，多為佛僧跪坐參拜之用。 2、「疏慵」乃懶散貌。 3、「冰谷」乃冰凍、嚴寒之山谷。 4、「誤喜」，誤認為某事而內心愉悅；具無奈之情。
24	驀山溪	閑命駕，小開樽，林下歌奇語。	清淨無為，坐忘遺照，八篇奇語。	「奇語」乃對談之語，可引申為魏晉時期文人雅士彼此清談玄虛之語。
25	驀山溪	1、茅簷夜久，仍送雨疏疏。 2、掉舡篷底，閑殺煙蓑輩。 3、老眼倦紛華，宦情與、秋光似紙。	1、醉眼朦朧覓歸路，松江煙雨晚疏疏。 2、煙蓑雨笠長林下，老去而今空見畫。 3、秋光都似宦情薄，山色不如歸意濃。	1、「疏疏」乃稀少、未密集貌。 2、「煙蓑」乃身著蓑衣之人，借指隱者。 3、「宦情」、「秋光」互用乃指厭倦為官、作官之心意愈見薄弱。

26	漁家傲	1、浩浩春波朝復暮，悠悠倦客傷歧路。 2、閑中趣。春風何待鱸魚去。	1、倦客塵埃何處洗，真君堂下寒泉水。 2、尊酒不空田百畝，歸來分得閑中趣。	1、「倦客」指在外之遊子，且對旅居生活已產生倦怠之感。 2、「閑中趣」即悠閒之趣味，意指隱居之樂趣。
27	臨江仙	1、擣香鱸蟹勸加飧。 2、木奴空斌媚，未許鬭甘酸。 3、聞道雞林珍貢至，侯門玉指金盤。 4、六年冰雪眼常寒。	1-1、玉粉旋烹茶乳，金虀新擣澄香。 1-2、金澄縱復里人知，不見鱸魚價自低。須是松江煙雨裏，小船燒薤擣香虀。 2、知甘酸之易壞，笑涼州之葡萄。 3、露葉霜枝剪寒碧，金盤玉指破芳辛。 4、杜陵飢客眼長寒，蹇驢破帽隨金鞍。	1-1、「擣香」槌擊蔬菜所發之香氣；亦直指香味。 1-2、「鱸魚」言食物，於詞中代表時令之美食抑或珍味。 2、「甘酸」，食物之甘甜味。 3、「玉指金盤」指食澄之貌。 4、「眼常寒」眼見所及皆是寒冷荒漠之地；亦可指內心反映出之世界乃荒涼冷漠。
28	臨江仙	1、誰言玉堂金馬客，也隨林下家風。 2、衰顏無處避，只可屢潮紅。	1、謝家夫人澹豐容，蕭然自有林下風。 2、雲鬢風前綠卷，玉顏醉裡潮紅。	1、「林下風」指隱居之情態；蔡松年暗指曾任高位之古人，言其富含隱居之心，乃自比之。 2、皆指面容因飲酒而顯泛紅。
29	朝中措	1、玉屏松雪冷龍麟，閑閱倦遊人。 2、三年俗駕，千鍾厚祿，心負天真。	1、細細龍麟生亂石，團團羊角轉空巖。 2、山人昔與雲俱出，俗駕今隨水不回。	1、「龍麟」，形容物象如龍麟片般密集排列。 2、「俗駕」泛指世俗之人，蔡松年自比如世俗人一般，貪戀高官及優厚俸祿，而忘了初衷。
30	朝中措	紫詔十行寬大，白麻三代溫淳。	數行寬大詔，四海發生心。	「寬大詔」即因皇恩寬大所下之詔；指皇帝寬大對待人民。
31	朝中措	玉霄琁牓陋凌雲，龍跳九天門。	向玉霄東望，蓬萊晻靄，有雲駕，驂風馭。	「玉霄」指天界之意，神仙居處。

32	南鄉子	1、霜籟入<u>枯桐</u>，山壓江城秀藹濃。 2、十丈<u>冰花</u>好射<u>風</u>。 3、銀浪<u>三江都一吸</u>，<u>春融</u>。 4、曉病<u>眉</u>尖<u>翠埽空</u>。	1、瘦馬識騣耳，<u>枯桐</u>得雲和。 2-1、江南無雪春瘴生，為散<u>冰花</u>除熱惱。 2-2、明月如霜，<u>好風</u>如水，清景無限。 3-1、盡<u>三江於一吸</u>，吞魚龍之神奸。 3-2、浮玉山頭日日<u>風</u>，湧金門外已<u>春融</u>。 4、每逢蜀叟談終日，便覺蛾眉翠掃空。	1、「枯桐」乃「琴」之代稱。 2-1、「冰花」乃由冰所結如花般之細碎冰塊。 2-2、「好風」即優美、和煦之風。 3-1、「三江一吸」乃言飲酒之豪邁神態，氣象恢弘。 3-2、「春融」乃指春日之暖氣，使人不覺寒冷。 4、「眉埽空」意指憂愁病苦之事盡皆一掃而空，不再鎖於眉頭。
33	瑞鷓鴣	東風歲月似斜川，<u>蕭散</u>心情媿對賢。	居官不任事，<u>蕭散</u>羨長卿。	「蕭散」乃閒散心情。
34	瑞鷓鴣	酬春當得酒如川，日典春衣<u>也自賢</u>。	不須更說知機早，直為鱸魚<u>也自賢</u>。	「自賢」，也能稱為賢人。
35	千秋歲	1、蒼江半壁山傳照。<u>几窗</u>黃菊媚，天北重陽早。 2、金罍小，秋光<u>秀色</u>明霜曉。 3、淵明千載意，<u>松偃</u>斜川道。	1、餘光照我玻璃盆，倒射<u>窗几</u>清而溫。 2、此中有何好，<u>秀色</u>紛滿眼。 3、故園在何處，已<u>偃手種松</u>。	1、「几窗」本指小桌子及窗戶，於此借指室內。 2、「秀色」，指菊花。 3、「偃」意乃倒臥、覆蓋之意，「偃松」可指隱居之地。
36	浣溪沙	<u>天上仙人</u>亦讀書，鳳麟形相不枯瘏，十年<u>傲雪</u>氣凌虛。	1-1、樓中老人日清新，<u>天上</u>豈有癡<u>仙人</u>。 1-2、願君如此木，凜凜<u>傲霜雪</u>。	1-1、蔡松年、蘇軾使用「仙人」之意同。 1-2、「傲雪」即指不為霜雪之冷冽所屈服。
37	浣溪沙	<u>壽骨</u>雲門白玉山，山光千丈落毫端。	不禱自安緣<u>壽骨</u>，苦藏難沒是詩名。	「壽骨」乃生命、壽命之意。

38	浣溪沙	溪雨空濛灑面涼，暮春初見柳梢黃，<u>綠陰空憶送春忙</u>。	1-1、花時臘酒照人光，歸路春風<u>灑面涼</u>。 1-2、縹帶湘枝出絳房，<u>綠陰青子送春忙</u>。	1-1、「灑面涼」意為春日之煙雨、微風迎面而來，倍感清涼舒適。 1-2、蔡松年用蘇軾遇老嫗獨居三十年之感嘆而論，想起過去在綠陰下送走春天之忙碌；指感傷時間之流逝。
39	西江月	1、古松陰間，聞破茶聲，意頗欣愜。 2、茶聲破睡午風陰，不用涼泉石枕。	1、九日獨何日，欣然愜平生。 2、暫借藤牀與瓦枕，莫教孤負竹風涼。	1、「欣愜」即愉悅、愜意之貌；指隱居之生活安樂自在。 2、「石枕」乃以石製之枕，蘇軾「瓦枕」意近「石枕」。
40	菩薩蠻	披雪撥雲鵝兒酒，澆公枯燥談天口。	1-1、撥雲披雲得乳泓，蜜蜂又欲醉先生。 1-2、須君釃海杯，澆我談天口。	1-1、「批雪撥雲」指撥開尚未釀之醇酒表面；亦指迫不及待飲酒。 1-2、「澆談天口」指止渴，口多因談天而乾燥，而解渴之物多憑藉美酒。
41	點絳唇	明高燭，醉魂清淑，吸盡江山綠。	1-1、只恐夜深花睡去，故燒高燭照紅妝。 1-2、吳儂生長胡山曲，呼吸胡光飲山綠。	1-1、「高燭」，長度稍長之蠟燭。 1-2、「吸盡江山綠」意指杯中江山之影，皆一飲而盡。
42	相見歡	1、列蜜炬，風谷悲鳴，爐香蓊於言穴。 2、人如鵠、琴如玉、月如霜。	1、溫溫爐香初泛夜，離離花影欲搖春。 2-1、遙想茅軒照水開，兩翁相對清如鵠。 2-2、可以侑我醉，琅然如玉琴。 2-3、明月如霜，好風如水，清景無限。	1、「爐香」乃古之文人室內皆會於薰爐內放上香料點燃而散發出之清香。 2-1、「鵠」即鶴鳥，乃借指為仙人。 2-2、「玉琴」，指琴如美玉般華麗。 2-3、「月如霜」乃形容月亮如霜一般潔白無瑕。
43	烏夜啼	1、三年不慣冰天雪，白璧借春溫。 2、宦路常難聚首，別期先以銷魂。	1、時於冰雪中，笑語作春溫。 2、別期漸近不堪聞，風雨蕭蕭已斷魂。	1、「冰雪」指環境嚴寒；「春溫」指如春日般溫暖；「冰雪」、「春溫」乃對比之二物，蔡松年以文章對抗寒冬；蘇軾則以笑語對談忘卻冰雪之存在。

		3、與君兩鬢猶青在，梅竹老夷門。	3、別君十二載，坐失兩鬢青。	2、「銷魂」即失魂落魄貌；多以分離始言銷魂。 3、「兩鬢」乃指臉兩側之髭鬚，「青在」指茂盛，二者合稱意乃「年輕力壯」。
44	水調歌頭	1、年時海山路，寒碧亂清淮。 2、藍橋得道，鶴骨端自見雲來。 3、我有雲山後約，不得夜燈親酌，傾倒好情懷。 4、為寫芳鮮句，扶起玉山頹。	1、亂清淮而俯鑑兮，驚昔容之是非。 2-1、藍橋近得道，常苦世偏祖。 2-2、坐俟雲來之養，受祿無疆；屢觀甲子之周，與民同樂。 3、報國無成空白首，退更何處有名田。黃雞白酒雲山約，此時當計已浩然。 4、游遍錢塘湖上山，歸來文字帶芳鮮。	1、「清淮」指清澈之淮水，「亂」意有紛亂、混亂，乃由內心紊亂而使景亦亂，非眞雜亂不堪。 2-1、「藍橋」乃世傳其弟有仙窟之處。 2-2、「雲來」，雲飛行而來，借指仙人之地。 3、「雲山約」，約定居於雲生深山處；即指隱居。 4、「芳鮮」指美好之氣味，「寫芳鮮句」意指文字、章句美妙，富含氣質。
45	水調歌頭	1、秀野碧城西畔，獨有斗南溫頓，雪陣暖輕紅。 2、心期偶得，一念千劫莫形容。	1、苕岸霜花盡，江湖雪陣平。 2、俗園千劫磨不盡，翠被冷落淒余馨……從渠一年三千齡，下作人間尹與邢。	1、「雪陣」本指如雪般陣陣而來，借指浪花。 2、「千劫」指悠遠之時間中，無數之生滅成壞，乃佛教用語。
46	滿江紅	1、端正樓空，琵琶冷、月高絃索。 2、縹緲餘情無寄託，一隻梅綠橫冰萼。 3、對淡雲、新月烱疏星，都如昨。	1、美人如花弄絃索，只恨尊前明月落。 2、暫別復還見，依然有餘情。 3-1、中有一人長眉青，烱如微雲淡疏星。 3-2、高標忽在眼，清夢了如昨。	1、「絃索」乃指樂器上之絲弦。 2、「餘情」指深厚之感情。 3-1、「烱」，光明、明顯貌。蔡松年、蘇軾使用之意皆為「明亮」之意。 3-2、「如昨」，已過去之人事物。

47	滿江紅	1、寒食夜、翠屏入照，海棠紅雪。 2、花徑酒壚身自在，都憑細解丁香結。	1、臥聞海棠花，泥汗燕支雪。 2、斯人定何人，游戲身自在。	1、「海棠紅雪」乃指枝頭紅花，覆蓋白雪之貌。 2、「身自在」乃意指輕鬆自在、無所拘束。
48	滿江紅	1、入手黃金還散盡，短養醉舞青冥窄。 2、驚人字，蛟蛇活。借造物，驅春色。間別來揮灑，幾多珠璧。 3、看歸來，都卷五湖光，杯中吸。	1-1、西嶺已富猶不足，東老雖貧樂有餘。白酒釀來因好客，黃金散盡為收書。 1-2、漁父醉，蓑衣舞。 2-1、賢王文字飲，醉筆蛟蛇走。 2-2、好遣秦郎供帖子，盡驅春色入毫端。 3、無儂生長湖山曲，呼吸湖光飲山綠。	1-1、「黃金散盡」意皆不重錢財，短時間內皆用罄。 1-2、「蓑衣」乃家窮之意，「蓑舞」乃不因窮困而心志欲振乏力，反沉醉於歌舞之中。 2-1、「蛟蛇」指文字形式如蛟蛇般生動。 2-2、「驅春色」意即將春日景色盡皆以筆鋒描繪而出。 3、言山光美景皆入於杯中之酒，再將其一飲而盡。
49	滿江紅	老驥天山非我事，一蓑煙雨違人願。	竹杖芒鞋輕勝馬，誰怕？一蓑煙雨任平生。	「一蓑煙雨」乃暗指人生之逆境與風雨；蔡松年借蘇軾之典，論其期待歸隱不問世事之心。
50	念奴嬌	1、醉帖蛟騰，豪篇玉振。 2、冷雲幽處，月波無際都吸。	1-1、便有好事人，敲門求醉帖。 1-2、更被髯將軍，豪篇來督戰。 2、山城酒薄不堪飲，勸君且吸杯中月。	1-1、「醉帖」專指草書。 1-2、「豪篇」，豪放壯闊之篇章。 2、「吸」乃飲酒之意，「杯中月」乃倒影，僅增添飲酒樂趣之說法。
51	念奴嬌	1、燕代三年談笑間，初識芝蘭白璧。 2、明日相背關河，魏家宮闕，西望千山赤。 3、千里相思，欣然命駕，醉倒張園月。	1、談笑間，檣櫓灰飛煙滅。 2、故鄉在何許，西望千山赤。 3、猶堪作水橫，供張園林美。	1、「談笑間」指對談中經過之時間。 2、「千山赤」，千山呈現紅色乃因落日夕陽照射之；即帶有一點遲暮之感。 3、「張園」乃風景名勝之地。

52	念奴嬌	1、華屋金盤，哀絃清瑟。 2、拄杖敲門尋水竹，不問禪坊幽宅。 3、醉墨烏絲，新聲翠袖，不可無吾一。	1、自然富貴出天姿，不待金盤薦華屋。 2-1、不問人家與僧舍，拄杖敲門看修竹。 2-2、昔我初來時，水東有幽宅。 3、倚竹佳人翠袖長，天寒猶著薄羅裳。	1、「金盤」，以金屬製成之盤。 2-1、意皆樣貌之形容，以及拄杖、敲門、賞竹等等動作。 2-2、「幽宅」指幽靜之人家。 3、「翠袖」乃女子之裝扮，青綠色之衣袖。
53	念奴嬌	1、<u>雲海茫茫</u>人換世，幾度<u>梨花寒食</u>。 2、花萼霓裳，沈香水調，<u>一串驪珠</u>濕。 3、九天飛上，叫雲遏斷<u>箏笛</u>。 4、<u>萬戶</u>糟邱，西山爽氣，差慰人岑寂。 5、六年今古，只應<u>花鳥相識</u>。 6、莫忘家山桑海變，唯有<u>孤雲落日</u>。 7、<u>玉色</u>橙香，宮黃花露，一醉無南北。	1-1、古來<u>雲海茫茫</u>，道山絳闕知何處？ 1-2、功成頭白早歸來，共藉<u>梨花</u>作<u>寒食</u>。 2、遺響下清虛，<u>纍纍一串珠</u>。 3、歸家且覓千斛水，淨洗從前<u>箏笛</u>耳。 4、<u>萬戶</u>春風為子壽，坐看滄海起揚塵。 5、二年魚鳥渾相識，三月鶯花付與公。 6-1、<u>孤雲落日</u>西南望，長羨歸鴉自識村。 6-2、倦客登臨無限思，<u>孤雲落日</u>是長安。 7、<u>玉色</u>橙香，宮黃花露，一醉無南北。	1-1、「雲海茫茫」原指景色朦朧，可轉而比喻人生之不確定性。 1-2、「寒食」，指四月時候之寒食節；蔡松年用以代表時間，一年一年度過；蘇軾則言團圓共度寒食節。 2、皆言聲音如一串珍珠般渾圓動聽。 3、「箏笛」乃箏笛之聲。 4、「萬戶」指世間之人們。 5、本指人們相互熟識，然因久未相見，而成自然景物彼此相識。 6-1、「孤雲落日」，孤獨之雲朵與黃昏之太陽；其乃不變之事物。 6-2、此「孤雲落日」具思念遠方之意，遠方之「孤雲落日」等同於此地所見；僅多了一分遙寂感。 7、「玉色」直指酒之色澤。
54	雨中花	1、憶昔東山，王謝感槩，離情多在中年。正賴哀絃清唱，陶寫餘歡。 2、傳語明年曉月，梅梢莫轉	1、謝公含雅量，世運屬艱難。況復情所鍾，感慨萃中年。正賴絲與竹，陶寫有餘歡。嘗恐兒輩覺，坐令高趣闌。	1、蔡松年使用「東山」、「賴哀絃清唱」、「陶寫餘歡」皆化用蘇軾之「謝公」、「賴絲與竹」、「陶寫有餘歡」，用典手法仿效蘇軾。 2、「明年曉月」指明年仍與

		銀盤。	2、此生此夜不長好，明月明年何處看？	明月相約見面，乃期待能於此地再度重遊之心情。
55	雨中花	1、化鶴城高，山蟠遼海，參天古木蒼煙。 2、人半醉、竹西歌吹，催度新篇。	1、空餘行樂處，古木錯蒼煙。 2、坐中人半醉，簾外雪將深。	1、「古木蒼煙」言高大古木，綠蔭如煙貌。 2、「人半醉」乃言半醉半醒、迷濛模糊之貌。
56	水龍吟	1、星斗撐腸，霧雲翻紙，詞源傾倒。 2、自騎鯨人去，流年四百，知此樂、人閒少。 3、別夢春江漲雪，記雨花、一聲雲杪。 4、新詩寄我，垂天才氣，淩波詞調。	1、不願撐腸拄腹文字五千卷，但願一甌常及睡足日高時。 2、王定國訪余於彭城。一日，棹小舟，與顏長道攜盼、英、卿三子游泗水，北上聖女山，南下百步洪，吹笛飲酒，乘月而歸。余時以事不得往，夜著羽衣，佇立於黃樓上，相視而笑，以為李太白死，世間無此樂三百餘年矣。 3、嚼徵含宮，泛商流羽，一聲雲杪。 4、待垂天賦就，騎鯨路穩，約相將去。	1、「撐腸」乃指滿腹，「星斗」、「霧雲」、「詞源」皆指才學，此三句即論才學識豐、極富才能。 2、蔡松年自比李太白乃相距四百餘年，亦化用蘇軾自比李太白相距三百餘年，較蔡松年早一百餘年；所敘之事相同，唯主角改變。 3、「一聲雲杪」指歌聲響徹至雲霄中。 4、「垂天」指懸掛天邊，借喻如天一般高。二人皆言才氣天賦如天一般高闊。
57	水龍吟	懷擬餘年，簡中心賞，追隨名勝。	巢繹先生既歿三十餘年，軾始從其子復游，雖不識其人，而得其為人。先生為閬中主簿，以詩餞行者，凡二十餘人，皆一時豪傑名勝之流。	「名勝」非指風景優美之地，乃指具名望及才俊之士。
58	水龍吟	1、女手香纖，一山黃菊，半青橙子。	1、一山黃菊平生事，無酒令人意缺然。	1、「一山黃菊」意為滿山遍野之黃色菊花。 2、告誡自我美景欣賞須趁當

		2、趁鵝兒新酒，簌雲鹿雪，一年好，君須記。	2、一年好景君須記，最是橙黃橘綠時。	下，時間流逝乃飛快。
59	水龍吟	1、紅袖橫斜醉眼，酒腸傾、九江銀浪。 2、相通鼻觀，春扶手藉，教人夢好。	1、恨無翠袖點橫斜，衹有微燈照明滅。 2、公子眼花亂發，老夫鼻觀先通。	1、「紅袖」、「翠袖」借指美女，「橫斜醉眼」乃酒醉之態，意即斜著眼看身旁美女。 2、「鼻觀」指嗅覺、以鼻聞氣味；可待指觀察力敏銳、未卜先知。
60	好事近	天上賜金奩，不減壑源三月。	蘇軾〈次韻曹輔寄壑源試焙新芽〉	「壑源」乃茶名。
61	石州慢	雲海蓬萊，風霧鬢鬟，不假梳掠。	攜家人而往游，勒雲鬟與風鬟。	「雲鬟」、「風鬟」皆指女子之鬢髮、外貌。
62	驀山溪	鬢絲禪榻，夢覺古揚州，瑤臺路，返魂香，好在啼妝瘦。	歸去瑤臺路，還應月下逢。	「瑤臺路」指仙人居住之處。
63	江城子	想見玉徽，風度更清新。	南山之下，汧渭之間，想見開元天寶年，八坊分屯隘秦川。	「想見」乃推測之語，即預計、應是如此。